아무도 빌려주지 않는 인생책

LIFE'S AMAZING SECRETS

First published by Penguin Random House India
Published in agreement with Penguin Random House India through Danny Hong Agency, Seoul, Korea

아무도 빌려주지 않는 인생책

가우르 고팔 다스 | 이나무 옮김

수오서재

차례

행복 열쇠를 잃어버리지 말 것

1

세계 최고의 삼바르/ 행복 열쇠를 잃어버린 사람/
모른다는 것을 아는 것/ 행복의 비밀/
자기 안의 상처 마주하기/
인생 나무/ 문제로부터의 자유

내가 가장 좋아하는 요리가 남인도 음식이라고 공개적으로 말한 것이 실수였는지 모른다. 가는 곳마다 남인도 음식 삼바르가 나를 따라다녔다. 1년 내내 아침에도 삼바르, 점심에도 삼바르, 저녁에도 삼바르가 내 앞에 차려져 나왔다.

잘 모르는 이를 위해 설명을 곁들이자면, 삼바르는 세계 5대 건강식품 중 하나인 렌틸콩을 주재료로 토마토, 무, 가지, 양파 등 여러 가지 채소와 향신료를 넣고 만든 인도식 매콤한 수프이다. 삼바르라는 이름 자체가 '모둠'이라는 의미의 산스크리트어에서 유래된 말로, 여러 식재료가 어우러진 요리의 특징을 잘 말해 준다. 여기에 도사(검은 렌틸콩과 쌀 반죽을 발효시켜 얇고 넓게 펴서 바삭하게 구운 것)나 이들리(검은 렌틸콩과 쌀 반죽을 발효시켜 만든 찐빵), 바다(렌틸콩 가루와 삶은 감자로 만든 반죽을 기름에 튀긴 것) 같은 유명한 남인도 음식이 곁들여진다. 지역에 따라 만드는 방법이 약간씩 다르다.

인도뿐 아니라 영국에서 호주에 이르기까지 나를 자신의 집으로 초대한 모든 사람이 내가 좋아하는 이 렌틸콩 수프를 그들만의 방식으로 만들어 내왔다. 그렇게 하루가 멀다 하고 먹었기 때문에 그 음식의 전문가가 된 것은 어찌 보면 당연한 일이다. 우리 동네는 물론이고 어느 지역에서든 최고의 삼바르를 찾을 수 있는 곳을 나는 알게 되었다. 그리고 여기서부터 우리의 이야기가 시작된다.

나는 푸네(인도 중서부 뭄바이에서 기차로 다섯 시간 거리의 소도시)에서 성장했다. 하지만 내 마음은 역설적이게도 뭄바이 시내의 고층 빌딩들 한복판에 위치한 아쉬람(수행 공동체)에 머문다. 그 단순한 장소에서 나는 지난 스물다섯 해 동안 수도승으로 살아왔다. 그곳에서 내적으로 성장하기 위해 고대 동양의 지혜를 공부해 왔을 뿐 아니라 그것을 실제로 적용하는 기술을 세상과 나누는 법을 배웠다.

아쉬람에서 하는 내 강의에 정기적으로 참석하는 사람들은 자기네 집에서 점심을 먹자고 나를 초대하지만, 나는 대부분 거절해 그들을 실망시킬 수밖에 없다. 한 사람의 수도승으로서 지나친 방종을 경계해야만 하기 때문이다. 몸과 마음의 습관을 끊임없이 단속하는 것은 수행자에게는 필수적인 일이다. 그러나 몇 달에 걸쳐 간곡한 청을 받고 마지못해 아이에르 씨 부부의 초대를 수락했다. 이 결정은 결과적으로 인간의 행복에 대해 더 깊이 이해하는 계기가 되었다.

세계 최고의 삼바르

5월 중순이 되면 뭄바이는 습한 기후로 악명 높다. 셔츠가 땀에 젖어 끈적거리며 등에 달라붙을 정도이다. 하지만 해수면 높이에서만 그렇게 느껴질 뿐이다. 하리프라사드 아이에르와 랄리타 아이에르 부부가 사는 우아한 월리 지역(뭄바이 남부 해안가 지역)의, 구름 높이로 치솟은 최고급 아파트에서는 전혀 그렇지 않다. 뭄바이의 이 지역은 뉴욕 5번가나 런던의 파크레인 같은 번화가에 해당하는 곳이다. 그곳의 유명한 타워인 팔레 로얄(320미터 높이의 주상 복합 건물)이나 옴카르1973(267미터의 3개 빌딩)은 거부들만의 천국이다.

그리고 지금, 자신의 명의로 된 재산이라고는 한 푼도 없는 승려인 내가, 나를 초대한 자비심 넘치는 집주인의 28층 아파트에 앉아서 아라비아해로부터 불어오는 시원한 바닷바람을 즐기고 있었다. 한 가지 주의 사항을 말하면, 나는 이 이야기에서 그들의 이름을 바꾸었다. 그렇게 한 이유는 내가 지금부터 공유하려는 비밀 이야기가 그들 부부에게 민감한 내용이기 때문이다. 뿐만 아니라 자신들이 설정한 높은 기준에 조금 못 미치는 삼바르를 미안해하며 나에게 대접하던 부부의 기분을 상하지 않게 하기 위해서다.

점심 식사를 시작하는데 약간 당황스러웠다. 나는 숟가락으로 삼바르를 먹어 본 적이 한 번도 없기 때문이다. 더구나 스푼이 세 개라니! 그들은 바다가 내려다보이는 짙은 색 참나무 식탁 상석에 나를 앉혔다. 식탁 중앙에 놓인 섬세하고 눈부신 장식물이 한낮의 햇빛에 반사되어 실내를 환하게 했다. 식탁은 오직 나만을 위해 차려져 있었다. 나뭇잎 형태의 묵직한 황금빛 접시 하나와 그 위에 백조 모양으로 접혀 있는 천 냅킨, 그리고 접시 주위에는 다양한 크기의 나이프, 포크, 스푼이 가지런히 놓여 있었다. 내 앞쪽에는 스푼 세 개, 오른쪽에는 나이프 두 개, 왼쪽에는 포크 네 개가.

네 개의 포크라니! 우리 아쉬람 사람들은 거의 모두 자신의 다섯 손가락만 사용하기 때문에 아쉬람을 다 뒤진다고 해도 포크 네 개가 나올지는 확신할 수 없었다. 나는 약간 불안하게 아이에르 씨를 쳐다보면서 그와 그의 아내에게 점심을 같이 먹자고 간청했다. 종잡을 수 없는 나이프와 포크와 스푼들의 미로 속을 안내해 주면서 함께 음식을 나누자고. 혼자 음식을 먹는 것은 아무래도 재미없는 일이다.

아이에르 씨는 나에게 손수 점심을 차려 주고 싶어 했지만 내 설득에 못 이겨 식탁에 앉았다. 하지만 그의 아내는 내 제안을 단호히 물리치며, 북적거리는 주방에서 여러 명의 요리사가 만드는 뜨거운 도사와 그 밖의 준비된 음식들을 직접 내오겠다고 고집했다.

그래서 나는 한 손에는 디저트용 나이프를, 다른 손에는 샐러드용 포크를 움켜쥐고서 도사와 전투를 치르려고 덤볐다. 두말할 필요 없이 나에게는 이것이 매우 비정상적인 상황이었다. 하리프라사드는 나에게 따뜻한 미소를 지으며 소매를 걷어 올리고 손으로 먹기 시작했다. 나에게도 똑같이 해도 괜찮다는 신호를 보내면서. 나는 말할 수 없이 기뻤다. 음식은 손으로 먹을 때 더 맛있다고 나는 언제나 믿어 왔다. 하리프라사드는 부자였지만 오만하거나 거들먹거리는 기색이 전혀 없었다.

내가 그에게 물었다.

"당신은 많은 것을 소유하고 있는데도 무척 겸손하군요. 그 이유가 무엇인가요?"

그가 대답했다.

"나는 나 자신이 겸손하다고 생각하지 않습니다. 하지만 내게서 겸손한 면이 느껴진다면, 그것은 아낌없는 사랑으로 나를 키우신 평범한 남인도인 부모님 덕분이죠."

비록 오늘날 하리프라사드의 접시 주위에는 많은 것이 있지만, 그가 금수저를 입에 물고 태어난 것은 전혀 아니었다.

"나는 첸나이(타밀나두 주의 주도로 남인도 최대의 도시) 변두리의 작은 마을에서 자랐습니다."

그는 도사를 삼바르에 살짝 담그며 이야기를 시작했다. 그의 아내 랄리타가 또 한 접시의 도사를 들고 와서는 잠시 옆에 앉아 남편의 이야기를 흥미롭게 들었다.

"아버지는 평생을 방직 공장에서 일하셨어요. 아버지가 벌어 오는 돈으로 우리 가족이 겨우 먹고살았고, 공장에서는 우리에게 공짜로 무명옷을 나눠 주었습니다. 그 옷들을 형들과 누나들로부터 물려받아 입었는데, 나는 막내라서 내 옷 대부분은 상표에 형들 이름이 적혀 있었습니다. 아버지는 우리를 위해 하루도 거르지 않고 일하셨어요."

"그렇지만 지금 당신이 입고 있는 옷을 봐! 당신 형제들 중에서 당신이 가장 머리가 뛰어나니까 이 옷들을 살 여유가 있게 된 것이잖아."

랄리타가 남편의 접시에 뜨거운 도사를 하나 더 얹어 주며 끼어들었다. 두 사람은 서로에게 다정한 미소를 지어 보였다. 나는 그가 구찌 옷을 입은 세련된 정치인처럼 보인다는 사실을 그제야 알아차렸다.

"어머니는 어떤 분이셨나요?"

내가 물었다.

"어머니는 우리와 함께 집에 계시면서 살림을 하셨습니다. 우리를 학교에서 데려오고, 우리가 먹을 음식을 전부 요리하고, 우리가 힘들어할 때면 우리의 상담사가 되어 주셨어요. 어머니는 언제나 단단히 틀어 올린 쪽 찐 머리를 하고 있었지만, 두 팔은 우리를 껴안기 위해 늘 활짝 열려 있었습니다. 어머니는 우리가 더 나은 삶을 살기를 바랐기 때문에 우리의 교육을 최우선 순위로 삼았습니다."

"그렇다면 당신은 지금 어머니가 바라셨던 삶을 살고 있는 것 같군요."

하리프라사드는 내 말을 흘려들으며 말했다.

"뭄바이 공과대학교(공학 분야의 교육과 연구에서 세계적 수준을 갖춘 인도 최고의 대학)에 들어가는 과정에서, 또 대학 입학 후 그곳에서 잘 해내려고 발버둥 치면서 받은 중압감을 잊을 수가 없습니다. 하지만 그럴 만한 가치가 있었어요. 대학에서 최우등상을 받았고, 그것을 인정받아 하버드 MBA(경영학 석사) 과정에 들어갈 수 있었으니까요."

주방에서 랄리타가 은쟁반에 담아서 가져온 인도식 아이스크림 망고 쿨피를 보고 우리의 대화가 잠시 중단되었다.

"하버드대학 시절에 대해 얘기하는 거야?"

거듭된 사양에도 불구하고 내 유리컵에 망고 쿨피 두 스푼을 듬뿍 얹어 주며 랄리타가 물었다.

"거기서 우리가 처음 만났거든요."

그녀가 나를 보며 말했다.

"내가 그곳에서 의학 공부를 마칠 때쯤 우리는 하버드 인도 학생회에서 우연히 만났어요. 첫눈에 반한 사랑이었죠. 하지만 그때 내가 만난 사람은 남인도인 하리프라사드가 아니라 해리였어요. 미국 친구들은 이 사람을 그렇게 불렀어요."

"그럼 나도 이제부터 해리라고 부르겠습니다!"

내가 웃으며 말했다.

점심 식사가 끝나자 해리는 다국적 컨설팅 회사의 임원으로서 자신이 하는 일에 대해 말했다. 하버드에서의 성공은 서른다섯 살에 불과한 그를 높이 밀어 올려 주었다. 이미 회사 역사상 가장 젊은 임원의 자리에 올랐으며, 현재는 회사의 아시아 지부 운영을 책임지고 있었다.

"우리 부부는 아이를 갖는 것을 생각하기 전에 가능한 많은 사람을 도우려고 노력하고 있습니다. 사람들이 성공적인 삶을 살도록 힘을 보태 주는 것이 우리의 바람이거든요."

해리가 아내의 손을 잡으며 말했다.

부부가 얼마나 교양 있고 공손한지 그저 놀라울 따름이었다. 그들을 바라보는 것 자체가 하나의 기쁨이었다. 랄리타가 내온 세계적 수준의 삼바르 역시 두 사람 사이의 따뜻함과 사랑을 상징했다.

"훌륭한 점심 감사합니다!"

나는 이제 일어서야 한다는 신호로 그들에게 말했다.

"더 오래 있고 싶지만 아쉬람에서 한 시간 후에 회의가 있어서 이만 가야 하거든요. 택시를 불러 주시겠어요?"

"택시라니요!"

해리가 기분이 상한 듯 외쳤다.

"제가 모셔다드릴 수 있게 해 주세요. 아쉬람까지는 불과 30분 거리인걸요."

나는 그가 벤츠 승용차를 소유한 것이 기억났다. '그 차를 타고 가면 빠르겠군!' 하고 생각했다. 맛있고 정갈한 식사를 대접해 준 랄리타에게 다시 한번 감사 인사를 하고 현관을 나섰다. 그녀는 미소로 답했지만, 나는 그녀가 몸이 좋지 않은 것처럼 배에 한 손을 얹고 있는 것을 눈치챘다. 하지만 나는 그것에 대해 별다른 생각을 하지 않았고, 그것은 해리도 마찬가지였다. 우리는 서둘러 엘리베이터 쪽으로 걸어갔고, 몇 초 만에 구름 높이에서 지하 주차장으로 내려갔다.

엘리베이터 문이 열렸을 때 해리는 허둥대며 자기 몸을 뒤졌다. 사람들이 호주머니에 휴대전화가 없을 때 보이는 모습과 똑같았다.

"자동차 열쇠를 깜빡했어요!"

그렇게 말하며 그는 28층으로 다시 올라가기 위해 황급히 엘리베이터의 버튼을 눌렀다.

"금방 오겠습니다."

그는 사람 하나 없는 넓은 주차장에 휑하니 나를 남겨 두고 사라졌다.

주차장 안쪽으로 들어서자 자동 센서 등이 켜지면서 남자아이의 천국이 펼쳐졌다. 상상할 수 있는 가장 비싼 자동차들의 축제가! 어린 시절 얼마나 자동차에 마음을 빼앗겼었는가를 기억하며 나는 주차장 안을 거닐었다. 내 승복 색깔과 똑같은 오렌지색 페라리 차창에 비친 내 모습을 보며 낄낄거리고 웃었다.

어찌 된 일인지 해리의 벤츠 승용차는 그곳에 보이지 않았다. 그때 엘리베이터 문이 활짝 열리면서 해리가 차 열쇠를 딸랑거리며 숨 가쁘게 뛰어나왔다.

"당신의 벤츠는 어디에 있죠?"

내가 궁금해하며 물었다.

"아쉽게도 그 차를 팔아야 했습니다. 뭄바이 거리를 달리기엔 차체가 너무 낮았거든요. 그 대신 렉서스를 샀습니다. 렉서스를 타는 것이 진정한 신사의 표시라고 하더군요."

"벤츠를 팔고 렉서스를 살 것인가, 말 것인가……. 그런 문제라면 누구라도 즐겁게 고민하겠는데요!"

우리 둘 다 오랜 친구처럼 웃었다. 서둘러 그의 빛나는 렉서스로 향해 가면서, 나는 높은 사회적 위치와 부에도 불구하고 그들 부부가 영적 추구를 계속해 나가는 것에 깊이 감명받았음을 밝혔다. 그런 다음 말했다.

"당신이 좋아할 만한 재미있는 이야기 하나 해 줄까요?"

도시를 가로지르는 짧은 여정을 위해 우리가 차 안에 자리 잡고 앉았을 때 해리가 고개를 끄덕였다. 그는 내가 이야기를 시작하자 조수석 조명을 켜고 진지하게 나를 쳐다보았다.

행복 열쇠를 잃어버린 사람

"친구들과 함께 여행을 떠나는 것은 최고의 경험 중 하나이죠.

머리를 깎고 수도승이 되기 전, 나는 푸네에 있는 대학 친구 세 명과 함께 뉴델리로 여행을 떠났습니다. 우리는 호텔을 예약했지만, 우리 객실이 고층 빌딩 18층에 있다는 사실을 미처 깨닫지 못했습니다."

해리가 주차장에서 차를 후진하는 것을 봐 주며 내가 말을 이었다.

"호텔에 여행 가방을 내려놓은 뒤 우리는 오토릭샤(바퀴 셋 달린 삼륜 택시)를 타고 도시 탐험을 시작했습니다. 레드포트(붉은색 사암으로 만든 성벽 때문에 '붉은 요새'라는 이름을 얻은 델리 북쪽 야무나 강변에 위치한 성)에서 여정을 시작해 찬드니 초크(레드포트와 마주 보고 있는 구시가지의 재래시장)에서 점심을 먹고, 바하이 사원(연꽃 사원이라고도 부르는 델리의 관광 명소로, 흰 대리석으로 연꽃이 반쯤 핀 모습을 형상화한 아름다운 건축물)에서 명상을 했습니다. 그런 다음 인디아 게이트(영국의 독립 약속을 믿고 제1차 세계대전에 참전했다가 전사한 인도 군인들의 넋을 기리는, 뉴델리 중앙 교차로에 세워진 전승 기념물) 주변 잔디밭에 앉아 휴식을 취했습니다. 멋진 하루였어요. 피곤하고 약간 배가 고파진 우리는 호텔로 돌아가 룸서비스를 시켜 먹기로 결정했습니다. 해가 진 직후에 호텔에 도착한 우리는 엘리베이터가 고장 났다는 말을 들었습니다."

해리가 놀라서 물었다.

"헉! 그래서 어떻게 했나요?"

"우리는 젊었기 때문에 걸어서 우리 방까지 가기로 했습니다."

"그건 미친 짓이에요. 내가 아파트를 걸어서 올라 다녀야 한다면 헬스클럽 회원권을 취소할 겁니다. 랄리타를 등에 업고 계단을 올라가야 할지도 몰라요!"

그가 농담을 했다.

내가 이야기를 계속했다.

"거의 다 올라갔을 때쯤 당연히 우린 기진맥진했지만, 속담에도 있듯이 재미있게 놀 때는 시간이 빨리 가기 마련이죠. 특히 친구들과 웃고 떠들면 모든 것이 쉬워지죠."

"동의합니다."

그가 고개를 끄덕이며 물었다.

"다들 무슨 얘기를 했나요?"

"농담도 하고 이야기도 하고 서로를 웃기며 놀렸습니다. 그렇게 아무 불평 없이 한 층에서 다음 층으로 올라갔습니다. 15층에 이르렀을 때 우리는 약간 뚱뚱한 친구 한 명이 별로 말을 하지 않는다는 걸 깨달았습니다.

'괜찮아?'

내가 그에게 물었어요.

'난 괜찮아.'

그 친구가 퉁명스럽게 말하더군요. 재미있는 이야기를 하는 데는 영 소질 없는 친구 한 명쯤은 누구에게나 있기 마련이죠. 그가 바로 그런 친구였어요."

"내 친구들은 모두 재미있어요!"

해리가 외쳤다.

"그럼 아마 당신이 그 재미없는 사람이겠군요."

내가 놀리며 말했다.

"몇 분간의 설득 끝에 우리는 이 친구가 입을 열게 만들었습니다. 그는 처음에는 말을 더듬다가 이내 불쑥 내뱉더군요.

'내가 너희한테 해 줄 재미있는 이야기는 이것뿐이야. 내가 오토릭샤에 우리 방 열쇠를 두고 내렸다는 거야.'

우리 모두 한숨을 내쉬며 고개를 떨구었어요. 바하이 사원에서 아힘사(여러 종교의 주요 교리 중 하나로, 살아 있는 생명을 죽이지 않는 것)나 비폭력 원리에 대해 방금 전 배웠지만, 그 상황에서 아힘사를 실천하기란 거의 불가능했습니다! 우리는 호텔에 여분의 열쇠가 있기를 기도하며 모든 자제력을 발휘해 1층 카운터로 다시 내려가는 침묵의 여정을 시작했습니다."

해리는 웃음을 터뜨렸다.

"열쇠가 없다는 사실을 알고 괴로워하는 당신 얼굴이 상상되네요."

나는 고개를 끄덕였다.

"몇 년 후에야 나는 이 이야기에 담긴 교훈을 비로소 이해하게 되었습니다. 당신이 오늘 자동차 열쇠를 깜박했을 때 그 이야기가 다시 떠올랐습니다. 해리, 당신은 삶에서 그야말로 놀라운 발전을 이루었어요. 사람들은 당신이 이룬 것 같은 성공을 그저 꿈만 꿀 뿐이에요. 세계적인 명문 대학들에서 공부했을 뿐 아니라 사랑하는 배우자를 만나고, 최고급 고층 아파트 꼭대기 층에 살면서 백만 달러 이상의 연봉을 받고, 또래들보다 앞서서 전문가의 명성을 얻을 만큼 출세했어요. 그러나 당신이 성공의 사다리를 오르면서 행복의 열쇠를 잃어버리지 않았다는 점이 나는 가장 기쁩니다. 사회적으로 외적인 성취에만 집중하고 자신의 삶이 진정으로 행복한지 가늠해 볼 생각조차 하지 않기는 매우 쉽습니다. 당신이 삶의 그런 측면을 소홀히 하지 않아서 나는 무척 안심이 됩니다."

"그런 것 같군요……."

해리가 약간 불안해하며 말했다. 그는 더 이상 웃고 있지 않았다. 나는 그의 목소리에서 어조가 바뀐 것을 느꼈다. 지하 주차장을 빠져나오는 동안 어색한 침묵이 우리 둘 사이에 흘렀다. 행인들은 우리가 탄 고급 승용차를 보고는 걸음을 멈추고 부러운 듯 쳐다보았다.

해리는 하고 싶은 말이 있는 듯했지만, 나는 그것이 무엇인지 알지 못했다.

모른다는 것을 아는 것

수도승이 되기 전에 내가 맛본 꿀은 위대한 성취의 꿀이었다. 나는 대학에서 성적이 언제나 1등이었다. 실제로 매 학기마다 최고의 성적을 받았다. 또한 나는 학교 친구들과 결성한 밴드의 가

수이고 기타 연주자였다. 학업 면에서 뛰어났을 뿐 아니라 청중 가득한 강당에서 박수갈채를 받으며 노래하고 연주했다. 그리고 졸업 후에는 휴렛팩커드(실리콘밸리 1세대 기업으로, 프린터와 컴퓨터 등의 전자제품 제조로 유명한 미국의 IT 회사)에 취직해 훌륭한 직장을 품에 안았다.

나는 성취의 꿀을 맛보았고, 인생을 내가 원하는 대로 할 수 있다는 힘과 자신감의 꿀을 맛보았다. 사람들의 인기와 찬사를 받는 자부심의 꿀을 한껏 맛보았다. 그러다가 수도원에 들어왔을 때 놀라운 일이 일어났다.

며칠 전 나는 한 인터넷 방송에서 어떤 신사와 대화를 나누게 되었다. 그 신사와 가까운 사이인 델리 출신의 한 남자는 일종의 음악 신동으로, 열 살 때 이미 35종류의 악기를 연주할 수 있게 되었다. 그런데 뭄바이의 음악계에 들어왔을 때 그 남자는 스스로 겸손해질 수밖에 없었다고 했다. 그때까지 그는 자신이 무척 중요하고 재능이 뛰어난 사람이라고 생각했었다. 그런데 뭄바이에는 다섯 살 때 이미 80가지의 악기를 배운 창의적인 사람들로 가득했다. 그 남자에게는 그것이 삶에서 최초로 경험한 진실한 겸손이었다고 했다.

나 역시 그 모든 최고의 꿀을 맛본 후, 자부심의 가방을 들고서 수도원으로, 아쉬람으로 당당히 들어갔다. 학업적인 성취, 남들이 부러워하는 대기업 취직의 성취를 이룬 내가 여기에 있었다. 처음 수도원에 들어왔을 때 나는 나와 나이가 비슷하거나 많은 30명 정도의 수도승들에 둘러싸여 있었다. 그들 중 몇몇은 나보다 더 뛰어난 학업의 성취자들이었고, 몇몇은 자기 분야의 최고 실력자들이었다. 게다가 지금은 영적인 면에서 수준 높은 지식과 경험까지 겸비하고 있었다.

수도원에 들어서자마자 내가 맨 먼저 맛본 꿀은 겸손의 꿀이었다. 그것은 나 자신도 어찌할 수 없는 겸손이었다. 나의 의지에 따른 겸손이 아니었다. 예를 들어, 당신은 자신이 중요한 사람이라는 착각의 가방을 들고 그 공간에 들어간다. 그리고 깨닫는다. '나는 내가 중요한 인물이라고 생각했는데…….' 갑자기 모든 비누거품이 터지면서 당신은 알게 된다. 더 중요한 인물들 앞에서 자신의 존재가 한없이 작아지는 것을.

나의 스승과 그곳의 수도승들로부터 훌륭한 가르침을 받으면서 나는 겸손이 영적인 성장, 개인적인 성장을 위해서 얼마나 중요한 특성인지 배웠다. 어떤 공간에서든 당신이 성장하기를 원한다면 겸손이 가장 핵심적인 기본 사항이다. 왜냐하면 겸손은 '나는 그것을 다 알지 못한다는 것을 안다.'는 사실을 전제로 하는 것이기 때문이다.

진정한 앎은 당신이 아무것도 모른다는 것을 아는 것이다. 자신이 전혀 모른다는 것을 아는 것이다. 에고는 '나는 모든 것을 안다.'라고 말한다. 에고는 '나는 다른 사람들보다 더 많이 안다.'라고 주장한다. 그러나 겸손은 '나는 내가 모든 것을 다 알지 못한다는 것을 안다.'라고 말한다. 겸손은 '나는 내가 어떤 것을 잘

한다는 것을 알지만, 내가 세상의 모든 사람 중 최고는 아니다.'라고 인정한다.

수도원에 들어간 나는 깨달았다. 내 주위에 나보다 나은 사람들이 너무도 많다는 사실을. 그리고 그들이 나보다 낫다는 것을 받아들이는 것이 내 배움의 길을 열었다. 그것은 이러한 것과 같았다.

'만약 당신이 이 방에서 가장 좋은 사람이라고 생각하거나 가장 똑똑한 사람이라고 생각한다면, 당신은 아마도 방을 잘못 찾아온 것이다.'

그것이 내가 맛본 겸손의 꿀이다. 그전에 맛본 자만심의 꿀은 '모든 것을 내 의지대로 통제할 수 있고, 모든 것이 내 방식대로 되어 가고 있다.'라는 것이었다. 그러다가 수도원에 들어와서 깨달았다.

'잠깐만, 이곳에는 나보다 훨씬 더 깊이 알고, 나보다 훨씬 더 자격 있는 사람들이 아주 많아.'

나는 푸네 공과대학에서 공부했다. 훌륭하고, 환상적이고, 유명한 대학이다. 그러나 수도원의 여러 수도승들은 뭄바이 공과대학 출신이었다. 푸네 공과대학보다 훨씬 훌륭하고, 훨씬 환상적이고, 훨씬 유명한 대학.

이것이 내가 맛본 겸손의 꿀이었으며, 나는 그것을 맛볼 수 있음에 진심으로 감사했다. 왜냐하면 그것은 내가 모든 것을 알지 못한다는 것을 아는 공간, 내가 누구보다도 최고가 아니라는 것을 아는 자세로 들어가는 수행이었기 때문이다.

행복의 비밀

우리는 행복의 비밀이 무엇인지 언제나 궁금해한다. 행복한 삶을 사는 비결은 무엇인가? 여기 하나의 관점이 있다.

결혼한 지 60년 된 여인이 있었다. 여든이 넘었지만 옷차림과 행동에서 단정함과 우아함을 잃지 않았다. 사랑하는 배우자가 세상을 떠난 후, 그녀를 돌봐 줄 자녀도 없고 가족도 없어서 그녀는 요양원으로 거처를 옮기기로 결정했다.

영원히 집을 떠나는 날에도 그녀는 단아하게 차려입고서 문을 나섰다. 요양원에 도착한 후, 그녀는 방이 준비되기까지 몇 시간 동안 로비에서 인내심을 갖고 기다려야만 했다. 마침내 요양원 매니저가 그녀를 방까지 안내하면서 도중에 그녀에게, 앞으로 그녀가 생활하기로 되어 있는 그 작은 공간에 대해 눈에 보이듯 설명해 주었다.

"너무 마음에 들어요!"

그녀는 방금 새 강아지를 선물 받은 여덟 살짜리 아이처럼 열정적으로 말했다.

매니저가 그녀의 말을 끊었다.

"부인, 우리는 아직 그 방을 구경도 못 했는걸요. 일단 보고 나서 마음에 드는지 말씀하셔도 늦지 않습니다."

그러자 여인이 말했다.

"나의 기쁨은 그 방과는 아무 관련이 없어요. 내가 그 방을 좋아하는가 아닌가는 가구 배치에 달려 있지 않아요. 전적으로 내 마음을 어떻게 정하는가에 달려 있어요. 행복은 우리가 미리 결정하는 것이에요. 나는 이미 내 방을 사랑하기로 결심했고, 내 주변 사람들을 사랑하고 내 남은 생을 사랑하기로 결정했어요. 이것은 내가 매일 아침 눈을 뜨면 내리는 결정이에요. 당신도 알겠지요? 우리가 가진 가장 큰 재산은 우리가 어떻게 느낄 것인지 미리 선택하는 힘이에요."

매니저가 놀라서 귀를 기울이는 동안 여인이 말을 이었다.

"나는 하루 종일 침대에 누워 더 이상 작동하지 않는 신체 부위에 집중하면서 내가 겪는 고통을 생각하며 보낼 수도 있고, 침대에서 일어나 여전히 잘 작동하고 있는 부위에 감사할 수도 있어요. 나에게는 하루하루가 선물이에요. 눈을 뜰 수 있는 한 나는 오늘에 집중할 거예요. 그리고 마음속에 간직한 모든 행복한 기억들에. 내 생의 지금 이 순간을 위해서."

매니저는 외적인 관점에서 볼 때 문제와 절망으로 가득한 노부인의 긍정적인 태도에 놀랐다.

삶에서 문제는 자동적으로 발생한다. 하지만 행복은 우리 자신의 선택에 달려 있다. 분노는 자동적으로 발생한다. 하지만 평화는 우리 자신의 선택이다. 미움은 자동적으로 발생한다. 사랑은 우리 자신의 선택에 있다. 부정적인 것은 자동적으로 일어난다. 긍정적인 태도는 우리 자신이 선택해야만 하는 것이다. 불평은 자동이다. 감사는 우리 자신의 선택이다.

자기 안의 상처 마주하기

두 사람이 언쟁을 하고 있는 방에 들어간 적이 있는가? 방 안에서 즉각적으로 탁한 에너지가 느껴질 것이다. 두 사람 사이에 감도는 적막감으로 인해 귀가 먹먹할 수도 있다. 의사소통의 단절도 이와 비슷한 긴장감을 유발한다.

운전을 하면서 해리가 침묵을 지키자 나는 문득 이런 생각이 들었다. 혹시 내가 무엇을 잘못 말했나? 내가 모르는 사이에 그를 기분 상하게 했나? 자신을 집으로 초대해 식사를 대접한 사람을 모욕하는 것은 인간이 할 수 있는 가장 부끄러운 행동 중 하나이다. 그렇게 2분쯤 흐르자 나는 어색한 분위기를 깨기로 마음먹었다.

"이 차는 어디서 구입했나요?"

화제를 좀 더 그의 취향에 맞는 것으로 바꾸려는 의도였다. 해리는 공통점을 찾으려는 나의 노력을 고맙게 여기고 따라와 주었다. 하지만 그는 지금 자신의 마음속에 있는 생각을, 그것이 무엇인지 모르지만, 나와 나누기를 여전히 불편해했다.

"먼저 벤츠를 팔고 나서 차를 사야만 했습니다. 아내와 나는 처음 몇 주 동안은 어디를 가든 택시를 탔습니다. 어느 날 주후

비치(뭄바이 시내에서 북쪽으로 20킬로미터 떨어진 해변 지역)에 사는 친구들을 만나러 가던 중 택시가 렉서스 전시장 바로 앞 신호등에 멈춰 섰어요. 이 차를 본 것이 바로 그 순간이었어요. 광이 나도록 잘 닦인 유리 안에서 이 차가 반짝이고 있었습니다. 보자마자 첫눈에 반했어요!"

그는 그 기억을 떠올리며 기운을 냈다. 내가 거들었다.

"이 차는 당신이 무척 아끼는 소장품인 것 같군요."

그는 여러 차례 고개를 끄덕였다.

"이런 차만큼 사람을 행복하게 해 주는 물건은 세상에 많지 않거든요. 이 계기판의 세세한 측정값들을 보세요. 흰색 인조가죽 시트의 꼼꼼한 바늘땀과 핸들의 촉감도. 0에서 시속 100킬로미터까지 순간적으로 가속할 수 있는……."

그 순간 해리가 브레이크를 세게 밟았다. 우리의 안전벨트가 팽팽히 조여지고, 나는 그가 핸들을 단단히 움켜잡고 있는 것을 보았다. 급정거할 수밖에 없었던 이유는, 그가 생각에 몰두해 있느라 앞쪽에 차들이 길게 늘어선 것을 미처 알아차리지 못했기 때문이다.

"죄송해요. 차들이 왜 밀리는지 모르겠네요."

그는 미안해하며 도로 앞쪽을 내다보았다.

"나는 괜찮아요. 당신은 괜찮나요?"

내가 놀라서 물었다.

해리는 당황해서 계속 도로 상황을 살폈지만 교통 체증의 원인은 알 수 없었다.

"네, 저는 괜찮지만 많이 놀랐어요. 이곳에선 이렇게 차가 막힌 적이 한 번도 없거든요."

그는 실망한 목소리였다.

비록 상황이 어느 정도 개선되기는 했지만 뭄바이는 여전히 인도 교통사고의 수도로 알려져 있다. 자동차 수가 런던과 비슷한데도 교통사고 사망자 수는 4배가 넘는다. 차들은 정지 신호를 무시하며 내달리고, 막힌 차량들 사이를 지그재그로 나아가려는 온갖 시도를 일삼기 때문에 당연히 난폭할 수밖에 없다.

하지만 우리는 지금 렉서스 안에 갇혀 움직이지 못하고 있었다. 나는 동료 수행자에게 회의에 늦을 것 같다고 문자 메시지를 보냈다.

"우린 차들 사이에 갇혔네요."

내가 말했다. 아무 성과도 없이 끊임없이 울려대는 차들의 경적 소리 위로 내 말이 들리도록 목소리를 높여야만 했다.

"맞아요, 새 차를 타고도 꼼짝할 수 없게 됐어요. 이 차가 얼마나 빠른 속도를 낼 수 있는지는 이제 하나도 중요하지 않아요. 나는 갇혀 버렸어요!"

해리는 갑자기 목이 메었다.

"나는 왜 이렇게 옴짝달싹 못 하는 기분이 드는 걸까요?"

그는 애지중지하는 소장품의 핸들을 주먹으로 내리치며 소리치듯이 말했다.

"내 앞에 있는 차들 잘못인가요? 그들이 교통 체증을 일으키고 있나요? 아니면 정부에서 도로를 충분히 넓히지 않았기 때문인가요? 내가 도로를 만든 게 아니에요. 그렇더라도 다 내 잘못인가요?"

그의 목소리가 떨렸다.

"내가 차를 잘못 산 걸까요? 오토바이를 샀어야만 했을까요? 오토바이를 사기에는 너무 늦었을까요?"

나에게 말하지 않는 무슨 일인가가 그의 삶에 일어나고 있음을 나는 알아차렸다. 내가 그의 어깨에 부드럽게 손을 얹었다. 그는 고개를 떨구고 두 손을 무릎 위에 내려놓았다. 그의 입술이 미세하게 떨리고 있었다.

그는 내 시선을 외면하고 창밖을 바라보았다. 운전석 옆 유리창에 비친 그의 슬픈 눈에서 쓸쓸한 눈물 몇 방울이 떠나가는 것이 보였다.

그가 말했다.

"죄송해요. 대체 왜 이런 기분이 밀려오는지 모르겠어요."

"미안해하지 말아요. 우리 모두는 때때로 사방이 막혔다고 느낄 수 있어요. 당신은 왜 막힌 기분이 드나요?"

내가 공감을 표시하며 물었다.

그가 말했다.

"당신은 바쁘기 때문에 내 모든 얘기를 들어줄 시간이 없을 거예요."

“당신을 위해서라면 얼마든지 시간을 낼 수 있어요. 첫째로 우리는 이 차 안에 꽤 오래 갇혀 있을 것 같고, 둘째로 당신은 내 인생에서 맛본 최고의 삼바르를 먹게 해 주었으니까요!”

그는 실크 손수건을 꺼내 눈물을 닦으며 싱긋 웃었다. 내가 자신의 기분을 풀어 주려 한다는 것을 알고 있었다.

누군가를 위로할 때 우리는 그들의 슬픈 에너지에 함께 빠지기 쉽다. 이것은 오히려 그들의 고통을 더 오래 지속시킬 수 있다. 이런 대화에는 섣불리 판단하지 않는 긍정적인 에너지를 불어넣는 것이 중요하다.

“어디서부터 시작할까요?”

“당신이 편한 데서부터요. 나는 들을 준비가 됐어요.”

내가 일부러 가볍게 말했다.

해리는 한숨을 길게 내쉬고 나서 이야기를 시작했다.

“바보만이 렉서스를 몰면서도 행복하지 않다고 말하겠죠. 그렇다면 내가 그 바보인가 봐요. 나는 내가 꿈꾸었던 모든 것을 가지고 있지만, 내 안에 무언가가 빠져 있는 것 같다는 기분이 늘 들어요.”

그는 내게 털어놓으려는 잃어버린 과거를 응시하듯이 다시 창밖을 바라보았다.

“모든 것은 뭄바이 공대에서 시작되었어요. 나는 애초에 그 대학에 가고 싶지 않았어요. 공학을 전공하고 싶은 마음이 전혀 없었어요. 하지만 부모님은 싫다는 대답을 절대로 용납하지 않으셨어요. 부모님은 언제나 '공학은 돈이 있는 곳이야. 공대에 들어가면 인생이 너의 것이 될 거야.'라고 주장하셨어요. 내가 이의라도 제기하면 부모님은 자신들이 나를 위해 얼마나 많은 일을 했는지, 부모를 실망시키지 않는 길이 무엇인지 이야기함으로써 내가 죄책감을 느끼게 하셨어요."

앞쪽의 차들이 움직이고 있다고 생각하고 그는 말을 멈췄다. 하지만 잘못된 신호였다. 우리는 여전히 오도 가도 못한 채 갇혀 있었다. 그가 계속했다.

"부모님이 나를 통해 자신들의 야망을 실현했다고 나는 생각해요. 아버지는 공장에 새로 도입된 옷감 짜는 기계의 최신식 소프트웨어에 반하셨어요. 그래서 내가 공학을 전공하고 그 공장에 취직해 어떤 기술적인 문제도 단숨에 해결하는 슈퍼 영웅이 되길 원하셨어요."

"소프트웨어 기술자는 아니지만 지금 잘해 나가고 있는 것 같은데, 그렇지 않은가요? 그리고 세계 최고의 하버드대학에 갔잖아요?"

"하버드는 나로서는 일종의 반항이었어요!"

해리가 재빨리 내 말을 끊었다. 그는 다시 길게 숨을 내쉬며 말을 이었다.

"나는 부모와 형제들로부터 도망쳐야만 했어요. 내 삶을 살고 싶어서 미국으로 달아난 거예요. 터무니없게 들리는 건 알지만, 하버드 경영학 석사 과정에 대해서는 한 번도 생각해 본 적이 없어요. 그저 도망가려고 아무거나 찍은 거예요. 전액 장학금을 받았어요. 몇 년 동안 엉뚱한 공부를 하고 나니까 나 자신의 삶을 살고 싶었어요."

"그래서 하버드가 해결책이 되었나요?"

"불행히도 아니었어요. 경영학 과정을 이수했지만 나의 천직이 아니었어요. 한 가지 좋았던 것은 랄리타, 아니 릴리를 만난 일이었어요. 랄리타 친구들은 그곳에서 그녀를 릴리라고 부르곤 했어요. 우리 둘 다 남인도인이어서 금방 마음이 통했어요. 이 차에 비할 바 없이, 그녀와는 분명 첫눈에 반한 사랑이었어요! 나는 또한 그녀가 의학을 공부하고 소아과 의사가 되고 싶어 한다는 것에 매료되었어요. 어쩌면 가끔은 그녀에게 약간의 질투심을 느꼈는지도 모르겠어요. 나 자신도 의학을 전공하고 싶다는 걸 깨달았거든요. 하지만 너무 늦은 상태였어요. 나는 의학을 공부할 시간도 돈도 없었어요. 그래서 그 모든 것을 마음에 담아 둔 채 우리는 결혼하기 위해 인도로 돌아왔어요."

이 모든 이야기를 털어놓느라 그는 기운을 다 쓰고 있었지만, 나는 중단시키고 싶지 않았다.

"우리의 신혼생활은 굉장했어요. 아니, 시작은 정말 놀라웠어요. 랄리타는 소아과 의사가 되기 위해 대형 병원에서 수련의 과정을 밟았고, 나는 지금 근무하고 있는 컨설팅 회사에 스카우트되었어요. 회사는 상여금을 제외하고도 억대 연봉을 주기로 약속했습니다. 나는 꽤 빨리 승진했어요. 그러나 그것을 위해 어떤 대가를 치러야 했는가, 끊임없이 나 자신에게 묻곤 해요. 우리 두 사람이 직장에서 받는 업무 스트레스와 긴 근무시간이 우리의 관계를 빠르게 악화시켰어요. 우리는 아이를 키울 시간은커녕 서로를 위한 시간도 거의 없어요. 랄리타가 집에서 몇 마디라도 나에게 달콤한 말을 해 주는 경우는 드물어요. 그녀의 가시 돋친 말들이 얼마나 내 가슴을 찌르는지, 그녀는 전혀 깨닫지 못하고 있어요. 그것이 싸움으로 이어지고 또 당연히 결혼 문제로 이어져요. 며칠 전에는 너무 열을 받은 나머지 그녀는 이혼을 원한다고 소리쳤어요."

인생 나무

이런 이야기를 들은 적이 있다. 저녁 모임에서 누군가가 한 여성에게 물었다.

"남편이 당신을 행복하게 해 줍니까?"

모두가 귀를 모으고 그녀를 바라보았으며, 그녀의 남편도 그녀의 대답을 기다렸다. 그는 얼굴에 완전한 자신감을 내보이며, 아내가 결혼 생활 동안 한 번도 불평한 적이 없었기에 분명히 "예."라고 말하리라는 것을 알았다.

그의 아내가 단호하게 "아니요." 하고 대답하자, 그와 주변 모든 사람이 충격을 받았다.

"아니요, 남편은 나를 행복하게 해 주지 않아요."

남편이 당황한 가운데, 그의 아내가 말했다.

"남편은 나를 행복하게 만들지 않아요. 내가 행복한가 아닌가는 그에게 달려 있는 것이 아니라 나에게 달려 있어요. 나의 행복이 달려 있는 유일한 사람은 나 자신이에요. 나는 내 삶의 모든 상황과 모든 순간에서 행복을 선택합니다. 만약 내 행복이 다른 사람, 사물 또는 상황에 의존해 있다면, 그 대상이 내 기대에 부응하지 못하면 실망할 것이기 때문이에요."

모임에 참석한 모두가 그녀의 말을 경청했다.

"나는 외부에서 무슨 일이 일어나든 행복하기로 결정할 필요가 있어요. 가진 것이 많든 적든 나는 행복하기로 결정합니다. 외출을 하든 집에 혼자 있든 나는 행복하기로 결정합니다. 내가 부자이든 가난하든 간에 행복하기로 결정했습니다. 결혼을 했지만 독신일 때도 행복했어요. 그런 삶도 즐겼어요. 나는 나 자신을 위해 행복하기로 결정했어요. 내가 내 삶을 사랑하는 이유는 내 삶이 다른 사람들보다 쉬워서가 아니라, 한 개인으로서 행복하기로 결심했기 때문이에요. 그래요, 나 자신의 행복은 내가 책임집니다. 남편은 정말 좋은 사람이에요. 나를 사랑하고, 나를 행복하게 하기 위해 힘닿는 모든 일을 해요. 그러나 나를 행복하게 해 줘야 한다는 의무감으로부터 남편을 자유롭게 하면, 남편은 나를 행복하게 해 줘야 한다는 심리적 부담감에서 벗어날 수 있어요. 이것은 다른 사람의 경우도 마찬가지예요. 그렇게 할 때 모두의 삶이 훨씬 단순해집니다."

행복은 우리 자신의 책임이며 우리는 매 순간 행복을 선택해야 한다는 이 여성의 말에서 나는 많은 영감을 받는다. 자신의 행복에 대한 결정권을 다른 사람이나 다른 물건에게 결코 양도하지 말아야 한다.

해리는 다시 창밖을 바라보았다. 조금 전까지 아파트에서 우리에게 시원한 바람을 불어 보내던 바다가 지금은 더위에 시달려 희미하게 어른거리고 있었다.

"그토록 순수하게 시작된 사랑이 어떻게 이토록 빨리 증발할 수 있을까요? 우습게 들리겠지만, 이 모든 성공에도 불구하고 나는 내가 하는 일이 마음에 들지도 않고, 또한 집에 있기를 원하지도 않아요. 나 정도의 지위와 부를 가진 사람이 행복하지 않을 거라고 세상 어느 누가 믿겠어요?"

그가 정말로 솔직하게 나에게 자신의 속마음을 털어놓는다는 생각이 들었다. 우리가 믿을 수 없을 만큼 겸손하거나, 아니면 말할 수 없이 큰 고통 속에 놓여 있을 때 우리의 자아는 이처럼 타인 앞에서 자신의 슬픔을 인정한다. 그는 그 두 가지가 혼합되어 있다고 나는 느꼈다.

우리는 모든 사람을 겉모습 그대로 받아들이는 경향이 있다. 그 사람이 겉에 가지고 있는 것이 속에서 느끼는 것과 동일할 것이라 믿는다. 하지만 우리 시대의 역설은 가장 많이 소유한 사람이 종종 가장 적게 만족하는 경우가 많다는 것이다. 우리는 성공한 것처럼 보이는 방법은 터득했지만, 스스로 성공했다고 느끼도록 삶을 꾸려 나가는 방법은 배우지 못했다.

나의 영적 스승 중 한 명인 사트치난단 스와미가 나에게 들려준 아름다운 비유가 있다. '인생 나무'라고 불리는 비유이다.

우리가 아름다운 나무를 볼 때 그 나무의 가장 본질적인 부분 중 하나는 그것의 뿌리이다. 나무에는 세 가지 본질적인 부분이 있다. 첫 번째는 뿌리이고, 두 번째는 둥치이며, 세 번째는 나무의 꼭대기 부분이다. 건강한 나무는 건강한 뿌리를 가지고 있다. 뿌리가 깊고 튼튼할수록 나무는 폭풍, 태풍 등 어떤 강한 바람에도 튼튼하게 서 있다. 하지만 뿌리는 우리 눈에 보이지 않는다.

그 뿌리는 우리의 영성에 비유될 수 있다. 우리의 성취는 사람들에게 보인다. 우리가 가진 장치들은 사람들에게 보인다. 우리의 재산은 사람들에게 보이고, 우리의 추종자는 사람들에게 보이고, 우리의 카리스마는 사람들에게 보인다. 우리의 성공은 사람들에게 보인다. 하지만 사람들 눈에 보이지 않는 것이 우리의 뿌리, 즉 우리의 영적 성장이다.

보이지 않는 것에 대해 노력하지 않는다면, 보이는 것을 유지하기는 매우 어렵다.

해리의 고백을 들으면서 그런 생각들이 떠올랐지만, 나 혼자만 간직하고 있었다. 나에게는 듣고 이해해 주는 것이 대답을 해 주는 것보다 더 중요한 일이다. 자동차 바퀴는 몇 미터 앞으로 조금씩 나아갔다. 적어도 우리는 움직이고 있었다.

문제로부터의 자유

웃음 뒤에서 모든 사람은 우리가 모르는 개인적인 투쟁을 겪고 있다. 모두가 자신만의 개인적인 압박감이 있다. 학생은 공부에 대한 압박감, 일을 하는 사람은 마감 시한에 대한 압박감, 또한 가정을 가진 사람은 대출금, 각종 청구서, 자녀에 대한 걱정과 불안이 있다.

내가 좋아하는 이야기가 있다. 나는 사람들에게 자주 이 일화를 들려준다. 믿을 수 없겠지만, 실제로 일어난 일이다.

전에 내가 런던 히스로 공항에 도착했을 때의 일이다. 입국 심사관인 인도 출신의 나이 든 관리가 물었다.

"그래서, 당신은 왜 이곳에 왔소?"

나는 강연을 하러 왔다고 대답했다.

그가 다시 물었다.

"여기에 얼마나 오래 머물 계획이오?"

나는 약 2주 동안 머물 것이라고 했다.

그랬더니 그는 "개인적인 질문을 해도 괜찮겠소?" 하고 물었다. 내가 그러라고 했더니 그가 대뜸 물었다.

"당신은 결혼했소?"

내가 웃으며 말했다.

"당신 인도인이잖아요? 내가 입은 옷을 보세요. 나는 수도승이에요!"

그러자 그는 얼버무렸다.

"혹시나 해서 확인했을 뿐이오."

그러고 나서 그는 말했다.

"하나 더 물어봐도 되겠소?"

내가 다시 그러라고 말하자, 그는 질문했다.

"당신은 혹시 인생에서 무엇인가 놓치고 있는 것은 없소?"

그는 내 허를 찔렀다고 내심 즐거운 표정이었다.

"자신의 삶에 무엇이 빠져 있다고 느끼진 않는가 말이오?"

내가 말했다.

"물론 있지요!"

그는 "그것이 무엇이오?" 하고 신이 나서 물었다.

나는 말했다.

"내 삶에는 '문제'가 빠져 있습니다!"

그는 내 뜻밖의 대답을 무척 좋아했다. 내 여권에 도장을 꽝 하고 찍어 주고는 내가 문을 지나갈 때 내 삭발한 머리에 자신의 손을 얹고 축복까지 내려 주었다. 그는 말했다.

"언제까지나 이 상태로 살아가기를! 인생에서 어떤 문제도 겪지 않게 되기를!"

하지만 문을 다 통과한 후 나는 몸을 돌려 그에게 말했다.

"솔직하게 말씀드려야겠군요. 내가 수도승이라고 해서 모든 문제로부터 자유롭다고 생각하지는 마십시오. 이 세상에 문제로부터 해방된 인간은 없습니다."

'서로 잡아먹고 잡아먹히는' 이 세상에 사는 사람, 경쟁과 압박으로 가득한 세상에 사는 사람은 학생이든, 직장인이든, 사업가이든, 독신이든, 기혼 남성이든, 가정생활을 하는 여성이든, 수도승이든 누구나 자신만의 문제를 겪고 있다. 모두가 개인적인 불안과 걱정을 안고 있다. 단지 겉모습만 다를 뿐이다.

인간은 아름답게 불완전한 존재

2

마음속 교통정리/ 우리가 타고 다녀야 할 차/
첫 번째 바퀴—감사하는 마음/ 쿠민 씨앗과의 싸움/
우리는 아름답게 불완전한 존재

만약 당신이 좌절감을 느낀다면, 정상이다. 만약 당신이 주변에서 일어나는 일들 때문에 우울한 기분이 든다면, 정상이다. 만약 당신의 미래가 어떻게 될지, 앞으로 어떤 상황이 전개될지 불안해한다면, 정상이다. 당신의 나라에서, 세상에서 일어나는 일들에 실망하고 있다면, 정상이다.

만약 당신이 사람들 사이에 있음에도 불구하고 길을 잃고 외로움을 느낀다면, 정상이다. 당신의 물리적 공간에서든 집에서든 혹은 당신이 어디에 살고 있든 사람들이 당신을 구석으로 밀친다는 느낌이 든다면, 그래서 정서적으로 자신의 공간을 찾지 못하고 있는 기분이라면, 정상이다.

부정적인 감정들을 겪는 것은 정상이다. 이것은 우리 저마다에게 예외 없이 일어나는 일이다. 이 모든 것이 우리가 경험하는 삶의 일부이다.

당신이 통과하고 있는 부정적인 감정에 대해 죄책감을 느낄 필요는 없다. 죄책감으로 자신을 괴롭히면서 부정적인 생각을 보탤 이유가 없다. 이미 부정적인 것이 너무 많으니 더 이상 추가할 필요가 없다. 그러한 감정을 겪는 것은 지극히 정상적인 일이다. 살아 있는 인간이니까.

우리는 기계가 아니다. 우리는 지각 있는 인간 존재이다! 우리는 하나의 로봇이 아니다. 우리는 스마트폰에 끼워진 실리콘 칩이 아니다.

미국에 갔을 때의 일이 기억난다. 나는 친구와 함께 공원 벤치에 앉아 있었다. 공원 맞은편에 거대한 남자 조각상이 하나 세워져 있었다. 그 조각상은 셔츠도 입지 않은 채 반바지만 입고 있었는데, 복근과 근육이 잘 표현되어 있었다.

그리고 동상 바로 옆에 벤치가 하나 있었다. 그 벤치에 셔츠를 벗은 실제 사람인 남자가 앉아 있었다. 여름이라서 날이 뜨거웠다. 그는 반바지를 입고 있었는데, 조각상과 마찬가지로 근육질의 남자였다.

나는 그 둘을 멀찌감치서 지켜보고 있었다. 그 조각상은 그대로 정지해 있었는데, 벤치에 앉은 남자는 절망적이고 우울한 표정으로 손에 얼굴을 묻고 있었다. 그 모습이 말할 수 없이 슬퍼 보였다. 정말로 깊은 슬픔이 전해졌고, 그에게 가서 대화를 나누고 싶었지만 나는 그 미국인을 알지 못했다. 무작정 가서 그의 사적인 공간을 침범하고 싶지 않았다. 단지 어떻게든 그를 위로하고 싶은 안타까운 마음뿐이었다.

그러면서 한 가지 생각이 들었다. 여기 한 남성 조각상이 있다. 그리고 여기 한 남자가 있다. 둘 다 셔츠를 입지 않았다. 둘 다 반바지를 입고 있었다. 그리고 둘 다 근육질의 몸을 가지고 있었다. 하지만 한쪽은 아무것도 느끼지 못하고, 다른 한쪽은 느끼고 있었다. 아마도 그는 가슴이 무너졌을 것이다. 아마도 사랑하는 사람이 떠났을지도 모른다. 아마도 직장을 잃었을 것이다. 어쩌면 누군가에게 심한 모욕을 당했는지도 모른다.

우리는 인간이다. 우리가 인간이라면 상처를 입을 것이다. 나는 언제나 말한다. 우리가 살아 있는 한 언제까지나 문제 때문에 고통을 겪을 것이라고. 일단 생명이 끝나면 화장장의 불조차 느낄 수 없다. 그렇지 않은가?

그러므로 우리 모두는 기계가 아니라 인간이라는 사실을 이해해야 한다. 슬프고, 우울하고, 외롭고, 누군가의 모욕에 상처받는 것이 정상이다. 그것은 완전히 정상이다.

그리고 고통이 끝난 후에 치유가 시작되는 것이 아니라고 나는 늘 말한다. 치유는 고통을 겪을 때 시작된다. 진정한 고통을 경험하는 것은 치유 과정의 일부이다. 고통을 통과하도록 스스로를 허용하고, 그것이 일어나도록 하는 것 또한 치유의 일부이다.

가까운 사람이 마음속 고민을 우리와 나눌 때 우리는 어떻게 하는가? 해리가 그의 내적 혼란에 대해 고백할 때 나는 하고 싶은 말이 많았지만 수도승으로서 받은 훈련을 기억했다. 말없이 곁에 있어 주는 것이 백 마디의 공허한 말보다 더 강력할 수 있다. 우리 모두는 두 개의 귀와 하나의 입을 가지고 있다. 듣는 양과 말하는 양은 그것에 비례해야 한다. 사람들은 자기 문제에 대한 적극적인 해답을 원하기에 앞서, 먼저 상대방이 자신의 이야기를 완전히 들어주고 이해받기를 원한다.

사람들이 나에게 와서 속마음을 털어놓곤 하던 초창기 시절을 나는 기억한다. 그 당시 나는 젊고, 열정적이며, 활기 넘치는 동안의 수도승이었다. 새롭게 발견한 목적의식으로 무장하고서 세상을 구원하려는 생각이 강했다. 그 미숙했던 시기에 나는 해결책이 떠오르자마자 돌진하곤 했다. 사람들은 상대가 진실한 관심을 기울이고 있음을 느끼지 못하는 한, 그가 가진 지식에 별로 관심 갖지 않는다는 사실을 이해하지 못한 채.

사실 인간의 상황과 관련된 모든 문제에 대한 해답은 공감 능력을 갖고 관심을 기울이는 귀를 배제하는 경우가 거의 없다. 경청은 우리가 제시할 수 있는 해결책과 똑같이 필수적이다. 이번에는 해리에게 그런 실수를 하지 않을 작정이다.

나는 차량 정체가 서서히 풀리고 있어 기뻤고, 내 생각도 분명해졌다. 잠시 침묵이 흐른 뒤 내가 말했다.

"해리, 당신이 그런 고통을 겪고 있다니 유감입니다. 나를 믿고 이야기해 줘서 고마워요. 문제를 누군가에게 말하는 것만으로도 마음이 가벼워지지 않나요? 상황이 나아질 것이라는 희망이 느껴지지 않아요?"

해리는 납득이 가지 않는 듯 나를 쳐다보았다.

"나는 이 엉망진창인 상황에서 벗어나고 싶어요. 하지만 내 삶을 완전히 망치지 않고는 빠져나갈 길이 보이지 않아요. 나는 마흔 살이 돼 가고 있어요. 극적인 변화를 일으키기에는 너무 늦었어요. 내가 어떻게 해야 할까요?"

'내가 어떻게 해야 할까요?'는 라이프 코치(인생 상담가)라면 누구나 싫어하는 문장이다. 가우르 고팔 다스가 그렇게 말했다는 이유만으로 '보장된 결과'가 뒤따를 것만 같은 '마법의 주문'으로 바뀌기 때문이다.

하지만 그것은 사실이 아니다. 양처럼 맹목적으로 따르는 것은 우리를 잘못된 길로 데려갈 수 있다. 삶에서 선택을 하는 것은 쇼핑몰에서 물건을 사는 것과 같다. 판매원은 구입 가능한 모든 제품을 보여 주면서 각 품목의 장단점을 알려 줄 수는 있다. 하지만 선택은 결국 우리가 해야 한다. 최종 결정은 자신의 몫이다.

한 남자가 사막에서 길을 잃었다. 갖고 있던 물도 이틀 전에 바닥이 났다. 물을 구하지 않으면 생명이 위태로워질 것이 분명했다. 완전히 지쳤지만 남자는 희망을 버리지 않았다. 그는 행운의 표식을 찾아 계속해서 걸었다.

문득 멀리 작은 오두막이 보였다.

'신기루일지도 몰라.'

그는 생각했다.

'어쩌면 그냥 환영이 보이는 것일 수도 있어.'

그러나 다른 선택이 없었기 때문에 가까이 다가갔고, 그 오두막이 환영이 아니라는 것을 깨달았다. 마지막 남은 기력을 모아 지친 몸을 끌고 오두막 안으로 들어갔다. 얼마라도 물을 찾을 수 있기를 바라며.

오두막은 비어 있었고 꽤 오랫동안 버려져 있었던 것처럼 보였다. 그때 오두막 안에 무엇이 있는지 발견하고 그의 심장이 뛰었다. 손으로 물을 퍼올리는 수동 펌프였다! 드디어 물을 구할 수 있게 된 그는 뛸 듯이 기뻐하며 곧바로 펌프질을 시작했다. 하지만 물은 나오지 않았다. 더 힘껏 시도하고 더 열심히 노력했다. 아무리 해도 물은 나올 기미가 보이지 않았다.

결국 기운을 다 허비한 그는 지쳐서 포기했다. '목이 말라 오늘 죽을지도 몰라.' 하고 좌절하며 바닥에 주저앉았다. 그리고 그때 두 번째 희망의 빛이 보였다! 오두막 한구석에 놓인 병을 발견한 것이다. 병에는 물이 가득 차 있었고, 증발을 방지하기 위해 마개가 채워져 있었다.

그는 병의 마개를 뽑았고, 그 생명의 물을 마시려는 찰나 병에 붙어 있는 쪽지 한 장을 발견했다. 그곳에는 손글씨로 이렇게 적혀 있었다.

'이 물을 사용해 펌프를 작동시키시오. 끝나면 병에 물을 채워 놓는 것을 잊지 마시오.'

이제 그는 딜레마에 봉착했다. 쪽지에 적힌 지시를 따르고 펌프에 물을 부을 것인가, 아니면 무시하고 그냥 물을 마실 것인가? 펌프에 물을 부었는데 제대로 되지 않는다면? 하지만 그 지시가 옳을 수도 있었다. 위험을 감수할 것인가, 아니면 물병의 물을 그냥 마실 것인가? 쪽지의 메시지가 거짓으로 판명되면 자신이 보게 될 마지막 물을 쏟아 버리는 것이 된다.

이런 상황에 처한 적이 있는가? 오직 두 가지 선택만 있고 어느 것이 효과가 있을지 불확실한 상황에. 그때 당신은 어떻게 할 것인가? 어느 쪽을 선택할 것인가? 어쨌든 당신은 하나를 선택해야만 하고, 그것이 가져오는 결과가 무엇이든 기꺼이 받아들여야만 한다.

많은 사람들이 결과가 두려워 결정을 내리지 않는다. 그리고 계속해서 그들의 삶에서 혼란스러운 상태로 남아 있다. 그 남자는 신뢰의 도약을 하기로 결정했다. 떨리는 손으로 펌프에 물을 붓고, 눈을 감고 기도를 한 후에 펌프질을 시작했다. 끼익거리는 소리가 났고, 그가 필요로 하는 것보다 훨씬 많은 물이 솟아올랐다. 그는 시원하고 상쾌한 물을 마음껏 마시며 갈증을 풀었다. 기적처럼 목숨을 건진 것이다.

기분이 한결 나아진 그는 오두막 안을 둘러보다가 연필과 그 지역의 지도를 발견했다. 지도는 그가 아직 마을과는 거리가 멀다는 것을 보여 주었지만, 적어도 이제는 자신이 어느 위치에 있고 어느 방향으로 가야 하는지 알게 되었다.

그는 앞으로의 여행을 위해 수통에 물을 가득 담았다. 쪽지에 적힌 지시에 따라 병에도 물을 채우고 마개를 다시 막았다. 그리고 오두막을 떠나기 전에 쪽지에 이렇게 덧붙였다.

'내 말을 믿으세요! 물을 얻을 수 있습니다!'

우리 대부분은 이처럼 선택이 삶과 죽음을 결정짓는 상황에 직면하지 않을 수도 있다. 하지만 우리에게는 가야 할 여정이 있다. 그리고 우리 스스로 선택해야 한다. 선택은 언제나 우리 자신의 몫이다.

마음속 교통정리

"나는 어떻게 해야만 할까요?"

해리의 물음에 나는 단호하게 말했다.

"나는 당신의 구루(최상급의 정신적 지도자)가 아니에요. 친구죠. 우리는 스스로 결정을 내려야 합니다. 나는 그저 내 능력 안에서만 당신을 도울 수 있을 뿐입니다. 나는 모든 것을 알지도 못할 뿐 아니라 다 안다고 주장하지도 않습니다. 하지만 전 세계 수천 명의 사람들과 친구가 된 내 경험에 비춰 볼 때 당신은 결코 혼자가 아니에요. 많은 사람들이 당신과 비슷한 괴로움을 겪고 있어요."

해리는 다시 한숨을 쉬었지만, 이번에는 안도의 한숨 같았다. 우리는 뭄바이의 교통 정체 속을 느릿느릿 움직여 가고 있었다.

내가 물었다.

“지금 이 교통 정체 속에 얼마나 많은 사람이 갇혀 있는지 보이나요? 이 사람들 모두 우리와 같아요. 서로 다른 차 안에 있을지 모르지만 모두가 꼼짝 못 하고 갇혀 있어요. 주위를 돌아봐요. 한 노인은 영국 관광객들을 뒷좌석에 태우고 택시를 운전하고 있어요. 저기 있는 택시 운전사는 라디오에서 나오는 오래된 볼리우드(뭄바이의 옛 지명인 봄베이와 할리우드의 합성어로, 세계 최대인 인도 영화 산업을 일컫는 단어) 음악을 들으며 차량들 사이에 끼어 있고, 저 멀리에는 롤스로이스까지 갇혀 있어요.”

해리는 자기 차보다 좋은 차를 보고 움찔했다.

“우리 모두는 세 가지 공통점이 있어요. 우리 모두 제자리에서 꼼짝 못 하고 있고, 우리 모두 완수해야 할 여정이 있으며, 우리 모두 목적지가 있다는 것입니다. 이제 교통 정체가 완전히 해소되었다고 상상해 봐요. 그때 우리 모두는 평화롭게 여행을 마치고 각자가 선택한 목적지에 도착할 수 있어요.”

“그런데 그것이 나의 상황과 무슨 상관이죠?”

해리가 냉정하게 반문했다.

내가 말했다.

“우리의 마음속에는 교통 정체가 일어나고 있어요, 해리. 그리고 그 교통 체증은 우리가 자신의 진정한 잠재력에 도달하는 것을 막고 있어요. 우리가 이 혼란을 해결할 방법을 안다고 생각해 봐요. 기침을 유발하는 매연 같은 불안감도 없고, 누구도 우리에게 시끄럽게 경적을 울리지 않으며, 집중을 방해해 중요한 것으로부터 멀어지게 하지도 않는다면? 가치 있는 삶을 살 수 있도록 우리를 지탱해 줄 풍부한 연료가 있다면?"

해리의 눈에는 더 이상 눈물이 없었다. 단지 흥미로움만이 어려 있었다.

내가 계속 말했다.

"내 마음속 교통정리를 위한 과정은 스물두 해 전에 시작되었어요. 부모님에게 고통을 안겨 드린 것은 진심으로 후회되지만, 그때 나는 가출해서 승려가 되었어요. 그리고 그때 삶을 지탱하는 바퀴들에 대해 배웠어요. 지금 당신 주위에 있는 모든 차들은 똑같이 차축을 떠받치는 4개의 바퀴를 가지고 있어요. 이 바퀴들 중 어느 하나라도 공기가 빠지면 목적지에 도달하는 속도가 지체될 수 있어요. 바퀴 하나를 아예 잃는 것은 치명적일 수 있어요. 따라서 반드시 바퀴를 정기적으로 점검하고 관리해야 해요. 마찬가지로 행복한 삶의 기초를 이루는 네 개의 바퀴에 해당하는 네 가지 원리가 있어요. 그 원리들은 우리가 우리 자신에게 붙인 상표와 상관없이 모두에게 적용됩니다. 수도승이든 결혼한 사람이든, 젊은이든 노인이든, 부자든 가난하든, 무신론자든 종교인이든 관계없이. 그 원리들은 국적, 인종, 성별, 직업에도 좌우되지 않아요."

차가 다시 교통 정체 속에 멈추자, 해리는 내 눈을 똑바로 바라보았다.

"나는 지금 그것들을 배울 준비가 되어 있어요. 사실 열여덟 살 때부터 준비되어 있었어요."

우리가 타고 다녀야 할 차

영화 〈벽〉('디와르'. 인도를 대표하는 배우 아미타브 바찬과 샤시 카푸르가 주연한, 희생의 어머니상을 그린 1975년 영화)을 본 적 있는가? 아미타브 바찬이 샤시 카푸르에게 묻는다.

"나는 대저택이 있고, 차가 있고, 하인들이 있어. 하지만 당신은 무엇을 가지고 있지?"

그러자 샤시 카푸르는 말한다.

"나에게는 엄마가 있어."

이 대화를 지금 시대의 버전으로 바꾸면 이렇게 될 것이다. 아미타브 바찬이 샤시 카푸르에게 묻는다.

"나는 람보르기니가 있고, 포르쉐가 있고, 벤츠가 있고, 아우디가 있어. 하지만 당신은 무엇을 가지고 있지?"

그러자 샤시 카푸르가 말한다.

"나에게는 주차장이 있어!"

모르긴 해도 뭄바이 같은 도시에서는 주차장이 자동차보다 더 비쌀 것이다.

나는 우리가 어떤 차를 운전하든, 삶에서 평생 운전해야 하는 차가 한 대 있다고 말한다. 그 차CAR는 세 단어의 약자이다.

C는 바꾸는 것change을 의미한다. 당신 삶의 문제를 해결하기 위해 당신은 할 수 있는 일을 한다.

나는 지난 30년 동안 관자놀이의 통증으로 고통받았다. 대증요법, 동종요법, 자연요법 등 온갖 치료법을 시도했지만 효과가 없었다. 어찌 된 일인지 밤이 되면 통증이 더 심해진다. 그래서 지금은 포기한 채 시도하지 않는 것이 아니라 여전히 최선을 다하고 있다. 누가 치료법을 제안하든 나는 그렇게 할 것이다.

따라서 CAR의 C는 '바꿀 수 있는 것은 바꾸라'이다.

하지만 솔직히 말해 삶에는 우리가 바꿀 수 없는 것들이 있다. 예를 들어, 말기 환자가 집에 있고 의사가 두 달밖에 살 수 없다고 진단 내렸다고 하자. 혹은 태어날 때부터 특별한 도움 없이는 움직일 수 없는 자녀를 둔 부부를 상상해 보자. 모든 것을 우리의 의지대로 바꾸는 것은 불가능하다.

따라서 CAR의 A는 받아들임accept의 약자이다. '바꿀 수 없는 것은 받아들이라'의 의미이다. 영성의 근본적인 면 중 하나는 받아들임이다. 만약 어떤 필연적인 것을 받아들이지 못한다면, 나는 내가 바꿀 수 없는 것들과 싸우기 위해 더 많이 투쟁할 것이고, 그럴수록 나는 나를 넘어서는 것들에 시간과 정신 에너지를 다 써 버릴 것이다. 삶에는 내가 바꿀 수 없는 것들이 분명히 존재한다. 그래서 두 번째 측면은 '받아들임'이다.

하지만 내가 받아들일 수 없는 것들도 있다. 절대로 받아들일 수 없다고 판단되는 것들이. 결혼을 했는데 6개월 만에 남편이

동성애자라는 것을 알게 된 한 여성처럼. 그녀는 나의 친구이다. 나는 누구의 특정한 성적 취향에 대해 문제 삼는 것이 아니다. 그것은 개인적인 선택일 뿐이다. 그러나 그녀에게는 그 관계가 심각한 독이 되었다. 그녀는 그 상황을 바꿀 수도 없었고, 그것을 받아들일 수도 없었다. 이 상황은 우리를 CAR의 세 번째인 R로 데려온다. 그리고 그 R은 두 가지이다.

첫 번째 R은 자신이 받아들일 수 없는 상황에서 자신을 벗어나게 하는 것remove이다. 이 경우 그녀에게는 다른 방법이, 다른 길이 없었다. 그래서 그 관계로부터 벗어나기 위해 그녀는 이혼을 요구했고, 결국 이혼이 성사되었다.

하지만 우리 삶에는 쉽게 벗어날 수조차 없는 상황이 너무 많다. 내가 아는 직장 다니는 사람들 중에도 고용주가 불합리한 인격체라서 고통받는 이들이 있다. 하지만 지금 당장은 다른 기회를 찾을 수 없다. 그것에 대해 아무것도 할 수 없고, 거기에 속수무책으로 갇혀 있다. 고용주를 바꿀 수도 없다. 그들을 받아들일 수도 없고, 간단히 그 상황에서 벗어날 수도 없다.

그러한 상황의 예는 너무도 많다. 따라서 이 경우의 R은 '받아들일 수 없는 것 위로 비상하라rise'의 의미이다.

나는 한번은 뉴욕에서 시카고로 비행기를 타고 가고 있었다. 바로 전날, 나와 내 친구는 맨해튼 시내를 걸어 다녔다. 우리는 원월드 전망대(테러로 무너진 세계무역센터 자리에 세워진 타워 건물)에 올라가서 모든 곳을 내려다보았었다. 환상적이고 거대한 건물이었다. 다음 날 우리가 탄 비행기가 이륙해 고도를 높였을 때, 바로 그 건물을 보았다. 그 건물은 변하지 않았고, 정확히 똑같았으며, 같은 자리에 그대로 서 있었다. 하지만 내가 위로 올라갔기 때문에, 그것이 내게는 보잘것없이 작아 보이기 시작했다. 그 건물이 하찮아져서가 아니라 내가 위로 높이 올라갔기 때문이다.

따라서 바꿀 수 있는 것은 바꾸고, 바꿀 수 없는 것은 받아들이고, 받아들일 수 없을 때 자신을 그 상황에서 벗어나게 해야 한다. 그리고 자신을 벗어나게 할 수 없을 때는 영적인 힘을 가지고 그 상황을 위에서 내려다보는 법을 배워야 한다. 그래서 자신의 삶을 불행하게 만드는 그 사람이나 상황보다 더 나은 존재가 되어야 한다.

그 비상을 종교라고도 부르고 영성이라고도 부르는 것이다. 이때의 종교는 제도화된 종교나 무조건적인 믿음이 아니라 진지한 내적 탐구이다. 이 시대에 영성이 기여할 수 있는 것이 그것이다. 오늘날 우리는 때때로 극도로 무력한 상황에 처한다. 외부의 어떤 것도 우리를 도울 수 없는 상황, 그 위로 비상해 정신적으로 성장하는 것 외에 다른 길이 없는 상황들이 있다. 그것이 영성이 할 수 있는 핵심적인 역할이다.

첫 번째 바퀴—감사하는 마음

해리의 흰 얼굴이 짙은 갈색 눈동자와 대조를 이루었다. 눈은 영혼의 창이라는 말이 생각났다. 그가 나를 쳐다보았을 때, 그의 눈 흰자위 일부가 충혈된 것을 나는 알아차렸다. 부분적으로는 나에게 자신의 불행한 상황을 이야기하는 중압감으로 인해, 다른 한편으로는 우리 앞에 놓인 대화에 대한 흥분감 때문이었는지도 모른다.

"당신이 말하는 마음의 교통정리는……."

해리는 다시 본래의 이야기로 돌아가고 싶어 했다. 그가 핸들 위로 목을 길게 빼고 앞쪽의 교통 흐름이 풀리고 있는지 확인하는 동안 우리는 잠시 서로에게서 시선을 돌렸다. 비록 느린 속도이긴 했지만 상황이 나아지고 있었다.

"그래서 마음의 교통정리는……."

그가 반복해서 말했다. 나는 그를 보며 미소 지었다.

"마음은 우리가 세상을 지각하는 데 사용하는 도구입니다. 우리는 사물을 있는 그대로 보지 않고 우리 자신의 관념대로 사물을 봅니다. 당신의 선글라스처럼……."

나는 계기판 위에 놓인 그의 명품 선글라스를 가리켰다.

"선글라스를 쓰면 세상을 보는 방식이 바뀌죠. 한때 밝게 보였던 것들이 이제는 흐리고 생기 없어 보입니다. 대상 그 자체는 변하지 않았어요. 당신의 인식이 달라졌을 뿐."

차들이 또다시 완전히 멈춘 상태가 되었다. 해리는 선글라스 테를 만지작거리며 내 말의 의미를 곱씹었다.

그가 말했다.

"하지만 시간이 지나면 상황도 달라져요. 아내와 나는 완전히 다른 사람이 되었어요."

"그것에는 나도 동의합니다. 시간의 모래는 어느 누구에게도 더디게 흐르지 않아요. 상황이 좋게 변하기도 하고 나쁘게 변하기도 하죠. 하지만 그 상황을 어떻게 인식할 것인가의 선택은 우리 자신에게 달려 있습니다. 한 가지 상황에서 긍정적인 면을 볼 것인가, 아니면 부정적인 면을 볼 것인가는 전적으로 개인의 선택입니다."

나는 해리가 약간 혼란스러워하는 것을 느낄 수 있었다.

내가 설명했다.

"개인적인 예 한 가지를 들어봅시다."

우리 모두는 끓는 정도가 다르다. 우리 중 어떤 이는 인도의 여름 같은 기질을 가지고 있어서 불같고, 끈적거리며, 쉽게 짜증을 낸다. 그런가 하면 어떤 이는 최악의 재난에도 냉철한 태도를 유지한다. 수도승인 나는 감정 조절하는 법을 배웠기 때문에 당연히 후자의 범주에 속한다고 생각했었다. 어느 날 내가 아직 그 수준에 미치지 못한다는 걸 깨닫기 전까지는.

대부분의 사람들에게 아쉬람이라는 단어는, 이름을 발음하기도 어려운 산기슭에 자리 잡은 명상 센터의 낭만적인 환상을 불러일으킨다. 그러나 우리의 아쉬람은 전혀 그렇지 않다! 우리 아쉬람은 결코 잠들 줄 모르는 대도시 남부의 그물처럼 얽힌 도로

변에 위치해 있다. 100명이 넘는 수도승이 함께 생활하고 있어서 때로는 무척 혼잡하게 느껴질 수도 있다. 우리가 아침에 얼마나 오래 화장실 앞에서 줄 서서 기다려야 하는지 상상해 보라.

10년 전 어느 날이었다. 나는 우리 사원의 영적 지도자 라다나트 스와미 방으로 들이닥쳤다. 그가 아쉬람에서 우리와 함께 살고 있어서, 아무 때나 다가가 우리의 기쁨을 나누고 나아가 우리의 불만을 들어 달라고 할 수 있는 것은 우리에게는 더없이 큰 행운이었다.

그의 처소에 들어가 본 사람은 안다. 그곳은 실로 특별한 곳이었다. 소박함의 향기를 잡아서 향수로 팔 수 있다면 그것이 그의 방의 정수일 것이다. 두 평도 안 되는 넓이에 단순한 모양의 형광등이 걸려 있고, 바닥에는 짚으로 엮은 멍석이 깔려 있어서 시골집에 들어온 것 같은 느낌을 준다. 방바닥 위로 약간 올라온 작고 야트막한 탁자와 그를 방문하는 나이 많은 손님을 위한 나무 의자 하나를 제외하고는 가구도 거의 없다. 두 벽면에는 천장까지 책꽂이가 세워져 있으며, 고대의 지혜서들이 현대의 연구 서적들과 나란히 꽂혀 있다. 그리고 방의 중심을 이루는, 명상의 신을 모신 작은 제단 옆에 하모늄(한쪽 손으로 누르면서 공기를 불어 넣고 다른 손으로 건반을 눌러 연주하는 인도 전통 악기)이나 므리당감(남인도 전통음악과 춤곡에 사용되는 가죽으로 된 북) 같은 악기가 놓여 있다.

"모든 것이 변하고 있어요."

구루의 방문을 두드리며 나는 숨죽여 속삭였다.

"들어오게!"

그가 말했다. 나는 고개를 숙인 채 나무 문 사이로 몸을 들이밀었다. 라다나트 스와미는 수수한 탁자 앞에 허리를 곧게 펴고 가부좌 자세로 앉아 있었다. 나도 가부좌를 하고 앉으면서 방금 전 한 말을 좀 더 크게 반복했다.

"모두가 변하고 있습니다!"

나는 아쉬람의 상황을 더 이상 받아들일 수 없었다. 그에게 말해야만 했다.

"무슨 일이지, 가우르 고팔?"

그는 인도식과 미국식이 가미된 억양으로 호기심을 담아 물었다. 꿰뚫어 보는 듯한 날카로운 시선을 하고서 독서용 안경 너머로 나를 바라보았다. 그런 다음 구시대의 유물처럼 보이는 표지의 책을 덮고 무릎에 두 손을 얹고는 본래의 자세로 돌아갔다. 그의 주의를 끄는 데 성공한 것이다. 그것은 내가 말을 해도 좋다는 신호였다.

나는 폭발했다. 45분 동안 부실한 사원 관리와 나를 부당하게 대하는 많은 사람들에 대한 불만을 낱낱이 파헤쳤다. 이대로 가다가는 우리 공동체가 붕괴될 것이라고 하소연했다. 나는 우리 사회에 스며든 부정적인 습관들을 지적하는 자칭 구세주가 된 기분이었다.

"이 모든 것에 대해 우리가 아무것도 하지 않는다면 모든 것이 엉망으로 변하고 말 거예요."

나는 마침내 말을 끝맺었다. 라다나트 스와미는 줄곧 심각한 표정을 하고 그곳에 앉아 있었다. 내가 불만을 호소하는 동안 그의 입에서는 한 마디도 나오지 않았다.

"끝났는가?"

그가 근엄한 목소리로 물었다. 나는 한숨을 내쉬며 말했다.

"네."

"우리 공동체에는 긍정적인 일도 아주 많이 일어나고 있어."

그가 말을 시작했다. 그 후 45분 동안 그는 내가 말한 불평에 대해서는 한 마디도 언급하지 않았다. 오직 사원의 긍정적인 면에만 집중해 내 기분을 좋게 했다.

"나는 그대가 지적한 그런 문제들이 존재하지 않는다고 말하는 것이 아니네. 하지만 진짜 문제는 부정적인 것이 마음을 집어삼킬 때 우리는 주변의 아름다운 것들을 보는 눈을 잃어버릴 뿐 아니라 우리가 직면한 문제를 해결하는 능력도 잃는다는 것이라네. 우리는 긍정적인 면에 집중하고 부정적인 면을 다룰 수 있는 힘을 얻도록 마음을 훈련해야 하네."

그러고 나서 그는 내가 제기한 문제들에 대한 실질적인 해결책을 찾는 데 또 그만큼의 시간을 들였고, 그런 다음 얼른 식당에서 다른 승려들과 함께 점심을 먹으러 가라고 지시했다. 그는 내 불만 중 일부가 진짜라는 사실을 무시하지 않았다.

내가 느끼는 문제들이 현실이 아니라는 것이 아니었다. 우리 모두는 해결책을 찾아야만 하는 현실적인 문제를 겪는다. 그러나 라다나트 스와미가 나에게 가르친 것은 긍정적인 마음 상태를 갖고 문제를 건설적으로 다루는 힘이었다.

쿠민 씨앗과의 싸움

"많은 것이 명확해집니다……."

해리가 말했다.

나는 그의 말끝에서 '하지만'을 느낄 수 있었다.

"하지만 당신의 긍정적인 태도가 얼마나 오래 지속되었나요? 라다나트 스와미 스승이 당신에게 긍정적으로 생각하라고 한 번 말했을 뿐인데, 기적적으로 그런 일이 가능해졌다는 건가요?"

"그 기적은 점심시간까지 적어도 한 시간은 지속되었습니다."

나는 웃었다.

"시간이 지나면서 그런 마음 상태가 점점 더 많이 자리 잡았고, 나는 점심을 먹으면서 그것의 의미를 완전히 이해했습니다."

나는 기분이 고양되어 라다나트 스와미의 방을 나왔다. 그것이 깨달음을 얻은 사람이 주는 영향 중 하나이다. 함께 있으면 기분을 상승시켜 주고 영감을 준다. 나는 행복하고 긍정적인 기운으로 충만해져서 점심 식사 장소로 전속력으로 달려갔다. 물론 신체적으로 그랬다는 뜻은 아니다. 한 장짜리 긴 천을 허리에 둘러 입는 인도 남자의 전통의상인 도티를 입어 본 사람이라면 그것이 얼마나 힘든 일인지 이해할 것이다.

우리 아쉬람의 주방은 매일 200인분 이상의 점심을 준비한다. 그곳에는 성인 남성보다 더 큰 솥과 결혼 의식용 불(인도의 결혼식은 신랑 신부가 일곱 바퀴 돌 수 있게 불을 피운다)보다 큰 수많은 불꽃을 지닌 가스 화덕이 있다. 내셔널 지오그래픽은 인도의 메가 키친(대형 부엌)에 대한 다큐멘터리에서 우리 주방을 특집으로 소개했다.

밥, 달(각종 콩에 향신료를 넣고 끓인 인도의 수프), 매콤한 야채 카레, 그리고 따끈한 차파티(밀가루 반죽을 둥글고 얇게 눌러 구운 통밀빵). 간소하지만 만족스러운 점심이었다. 나에게 음식 맛을 한층 돋우어 준 것은 주변 사람에 대한 새로운 음미였다. 그곳에 있는 사람들은 약간 내 점심 식사와 비슷했다. 가끔 달에 소금이 부족하거나 카레가 너무 맵거나 굴랍자문(우유, 치즈 등의 재료로 만든 빵을 튀겨 장미 향 나는 시럽에 담근 디저트)에 치즈가 너무 많이 들어가는 경우가 있다. 하지만 그럼에도 불구하고 그 음식들은 여전히 나에게 영양을 공급한다.

나는 식당에 있는 얼굴들을 하나하나 살펴보았다. 지금까지는 그들에게서 결점을 발견했을지 모르지만 그들 모두 나의 여정에 도움이 되었다. 그날 나는 배웠다. 우리가 사람들에 대해 부정적인 생각이 들 때, 그 사람이 가진 긍정적인 특성을 떠올림으로써 즉시 그 에너지에 대응해야 한다는 것을.

내가 식당에 있는 많은 수도승들을 얼빠진 듯 바라보며 약간 어색하게 오랫동안 눈을 마주치자, 그들은 혼란스러운 표정을 지었다. 하지만 내 의도는 옳았다. 나는 좋은 면을 보기 위해 마음을 훈련시키고 있는 중이었다.

나는 생각과 점심을 소화시키며 그날 저녁에 할 강의 계획을 세우기 위해 내 방으로 돌아왔다. 노트북을 열어 보니 읽지 않은 이메일이 잔뜩 쌓여 있었다. 저녁 마감 시간이 급해 그것들을 읽을 여유가 없었다. '강의에서 무엇에 대해 이야기하지?' 의자를 흔들흔들하면서 손가락으로 노트북 옆면을 두드리며 궁리했다. 아무것도 떠오르지 않았다.

점심 먹을 때 치아 사이에 무언가가 끼어서 계속 신경이 쓰였다. 작은 쿠민 씨앗(인도에서 매우 일상적으로 사용되는 향신료)이 오른쪽 아래 어금니 사이에 끼어 있었다. 나는 끈질기게 혀로 그것을 만지작거렸다. 혀가 씨앗을 공 삼아 치아와 테니스를 치는 기분이었다. 15분 후, 그 격렬한 경기에서 두 세트를 내리 진 것처럼 좌절감을 느끼며 화장실로 갔다. 나의 첫 번째 전략은 물로 입을 헹구는 것이었다. 쿠민 씨앗을 씻어 내기 위해 다양한 방식으로 시도했지만 운이 따르지 않았다. 치아 사이를 비집고 들어앉은 양념은 여전히 그대로 남아 있었다.

나의 두 번째 전략은 그 달갑지 않은 친구를 치실로 세게 압박을 가하는 것이었다. 솔직히 말해, 이 책을 읽는 치과 의사들에게 사과하고 싶다. 치실을 거의 사용하지 않기 때문에 박하 향 나는 치실을 사용하는 손재주가 없었다.

결국 나의 마지막 선택지는 가끔씩 사용하는 치간 칫솔이었다. 치간 칫솔은 짧고 미세한 뻣뻣한 털이 촘촘히 붙어 있는 솔이다. 그것은 치아 사이에 딱 맞으며 작은 치석과 싸우는 검처럼 보인다. 짐작하겠지만 마침내 성공했다. 치아 사이를 섬세하게 급습해 쿠민 씨앗의 중심을 똑바로 찔러 내 입에서 영원히 추방했다. 작지만 의미 있는 승리였다.

노트북으로 돌아와 앉으니 그날 저녁에 강의할 내용이 분명해졌다. '라다나트 스와미와 쿠민 씨앗에 대한 나의 경험'. 청중을 즐겁게 하기에는 충분히 흥미롭지만 우스꽝스러운 제목이었다. 그러나 씨앗과의 사건에서 나는 소중한 교훈을 얻었다.

마음은 혀와 같다. 마음은 우리 삶의 부정적인 영역으로 표류해 우리를 안절부절못하고 불안하게 만든다. 우리에게 고통을 주는 문제들을 뿌리 뽑기 위해 마음은 전략을 세운다. 그 계속되는 전략이 실제로는 우리에게 더 많은 감정적 피해를 입힌다는 사실을 깨닫지 못한 채. 마음은 인생의 31가지 '씨앗이 없는' 영역(31개의 치아)을 외면한 채 우리가 누릴 수 있는 단순한 기쁨에는 초점을 맞추지 않기로 선택한다.

이것은 우리가 우리 삶의 문제를 다루지 말아야 한다고 말하는 것이 아니다. 실질적인 해결책도 필요하다. 치간 칫솔은 필요하다. 하지만 그것들에 사로잡혀서는 안 된다. 그것은 우리를 불행으로 이끈다. 우리는 먼저 감사하는 데 집중해야 한다.

우리 아쉬람에 있는 펀자브 출신의 친구 중 한 명은 요리를 아주 잘한다. 맛있는 알루 파라타(한국의 두꺼운 감자전 느낌이 나는, 펀자브 지역에서 유래한 인도 전통 음식)를 만드는 전문가이다.

펀자브 지방의 음식은 자칫 무거울 수 있다. 파라타는 엄청난 양의 버터와 함께여야 한다. 높은 유리잔에 담긴 차갑고 달콤하고 진한 라씨(요구르트에 바나나, 망고, 사프란 등을 섬세하게 혼합시켜 맛을 내는 시원한 음료)는 말할 것도 없고.

알루 파라타를 먹을 때, 뜨거운 파라타 위에 버터 한 덩이를 얹으면 버터가 녹아서 파라타는 버터를 한 방울도 남김없이 다 흡수한다. 하지만 파라타가 식으면 버터 덩어리가 녹지 않고 계속 표면에 남아 있다. 위에 버터를 얼마나 얹든 상관없이 그대로 남아 있다. 두 종류를 먹어 보면 두 가지 맛이 얼마나 다른지 확연히 알 수 있다. 똑같은 파라타와 똑같은 버터이지만 맛은 천지차이다.

삶이 바로 그렇다. 우리가 풍성하게 축복받을 때 그 축복들은 우리의 가슴으로 흠뻑 스민다. 하지만 오직 우리가 그 축복들을 감사하게 받아들이는 올바른 마음가짐이 있을 때만 그것이 가능하다. 가슴이 감사의 마음으로 흠뻑 젖었다면, 우리는 연민심과 봉사, 나눔, 보살핌, 베풂이 충만한 삶을 살게 된다.

그리고 차가운 파라타 위에 놓인 버터 한 덩이처럼, 온 마음으로 껴안지 않는 일상들, 축복으로 받아들이지 않는 일들은 계속해서 표면에만 남아 우리의 삶에 어떠한 긍정적인 변화도 일으키지 못한다. 심장이 감사하는 마음으로 흠뻑 젖지 않으면, 우리는 비교, 경쟁, 축적을 추구하는 피상적인 삶을 살게 된다.

당신의 파라타를 감사의 열기로 따뜻하게 유지하고 버터, 즉 축복들이 풍성하게 흐르게 해야 한다. 당신 삶의 모든 한 조각, 모든 순간이 풍미가 나게 하고, 당신 주변의 모든 사람에게 사랑의 풍미와 향기를 퍼뜨려야 한다.

우리는 아름답게 불완전한 존재

감사는 일시적인 기분이 아니다. 그것은 발달시킬 수 있는 마음의 상태이며, 우리가 무한 긍정 에너지의 저장소를 이용할 수 있게 해 준다.

감사는 두 단계로 이루어진다. 첫 번째는 세상에는 선이 존재하며 그 선이 우리에게 선물처럼 주어졌음을 깨닫는 것이다. 두 번째는 선이 우리가 아닌 다른 데서 온다는 것을 아는 것이다. 외부의 현실이 우리 자신의 현실에 은총 같은 선물을 주고 있는 것이다. 그들은 우리 가족일 수도 있고 친구나 자연, 심지어 신일 수도 있다. 우리는 감사할 것이 너무나 많다!

통계적으로 봐도 우리에게는 감사하지 않은 것보다 감사해야 할 것이 더 많다. 고마움을 모른다는 것은 삶의 축복을 잊어버리고 사람들이 우리를 위해 해 준 친절한 일들을 무시하는 것을 의미한다. 감사를 받아들일 때 느끼는 것은 긍정적인 감정만이 아니다. 잠을 더 잘 자게 되고, 더 많은 친절을 표현하는 능력을 갖게 된다. 더 살아 있다는 느낌, 나아가 더 강한 면역 체계를 갖게 되는 것 모두가 감사의 이점이다.

우리가 초등학교에서 노래 불렀던 존슨 오트먼(미국 목사이자 시인)이 쓴 시는 내 메시지를 웅변적으로 요약해 준다.

'삶의 파도에 흔들릴 때, 모든 것을 잃었다고 생각하고 좌절할 때, 네가 누려 온 많은 축복을 세어 보고, 하나씩 이름을 지어 보라. 그러면 신이 하신 일에 놀라게 되리라.'

"그렇다면 감사는 계속 긍정적이고 행복하게 지내는 열쇠인가요?"

해리가 확인하듯 물었다.

내가 대답했다.

"물론이죠. '행복한 사람이 감사하는 사람은 아니다, 감사하는 사람이 행복한 사람이다.' 말이 되나요?"

"부분적으로는요."

해리가 머뭇거렸다.

"감사해야 할 일들이 생각나긴 하지만 모든 사람이 그렇지는 않아요. 사랑하는 이를 잃었거나, 병에 걸렸거나, 지옥을 겪은 사람들을 나는 알아요. 그들이 어떻게 감사할 수 있겠어요?"

그때 문득 딸이 말기 암 진단을 받은 뭄바이에 사는 친구가 떠올랐다.

"당신 말이 맞아요, 해리. 어떤 상황에서는 감사하기가 어렵고, 이 원리를 다른 사람에게 설명할 때 주의해야 해요. 고통을 겪고 있는 사람에게 감사하라고 무신경하게 말해서는 안 돼요. 그건 동정심이 없는 것이에요. 감사에는 많은 단계가 있어요."

당신이 생각할 수 있는 최악의 질병은 무엇인가? 대부분의 사람들에게는 암일 것이다. 암은 주로 노년층의 질병이다. 그러나 이것은 내 친구에게는 적용되지 않는다. 친구의 다섯 살 반 된 딸 간다르비카는 인간에게서 가장 빠르게 성장하는 종양인 버킷 림프종(B 림프구에서 기인하는 혈액암) 진단을 받았다.

간다르비카의 아버지이자 나의 가까운 친구인 무쿤드 샨바그 씨가 나에게 이야기를 들려주었다.

"우리의 주치의가 나에게 말했어요.

'아이의 배에서 혹이 만져집니다. 그리고 꽤 큰 느낌이 듭니다.'

의사는 잠시 말을 멈추고 컴퓨터 화면으로 몸을 돌려 종이에 몇 가지를 휘갈겨 쓰더군요. 그러고 나서 말했어요.

'당신을 걱정시키고 싶지는 않아요.'

의사가 하는 그 말은 누군가를 걱정시키기에 충분하죠. 나는 직업이 치과 의사입니다. 때로 우리는 조금 아플 것이라고 말하지만 실제로는 많이 아플 수 있습니다.

'걱정시키고 싶지는 않지만, 따님도 복통을 호소하니 큰 병원으로 데려가셔야 할 것 같아요.'

'잘 알겠습니다.'

전화를 걸어 무언가를 준비하고 있는 주치의에게 내가 말했어요. 그리고 순진하게 물었어요.

'진료 의뢰서가 우편으로 오나요? 얼마나 걸릴까요?'

주치의가 말했어요.

'아니, 내 말은, 지금 당장 아이를 큰 병원으로 데려가야 한다는 겁니다!'

나는 당황해서 그를 바라보았어요. 우리는 진료 후 가족 행사 일정이 있었지만, 그의 얼굴에 나타난 다급함은 이것이 심각한 상황이며 즉시 손을 써야 한다는 신호였어요.

차로 얼마 걸리지 않아 대학병원에 도착했어요. 방사선 전문의가 접수처에서 우리를 만나기 위해 기다리고 있었어요. 주치의가 몇 군데 전화를 걸었거든요. 방사선 전문의는 낯이 익었어요. 그도 우리의 영성 공동체 일원이었어요. 그는 내 딸아이와 나를 위층에 있는 자신의 진료실로 데려가며 나와 가벼운 이야기를 나눴어요. 나는 긴장했지만 간다르비카는 무척 즐거워하고 있었어요. 아이에게는 새로운 모험이니까요. 나는 방사선 전문의와 대화를 시도했지만, 이상하게 그도 긴장하고 있었어요. 주치의가 그에게 우리가 모르는 무언가를 말해 주었나?

진료실에서 방사선 전문의는 간다르비카에게 초음파 검사를 했어요. 차가운 젤이 아이의 배를 간지럽혔죠. 나는 아이의 웃음소리를 기억해요. 의사는 많은 말은 하지 않았지만 조직 검사를 할 것이고 결과가 나오면 전화로 알려 주겠다고 했어요. 그 48시간이 얼마나 긴지 말로는 설명할 수 없을 정도예요. 전화벨이 울리자마자 받았지만, 곧이어 전화기를 바닥에 떨어뜨렸어요. 의사는 간다르비카가 희귀한 형태의 암에 걸렸다고 말하더군요. 그 말만으로도 두려움이 엄습해 왔어요.

그런 고통스러운 질병이 자신의 목숨보다 사랑하는 사람에게 영향을 미칠 것을 알면서 어떻게 감사할 수 있을까요? 나의 아내 파비트라와 나는 처음에는 감사하는 것이 불가능하다고 생각했지만, 지역 사회에서 받은 사랑은 우리가 얼마나 감사해야 하는지를 잘 보여 주었어요.

치료가 시작되자마자 친구들과 가족이 나섰어요. 초반의 중압감은 정말 견디기 힘들었어요. 우리 가족 모두 고통받고 있었어요. 간다르비카가 지옥을 겪고 있을 뿐만 아니라 당시 여덟 살, 세 살이던 다른 두 아이 라디카와 라시카는 긴 시간 동안 부모를 보지 못했어요. 무슨 일이 일어나고 있는지 이해하기에는 그들은 너무 어렸어요. 아내와 나는 그들 셋이 곧 둘이 될 수도 있다는 것을 알기에 아이들을 위해 강해지기 어려웠어요.

간다르비카가 화학 요법, 혈구 수치 감소, 감염과 재입원의 악순환을 겪는 거의 6개월 동안 나는 계속 병원에 있었어요. 끊임없는 고통의 반복이었어요. 내 인생에서 가장 힘든 여섯 달이었어요. 나를 제정신으로 유지하게 한 것은 영적 수행도 있지만 주로 주변 친구들로부터 쏟아지는 사랑이었어요.

친구 중 한 명이 주말마다 내 아이들을 자기 집에 데려가 엄마를 그리워하지 않도록 자기 자식처럼 돌봐 주었어요. 우리가 직장과 병원을 급하게 오가는 동안 두 여동생은 주중에 아이들을 돌봐 주었어요. 나의 아버지는 간다르비카가 집밥을 거르지 않도록 매일 요리를 해 주시겠다고 고집하셨어요. 그렇게 석 달이 흘렀어요. 이 비정상적인 상황이 우리의 일상이 되었습니다.

아이는 다섯 살이 되면 자신이 자기만의 생각, 열망, 꿈을 가질 수 있는 독립적인 존재임을 이해하기 시작한다고 해요. 하지만 아직 어린아이이기 때문에 충분히 성숙하지는 않아요. '넌 커서 뭐가 되고 싶니?'라는 질문에 대한 아이들의 대답이 그토록 재미있는 건 이 때문이죠. 어두운 병원 복도를 걷다 보면 '내 딸이 어른이 되는 모습을 볼 수 있을까?' 하는 생각이 들곤 했어요.

9월 말에 문제가 터졌어요. 간다르비카의 생일이 빠르게 다가오고 있었고, 아이는 당연히 초기의 인내심을 모두 잃고 집에 가서 생일 축하를 받고 싶어 했어요. 문제는 마지막 항암치료 후에 펄펄 끓는 고열에 시달렸다는 것이에요. 의사들은 아이가 병동을 떠날 가능성은 없다고 경고했어요. 그것은 딸아이의 마음을 아프게 했어요. 그때 우리는 더 많은 지지를 받았어요.

점심시간에 간다르비카가 또 다른 검사들을 받는 동안 유치원 담임 선생님의 주도하에 우리의 친구들과 가족이 깜짝 선물로 생일을 위해 병실을 장식했습니다. 그들은 생일 케이크와 파티용 폭죽, 그리고 딸의 반 친구들이 보낸 온갖 선물을 가져왔어요. 우리가 계획할 수 있었던 그 어떤 생일 파티보다 더 좋았어요! 간다르비카와 우리 가족 모두 기쁨에 압도되었어요.

인도에서 암 치료는 집중적으로 오랜 기간 진행되기 때문에 비용이 많이 들 수가 있어요. 우리는 그럭저럭 잘 해내고 있었지만 병원비가 우리 가족에게 큰 부담이 되고 있었어요. 우리는 거절하려고 했지만 가장 친한 친구 중 한 명이 치료비를 내는 데 도움을 주겠다고 제안했어요.

'우리는 정말로 당신들의 딸을 이렇게라도 돕고 싶어.'

나는 깊은 감동을 받았습니다. 자신의 자식을 돌보는 것은 고결한 일이에요. 하지만 남의 아이를 돕기 위해 그토록 많은 것을 주고 싶어 하는 것은 정말 영웅적인 일이죠. 우리는 그 선물에 사랑이 동반되었기에 그들의 제안을 받아들였어요.

그 힘든 시기에 우리의 영적 스승 라다나트 스와미도 우리를 만나 딸의 건강에 대해 물었어요. 그는 내 손을 잡고 내 눈을 쳐다보았어요.

'나는 간다르비카를 위해 간절히 기도하고 있으며, 당신들 모두를 위해서도 열심히 기도하고 있습니다.'

오늘날 많은 사람들이 기도의 힘을 과소평가해요. 그러나 우리는 뿌리 깊은 영성을 지닌 우리 영성 공동체 사람들의 기도와 소원이 우리 삶의 험난한 시기에 대처하는 힘을 준다는 믿음을 갖고 있어요.

간다르비카는 활동적인 아이예요. 친구 사귀기를 무척 좋아하죠. 딸의 병동에는 같은 병을 앓는 아이들이 많이 있었어요. 딸은 그 아이들과 함께 놀았고, 우리는 같은 위기를 겪고 있는 가족들과 유대를 맺었습니다. 흔히 말하듯 함께 있으면 힘이 되었어요. 간호사들은 간다르비카가 다른 아이들과 다르다고 말하곤 했어요. 딸은 기도하고, 책을 읽고, 심지어 명상을 하곤 했어요. 사람들은 내 딸아이를 보며 많은 희망을 얻었고, 많은 사람들이 스스로 영성을 실천하기 시작했어요.

가족과 함께 암과 싸우는 누군가를 보며 우리는 큰 용기를 얻었지만, 그들이 전쟁에서 지면 극심한 공포에 떨곤 했어요. 간다르비카가 가지고 있는 것과 똑같은 장난감을 가지고 놀던 아이들이 바로 우리 눈앞에서 죽어가고 있었어요. 순진무구한 아이들이 그런 치명적인 병에 바싹 여위어 가고 있다니!

간다르비카가 악화되면 어쩌지? 그것이 나에게 반복되는 생각이었어요. 앞서도 말했듯이 병원의 텅 빈 공간 속에서 침묵에 귀 기울이며 나 혼자 있을 때면 이런 부정적인 생각들이 불쑥 튀어나오곤 했어요.

'아이를 잃으면 우리는 무슨 수로 살아가지?'

그럴 때면 우리가 상처를 치유할 수 있도록 우리를 사랑으로 감싸 준 사람들에게 감사하지 않을 수 없었어요. 뭄바이에 있는 우리의 영성 공동체에 대해 우리가 느꼈던 감사함은 투병 과정에서 우리와 작은 간다르비카를 안내하는 불빛이었어요.

우리는 간다르비카의 병이 말기라고 생각했지만, 아이는 웃고

기도하며 오늘도 우리와 함께 있어요. 감사하는 사람은 고통에 면역되어 있는 것이 아니에요. 그러나 다양한 차원의 감사가 매우 어려운 시기에 우리에게 믿기 어려운 위안을 주었어요."

"차들이 속도를 내고 있어요!"

해리의 말에 내 의식이 우리의 대화로 돌아왔다. 그가 말했다.

"실로 감정의 롤러코스터였을 거예요. 간다르비카의 아버지는 감사의 근원에 깊이 연결된 것 같아요."

"맞아요, 정말로 그렇습니다."

내가 젖은 눈을 닦으며 말했다.

"우리가 그와 같이 되기를 원한다면 시간을 내어 감사하는 연습을 해야 합니다."

"확실히……."

해리가 침울한 목소리로 말했다.

"그러기엔 나는 너무나도 바쁜 삶을 살고 있는 것 같아요."

내가 말했다.

"그것이 진정으로 감사하는 마음을 가져야 하는 더 큰 이유입니다. 그렇지 않으면 우리는 우리 존재의 가장 아름다운 면을 놓칠 수 있습니다."

마음의 일시정지 버튼 누르기

3

99클럽/ 삶이 당신을 멈추게 할 때까지
기다리지 말 것/ 왜 걱정하는가/
이야기를 지어내는 마음/ 생명의 로돕신 효과/
혼자 달리는 것은 달리기이지만

몸바이의 월리 씨페이스 지역에는 이 도시에서 가장 비싼 고급 주택 여러 채가 있다. 재계 거물들, 영화배우들, 유명한 크리켓 선수들의 집도(인도는 야구 대신 크리켓이 국가적인 스포츠 경기이다). 문패에는 유명한 이름들이 즐비하다. 하늘로 치솟고 있는 새로 짓는 건물 하나를 가리켜 보이며 내가 말했다.

"저 건물은 나의 친한 친구 소유입니다."

해리가 놀란 눈으로 나를 쳐다보았다.

"당신에게는 내가 가장 부자인 친구일 거라고 생각하고 있었는데요."

그는 천진난만하게 어깨를 으쓱하며 말했다.

"물론 당신도 그중 한 사람이에요. 당신 나이를 생각하면 아무도 당신의 성공을 무시할 수 없어요. 하지만 이 사람들은 다른 리그에서 뛰고 있어요. 저 집은 10층짜리 대저택이 될 거예요."

얇은 형광색 재킷에 노란 헬멧을 쓴 남자들이 열심히 일하는 모습을 보기 위해 해리는 목을 구부려 내 쪽 차창 밖을 내다보았다. 그들은 억만장자의 천국을 건설하는 중이었다.

그가 말했다.

"내가 저 건물의 아파트 한 채를 살 여유가 있으면 좋겠네요."

"잘못 이해한 것 같군요, 해리. 저 10층 건물은 단지 그 사업가의 가족을 위한 집이고, 별도의 아파트는 없어요."

내 친구의 입이 벌어졌다. 내가 말을 이었다.

"사실 저 남자는 당신보다 더 열심히는 아니더라도 열심히 일하는 건 확실해요. 그는 인도에서 가장 번창하는 회사 중 한 곳의 회장이자 최고 경영자예요. 하지만 나는 그를 개인적으로 알고 있기 때문에 그가 항상 긍정적인 면을 생각하는 데 시간을 쏟는다는 걸 알아요. 이것은 심리적인 거예요. 우리가 가진 것에 감사할 때, 우리는 더 많은 것을 받을 준비가 되어 있어요. 이것은 인간관계만큼이나 사업에 있어서도 진실이에요. 우리는 무엇보다 감사에 우선순위를 두어야 해요. 일시정지 버튼을 누르고 장미 향을 맡기 위해 걸음을 멈춰야 해요."

한스 안데르센은 '말이 실패하는 곳에서 음악이 말한다.'라고 했다. 하지만 그것은 당신이 시간을 내어 음악을 들을 경우에만 진실이다.

15년 전 미국의 주요 신문 중 하나인 워싱턴포스트지에 과장

없는 짧은 기사가 실렸다. 이 신문은 국내 정세를 다루는 것으로 유명하지만, 이 기사는 달랐다. 그것은 우리가 살고 있는 사회에 대한 몇 가지 냉혹한 진실을 조명하는 사회적 실험에 관한 것이었다.

수도 워싱턴의 공무원 대부분은 시내 중심부에 위치한 랑팡 플라자 역에서 지하철을 내린다. 2007년 1월 12일 금요일, 사람들이 커피를 홀짝이고 도넛을 삼키며 출근하는 동안, 청바지에 티셔츠를 입은 눈에 띄지 않는 남자가 역 안의 쓰레기통 옆에 서서 바이올린을 연주하고 있었다. 뭄바이 같은 도시에서는 거리에서 음악을 연주하는 것이 그다지 품위 있는 일로 여겨지지 않을 것이지만 미국에서의 인식은 다르다. 그들은 상류층의 일부도 아니지만 가난하다고 무시당하지도 않는다. 단지 길거리 공연자로 받아들여질 뿐이며, 때로는 꽤 많은 대중과 언론의 관심을 끌기도 한다.

공공장소에서 누군가 음악을 연주하는 것을 보면 당신은 멈춰 서서 듣는가? 당신의 친절함을 보이며 동전을 주는가? 아니면 시간에 늦을까 봐 죄책감 속에 서둘러 지나가는가? 그 겨울 아침, 워싱턴포스트지는 한 가지 실험을 했다. 정교하게 만들어진 가장 비싼 역대급 바이올린으로 지금까지 쓰인 가장 우아한 곡을 연주하는, 세상에서 가장 뛰어난 클래식 음악가의 연주를 듣기 위해 사람들이 멈춰 서는지 알아보기 위한 실험이었다. 사람들은 음악 천재를 구경할 수 있는 맨 앞줄의 무료입장권을 받아들 것인가, 아니면 일터로 서둘러 가면서 자신에게 주어진 기회를 놓칠 것인가?

그 음악가는 국제적인 명성을 가진 바이올린 연주자 조슈아 벨이었다. 실험 당시 39세였던 조슈아는 연주회장을 지하철역으로 바꾸고, 열광하는 청중을 그를 그냥 무시할 수도 있는 행인들로 바꾸었다. 사실 그 실험 며칠 전에 조슈아는 장엄한 보스턴 심포니홀을 관객으로 가득 메웠는데, 그곳에서는 평범한 좌석이 100달러에 팔렸다. 이것은 상황의 맥락, 인간의 인식, 우선순위에 대한 테스트였다. 사람들은 아름다움이 바로 눈앞에 있을 때 그것을 감상하기 위해 걸음을 멈출 것인가?

조슈아는 신동이었다. 심리학자인 그의 부모는 네 살짜리 아이가 고무 밴드로 음악을 만들고 있는 것을 보고는 정식 교육을 시키기로 결정했다. 아이는 양쪽 캐비닛 서랍에 고무 밴드를 묶고는 음높이를 다양하게 바꾸기 위해 서랍을 열었다 닫았다 하고 있었다. 조슈아의 명성은 10대 때 이미 치솟았다. 한 잡지 인터뷰는 그의 연주를 '인간에게 왜 살기 위해 애쓰는지 말해 주는 것과 다름없다.'라고 논평했다. 하지만 기차역에 있는 사람들이 그에게 그런 말을 할까? 대중이 350만 달러 상당의 바이올린으로 완벽한 명곡을 연주하는 이 변장한 천재를 알아볼까?

그래서 당신은 어떻게 생각하는가? 세상에서 가장 유명한 음악가 중 한 명의 무료 콘서트! 당신은 그의 주변에 행인이 우르르 몰려들 것이라고 예상할 것이다.

하지만 정반대의 일이 일어났다.

3분쯤 후에 한 중년 남성이 조슈아를 아주 잠시 힐끗 쳐다보았지만 계속 걸어갔다. 그로부터 30초 후, 한 여성이 1달러를 집어 던지고 서둘러 지나갔다. 누군가 벽에 기대어 귀 기울인 것은 6분 후였다. 통계는 암울했다. 조슈아 벨이 연주한 45분 동안 7명이 멈춰 서서 최소 1분 남짓 서성거렸고, 27명이 돈을 주었으며, 총 32달러가 모였다. 불과 몇 미터 떨어진 곳에서 일어나고 있는 기적을 의식하지 못한 사람이 1,070명이었다.

워싱턴포스트지는 조슈아 벨의 지하철 공연 과정 전부를 몰래카메라로 녹화했다. 일어난 일, 혹은 이 경우에는 일어난 일이 없는 장면을 저속 촬영 영상으로 만들었다.

'이렇게 빠른 재생 속도에서도 그 바이올린 연주자의 움직임은 부드럽고 우아했다. 그는 청중과 너무 멀리 떨어져 있어서 보이지도 들리지도 않는 다른 세상에 있는 것 같아서 당신은 그가 실제로는 그곳에 있지 않다고 생각하게 된다. 유령과 같은 존재로. 그제야 비로소 당신은 알게 된다. 오히려 그가 실존하는 진짜 사람이며, 스쳐 지나가는 사람들이 유령이라는 것을.'

기사는 그렇게 썼다.

99클럽

조슈아의 바이올린 연주를 무시한 천 명의 사람들을 세련되지 못한 사람으로 분류할 수 있을까? 꼭 그렇다고만은 할 수 없다. 독일 철학자 임마누엘 칸트는 상황의 맥락이 중요하다고 말했다. 아름다움을 감상하는 인간의 능력은 도덕적 판단을 내리는 능력과 관련이 있다고 그는 말했다. 그러나 이를 위해서는 '보는 조건'이 최적이어야 한다. 미술관에 있는 미술품과 커피숍에 있는 미술품은 다르게 취급될 것이다. 커피숍의 예술품이 더 비싸고 가치가 높을 수도 있지만 사람들이 다양한 카푸치노를 홀짝이고 있기 때문에 주의를 기울일 이유가 없다.

대부분의 미술관에서는 '아름다움을 감상할 수 있는 최적의 조건'이 조성되어 있다. 적절한 장소에 설치된 조명, 미술품과 관람자 사이의 충분한 공간, 작품에 대한 설명 등. 재미있게도, 많은 사람이 미술관에서 평범한 물건을 잃어버렸는데 그 물건이 전시 작품인 줄 알고 사람들이 그 주위에 모여 사진을 찍고 있는 것을 나중에 발견하곤 했다! 맥락은 우리의 관점을 조작한다. 그러므로 조슈아 벨이 그저 평범한 바이올리니스트처럼 보였기 때문에 아름다움을 감상하는 사람들의 능력을 판단할 수는 없다. 그렇다면 이 실험은 삶을 감상하는 우리의 능력에 대해 무슨 의미를 던지는가?

시간이 지날수록 우리가 더 바빠졌다는 사실을 나는 발견했다. 우리는 열심히 일하고, 부를 축적하는 것과 직접적으로 관련 없는 우리 삶의 부분들을 배제하는 경향이 있다. 현대 세계의 구조는 우리가 멈춤 버튼을 누르고 아름다움을 감상할 시간이 적다는 것이다. 자신의 일에만 신경 쓰며, 스트레스를 받고, 시선을 앞으로 향한 채 조슈아 벨을 무시하고 에스컬레이터에 올라타는 사람들은 아름다움을 이해할 능력은 있지만 그것이 자신의 삶과 무관하게 보이기 때문에 걸음을 멈추지 않기로 한다.

만약 우리가 지구상에서 가장 뛰어난 음악가 중 한 사람이 연주하는 아름다운 음악을 잠시라도 들을 시간이 없다면, 현대 생활의 속도가 우리를 억압해 그 아름다운 장면에 대해 귀먹고 눈멀게 한다면, 우리는 또 무엇을 놓치고 있는 것일까?

어느 날 왕이 변장을 하고 대신과 함께 마을을 걷다가 오두막에서 가족과 함께 있는 농부를 보았다. 남편과 아내와 아들이었다. 그들은 즐겁게 대화를 나누고 있었다. 행복과 기쁨으로 얼굴이 빛나고 있었다. 그들은 함께 노래했으며, 서로에게 많은 애정과 사랑을 가지고 있었다.

왕이 말했다.

"나에게는 거대한 왕궁이 있고, 사람들이 꿈꾸는 모든 것을 나는 가지고 있다. 그런데 이 사람들은 나보다 더 행복하니, 이유가 무엇일까?"

대신이 말했다.

"이 가족은 99클럽의 회원이 아니기 때문입니다."

왕이 물었다.

"99클럽이 무엇인가?"

대신이 말했다.

“저에게 99개의 금화를 주시면 알게 해 드리겠습니다.”

왕이 그에게 금화 99개를 주자 대신이 말했다.

“오늘 말고 여섯 달 후에 말씀드리겠습니다.”

대신은 99개의 금화가 든 가방을 농부의 집 앞에 몰래 가져다 놓았다.

아침에 일어나 밖으로 나간 농부는 문 앞에 놓인 가방을 발견했다. 그것을 집 안으로 들고 들어간 농부는 흥분해서 가방을 열었고, 놀랍게도 그 안에 반짝이는 금화가 가득 들어 있었다. 금화라니! 그런 행운을 여태껏 만나 본 적이 없었다.

그는 바닥에 내용물을 비우고 금화를 세기 시작했다. 모두 99개였다.

“내가 숫자를 잘못 세었어! 내가 너무 흥분했어. 다시 세어야겠어.”

그는 다시 세었다.

99개였다.

그는 말했다.

“어떤 바보가 하나 더 넣는 걸 잊었지? 숫자를 딱 맞췄어야지, 왜 99개야?”

그는 아내를 불러 “당신이 세어 봐.” 하고 말했다.

그래서 그녀는 세었다.

“99개.”

"당신이 잘못 센 거야."

그래서 이번에는 아들을 불러 "네가 세어 봐." 하고 말했다.

역시 99개였다.

남자는 말했다.

"신이시여, 우리는 이렇게 살 수 없습니다. 반드시 100개를 채워야만 합니다."

그래서 그는 금화 하나를 얻기 위해 밤낮으로 일하기 시작했다. 그것을 얻기까지는 몇 달, 몇 년이 걸릴 것이다.

그의 아내는 생각했다.

'내 남편은 미쳤어. 정말 제정신이 아냐. 우리는 99개의 금화를 가지고 있는데, 이 남자는 한 푼도 쓰려고 하지 않아.'

그래서 그녀는 금화 두 개를 가지고 쇼핑을 하러 갔다.

남자는 매일 일하고 돌아와서는 밤에 금화를 세곤 했다. 그날도 세었는데, 97개였다! 처음에는 금화 한 개만 부족했는데, 이제는 두 개가 더 없어지다니! 그는 소리쳤다.

"금화 두 개가 어디로 갔지?"

아내가 말했다.

"나는 당신 같은 미치광이가 아니야. 나는 시내에 가서 쇼핑을 좀 해야겠다고 생각했고, 그래서 금화 두 개를 썼어."

"오, 신이시여!"

농부가 소리쳤다.

"나는 금화 하나를 얻기 위해 피땀을 쏟고 있는데, 당신은 나가서 금화 두 개를 써 버린 거야?"

그러는 사이에 아들이 금화 2개를 더 썼고, 95개가 남았다.

여섯 달이 지나 왕과 대신이 그 집 앞을 지나가고 있었다. 노랫소리는 사라지고, 사랑도 사라지고, 삶도 사라지고, 오직 말다툼과 싸움만 있었다.

왕이 물었다.

"무슨 일이 있었지? 불과 여섯 달 만에 어떻게 이렇게 많이 변했지?"

대신이 말했다.

"이제 그들은 공식적으로 99클럽의 회원입니다."

왕이 다시 물었다.

"그대가 금화 99개를 가져갔었지? 대체 99클럽이란 뭔가?"

대신이 말했다.

"99클럽은 99개의 금화를 가지고 있지만 99개의 금화를 사용하지 않고 1개를 더 채우려고 뛰어다니는 사람들 모임입니다."

100을 채우기 위해 하나를 좇아다니느라 99를 사용하는 것을 잊으면 무슨 의미가 있는가? 나는 내 삶에서 한 가지를 배웠으며, 그것을 전적으로 믿는다. 목적지를 기다리지 말고, 여행하는 동안 행복을 발견하라는 것이다. 행복을 뒤로 미루지 말라는 것이다.

오늘 나는 가장 큰 도전을 할지도 모른다. 그렇다고 내가 만족을 미뤄야 한다는 뜻은 아니다. 오늘 나는 큰 변화의 한가운데에 있을지도 모른다. 그렇다고 내가 만족을 미뤄야 한다는 뜻은 아니다. 행복은 여행이다. 목적지가 아니다.

삶이 당신을 멈추게 할 때까지 기다리지 말 것

윌리 씨페이스 지역은 자연스럽게 온갖 사람을 끌어당긴다. 관광객들은 연신 기념사진을 찍고, 가족들은 산책을 하고, 연인들은 손을 잡고, 달리는 사람들은 자신이 가장 잘하는 것을 하고 있다. 도로는 다시 주차장으로 변해 있었다.

"저기 저 사람 보여요?"

나는 길가에서 근력 운동을 하고 있는 스물다섯 살쯤 돼 보이는 남자를 가리켰다. 그와 같은 몸은 우연히 되는 것이 아니다. 그런 몸을 갖기 위해서는 수년간의 운동이 필요하다. 하룻밤 사이에 성공을 거두려면 몇 년 동안 밤늦게까지 노력해야 한다. 그는 근육이 조각품 같았고, 팔은 보통 남자의 다리보다 굵어 보였다. 해리는 왼팔에 힘을 주고서 자신의 이두박근을 육안으로 재어 보았다. 지금 해변에서 팔굽혀펴기를 하고 있는 헤라클레스에 비해 근육이 턱없이 부족하다는 것을 깨닫고 그는 웃었다.

비슷하게, 우리는 마음의 근육을 단련해야 한다. 어떤 사람에게는 감사하는 것이 자연스러운 성향이고, 어떤 사람에게는 감사함이 의식적으로 해야 하는 일이다. 하지만 다른 근육과 마찬가지로 사용하지 않으면 잃게 된다. 높은 수준의 실천에서는 의식적으로 감사를 연습할 필요가 없다. 그때 우리는 감사 속에서 살아간다. 그것은 다른 어떤 것과도 같지 않은 기쁨이며, 조슈아 벨과 같은 순간을 결코 놓치지 않는다.

"어떻게 하면 그런 단계에 도달할 수 있을까요?"

해리가 진지하게 물었다.

우리가 할 수 있는 한 가지는, 날마다 감사 일기를 써 보는 일이다. 감사는 인식과 기억과 보답이라는 세 가지 원칙에 바탕을 두고 있다. 삶에 감사하다고 느끼기 위해서는 먼저 어떤 선한 것이 우리에게 베풀어졌는지 인식해야만 한다. 이것은 누군가 우리를 위해 문을 잡아 주거나 따뜻한 음료를 사 줄 때처럼 어느 순간이든 어렵지 않게 인식할 수 있다.

그다음 단계는 다른 사람들이 우리를 위해 해 준 것을 기억하는 일이다. 기억은 감사하는 마음을 발달시키는 가장 좋은 방법 중 하나이다. 우리를 자극하는 어떤 기계장치도 없이 침묵 속에서 자신의 마음과 함께 시간을 보내며, 누가 우리의 감사하는 마음이 깊어지도록 도와주었는가에 대해 돌아보는 것이다.

해리는 콧노래를 흥얼거리며 그 순간 누군가를 생각하는 것처럼 고개를 끄덕였다.

내가 말했다.

"마지막으로, 우리는 감사한 일에 보답해야 합니다. '감사하다'를 살아야 합니다. 말과 감정을 넘어 진정으로 보답하는 것이 오래도록 감사하는 삶을 사는 기초입니다. 그래서 당신은 무엇에 감사한가요?"

"글쎄요. 당신과 함께 시간을 보낼 수 있는 이 교통 정체에 대해 감사하게 생각합니다!"

그렇다, 우리는 어느 것에 대해서든 감사할 수 있다. 예를 들어 누군가가 당신을 향해 미소를 짓거나, 버스에서 자리를 내주거나, 동료가 점심을 사 주는 것과 같은 간단한 일들에도.

우리는 우리를 향한 모든 친절에 보답할 수는 없지만, 우리와 가장 가까운 사람들부터 시작할 수는 있다. 당신은 저녁 식사를 요리해 준 당신의 배우자에게 감사했는가? 옷을 빨아 주신 어머니에게 감사드렸는가? 요금을 계산해 준 파트너에게 고마워했는가? 그리고 중요한 것은, 그들에게 감사하기 위해 당신이 어떤 행동을 했는가 하는 것이다.

이런 이야기가 있다.

한 남자가 새로 산 고급 승용차를 몰고 가고 있었다. 광택이 나는 검은색 최고급 차를 운전하며 한적한 길을 가는데, 갑자기 커다란 돌멩이가 날아와 앞 유리창에 세게 부딪혔다. 유리에 금이 가고, 그의 심장에도 금이 갔다.

당신이 새 차를 샀는데, 누군가가 그 차에 돌을 던졌다고 상상해 보라. 심장이 부서질 것이다. 그는 이 차를 사기 위해 엄청난 돈을 쏟아부었다.

남자는 브레이크를 세게 밟고, 차를 멈춘 후, 길 옆에 주차를 했다. 그런 다음 차에서 내려 누가 그랬는지 찾기 위해 주위를 두리번거렸다. 길에는 아무도 없었다. 누가 그랬지? 몇 걸음 뒤로 걷다가 그는 열 살쯤 된 남자아이를 발견했다.

아이는 네 살 정도 된 장애가 있는 아이를 일으켜 세우려 하고 있었다. 그 아이는 어떤 이유에선지 휠체어에서 떨어져 바닥에 쓰러져 있었다. 열 살짜리 아이는 지금 자신의 동생을 다시 휠체어에 태우려고 안간힘을 쓰는 중이었다.

남자가 아이에게 다가가 물었다.

"너였니? 내 차에 돌을 던진 게 너였어?"

아이가 말했다.

"네, 제가 그랬어요."

남자는 머리끝까지 화가 나 소리쳤다.

"왜 그랬지? 네가 뭐길래 내 새 차에 돌을 던졌지? 내가 이 차를 얼마 주고 샀는지 알아? 도대체 왜 그런 거야?"

아이가 말했다.

"내 동생이 한 시간 동안 여기에 쓰러져 있었어요. 나는 어려서 동생을 다시 휠체어에 끌어 올릴 힘이 없어요. 도움을 받으려고 손을 흔들어 차들을 멈추려고 했지만, 한 사람도 멈추지 않았어요. 나는 어떻게 해야 할지 몰랐어요. 어두워지기 전에 동생을 집으로 데리고 가야 하는데 방법이 없었어요. 한 시간을 기다렸지만 아무도 우리를 신경 쓰지 않았고, 아무도 도와주지 않았어요. 내가 할 수 있는 유일한 방법은 지나가는 차를 멈춰 세우기 위해 돌을 주워 던지는 것이었어요. 그래서 당신 차를 향해 돌을 던진 거예요."

남자는 감동받았고 눈시울이 붉어졌다. 그는 아이를 다시 휠체어에 앉히고, 지갑에 있던 돈을 쥐여 준 뒤, 어서 조심히 집으로 가라고 말했다.

그가 다시 자동차 운전석에 앉았을 때, 앞 유리에 금 간 흔적이 있었다. 하지만 그의 심장에 큰 인상이 남았다. 남자는 곰곰이 생각하게 되었다.

그는 말한다.

"인생에서 의미 있는 것을 보기 위해 돌멩이가 날아와 당신을 멈춰 세워야 할 만큼 당신의 삶을 너무 빠른 속도로 운전하지 말라."

돌이 날아와 당신을 삶에서 멈추게 할 때를 기다리지 말아야 한다. 당신의 삶을 조금 느리게 만들고, 무엇이 더 중요하고 무엇이 삶에서 더 의미 있는 것인지 가끔씩 돌아봐야 한다.

여전히 차들이 꼬리에 꼬리를 물고 있었다. 해리가 소심한 어투로 물었다.

"개인적인 것을 물어봐도 될까요?"

사람들이 나에 대해 질문하는 경우는 드물었지만, 그것은 신선한 변화였다. 관계는 주고받는 것이다.

"물론이죠. 당신은 자신의 삶에 대한 이야기를 나와 나누었습니다. 나의 삶에 대해 무엇을 알고 싶은가요?"

"당신은 감사하는 것이 불가능하다는 것을 발견한 적이 있나요? 어떤 희망도 볼 수 없는 상황에 처한 적이 있나요?"

우리 사이에 또 다른 침묵이 흘렀다.

"내 첫 번째 강연 영상이 어떻게 입소문이 났는지 알고 싶은가요? 그것은 내가 원하는 일이 아니었고, 그 일이 일어났을 때 나는 확실히 감사하지 않았어요."

나는 그 충격적인 시간을 떠올리며 말했다.

왜 걱정하는가

어느 무더운 저녁, 방에서 노트북 컴퓨터에 글을 쓰고 있는데 친구로부터 왓츠앱WhatsApp(전 세계 사용자가 25억 명이 넘는 메신저 앱) 메시지가 도착했다. 그 메시지는 특별해 보이진 않았지만 내 인생을 망칠 가능성이 있었다. 자세히 설명하기 전에, 왓츠앱이 어떻게 탄생했는지 잘 모르는 독자를 위해 왓츠앱의 성공 스토리를 들려주는 것이 필요할 것 같다.

모두가 알고 있듯이 왓츠앱은 중국을 제외한 전 세계 어디서나 다운로드할 수 있는 무료 메시지 및 통화 애플리케이션이다. 스탠퍼드 대학교를 졸업한 소프트웨어 엔지니어 브라이언 액튼이 만들었다. 액튼은 처음에 애플사에서 일했고 그다음에는 약 12년 동안 야후에서 일했다. 2007년에 그는 친구이자 동료인 얀 쿰과

1년 동안 남아메리카를 여행하기로 했다.

두 사람은 여행에서 돌아오자마자 페이스북과 트위터에 구직 신청을 했으나 모두 거절당했다. 액튼은 2009년 5월 자신의 트위터에 '트위터 본사로부터 입사를 거부당했다. 괜찮다. 출퇴근 시간이 길었을 것이다.'라고 올렸다. 몇 달 후인 2009년 8월, 그는 또 다른 트윗을 덧붙였다.

'페이스북 회사가 나를 거절했다. 몇몇 환상적인 사람들과 연결될 수 있는 좋은 기회였다. 인생의 다음 모험을 고대하며.'

그리고 그의 다음 모험은 세상을 바꾸었다. 두 회사에서 거절당한 그해, 그의 생일에 왓츠앱이 캘리포니아 실리콘밸리에 설립되었다. 앱은 기하급수적으로 성장했다. 유례없는 성공이었다. 그래서 2014년 페이스북은 믿기 어려운 가격인 190억 달러에 그 앱을 인수하기로 결정했다.

이제 왓츠앱의 영향력에 대한 분명한 그림을 얻었으니, 널리 입소문이 난, 많은 논란이 될 수도 있는 내 동영상이 공유된 앱이 바로 그 앱이라는 걸 알면 당신은 내 우려를 충분히 이해할 수 있을 것이다.

그날 휴대전화의 진동 알림이 울렸다. 새로운 메시지가 도착한 것이다. 몇 년 동안이나 연락이 없던 친구로부터 동영상이 첨부된 메시지가 도착했다는 알림이 떴다. 그에게서 메시지를 받았다는 것이 흥미로웠지만, 나중에 열어 봐야겠다고 생각하고 전화기를 엎어 놓았다. 하루 중 가장 생산적인 시간을 방해받고 싶지 않았다. 그런데 또다시 메시지 수신 알림음이 울렸다.

'또 뭐지?'

마음이 다시 휴대전화로 향했지만 간신히 무시했다. 나중에 생각해 보니 전화기를 무음 모드로 해 놨어야 했었다. 그다음 한 시간 동안 연이어 알림음이 울렸기 때문이다. 무슨 난리 법석인지 이제는 확인해야만 했다.

543108. 비밀번호를 입력하고(궁금해할 사람들을 위해, 지금은 비밀번호를 바꿨음) 왓츠앱을 열었다. 내 계정에 이해할 수 없는 메시지들이 쇄도하고 있었다. 일부는 내가 속한 단체 대화방에서 온 것이었지만, 많은 메시지들은 내가 수년간 연락을 하고 지낸 개인들로부터 온 것이었다. 그 메시지들은 한 가지 공통점을 가지고 있었다. 모든 메시지에 3.4메가바이트의 동영상 하나가 첨부되어 있었다.

놀랍게도, 사람들은 내 모습이 담긴 동영상을 나에게 보내오고 있었다. 그것은 내가 우리 사원에서 대학생 150명을 대상으로 한 강연을 앞뒤 맥락 없이 편집한 농담하는 장면이었다. 그때까지 유튜브에서 내 강연 영상 몇 개가 주목을 받긴 했지만 다른 소셜 미디어에서 이토록 주목받기는 처음이었다.

나는 영상을 틀었다. "오늘날 인도의 학교에서 교사가 10년 동안 일하면 평균 얼마를 모으는지 아십니까? 아마도 10만 루피나 20만 루피쯤?(1루피는 약 17원)" 하고 나는 청중에게 묻고 있었다. 여기까지는 좋았다. 아무런 위험이 감지되지 않았다. 나는 우리 사원 본당에서 높은 방석 위에 앉아 마이크에 대고 활기차게 말하고 있었다.

"오늘날 인도에서 소프트웨어 기술자 한 사람이 10년 동안 일하면 평균 얼마나 벌 수 있는지 아십니까? 아마 400만 루피나 500만 루피쯤."

아직 논란의 여지가 있는 것은 아니었다. 나는 계속했다.

"좋은 정치인이 아닌 부패한 인도 정치인이 10년 동안 사기를 쳐서 돈을 벌면 3억에서 4억 루피쯤은 저축할 것입니다."

몇몇 사람들은 이 발언을 외면할 것이다. 인도에서 정치권의 부패는 민감한 문제이다. 하지만 부의 축재와 관련해서는 아니지만 나도 한 사람의 일원이기도 한, 그다음에 언급한 대상으로 인해 나는 분노의 메시지를 받기 시작한 것이다.

"이 옷을 입고 있는 사람들이 얼마나 벌 수 있을지 상상해 보세요."

나는 내 주황색 면 옷 상의를 움켜잡으며 말했다. 대부분의 인도 승려들은 자신의 금욕과 포기를 보여 주기 위해 나처럼 주황색 승복만 입는다.

"매우 영적인 인도의 한 구루가 10년 동안 모은 돈은 고작 23억 8천만 루피였습니다. 또 어떤 종교 지도자의 저축액은 117억 7천만 루피였습니다. 그리고 또 다른 종교 지도자인 남자의 저축액은 겨우 400억 루피밖에 되지 않았습니다!"

비록 그것이 단지 농담일 뿐이고 내가 특별히 누군가를 지칭

한 것은 아니었지만, 몇몇 사람은 내가 누구를 말하는 것일지 상상하며 킥킥거렸다.

"여러분, 현명하게 직업을 선택하세요!"

나는 외쳤다. 이제 청중은 열광적으로 웃으며 박수갈채를 터뜨렸다. 그 소리가 대리석 벽에 울려 퍼졌다. 몇몇 학생들은 발작적으로 웃으며 바닥을 뒹굴었다.

영상은 거기서 갑자기 잘렸다. 처음에 나는 사람들이 내 강연을 즐기고 있다는 사실에 신이 났다. 인간의 본성은 다른 사람을 기쁘게 할 때 자신도 기쁨을 느낀다. 하지만 왓츠앱 메시지들을 아래로 스크롤하며 몇 개 더 훑어보자 엇갈린 반응이 있는 것이 분명했다.

한 메시지는 말했다.

"당신처럼 주황색 승복을 입은 수도승이 어떻게 그런 식으로 인도의 영적 구루들에 대해 경멸의 말을 할 수 있지?"

또 다른 메시지는 말했다.

"난 이 영상이 좀 불쾌해."

많은 메시지들이 같은 어조의 반감을 표현했다.

부당한 비난이야! 처음에는 생각했다. 그 영상은 우리가 일을 하면서 진실성을 상실하고 돈 버는 것에만 초점을 맞추는 것을 지적하기 위한 더 넓은 담론의 일부였다. 나는 대중을 즐겁게 하는 것을 좋아하지만, 단지 삶의 교훈을 가르치기 위해서일 뿐이다. 나는 결국 수도승이지 코미디언이 아니다.

그때부터 내 생각이 치달았다.

'만약 이 영상이 그것을 악의적으로 이용하는 사람 손에 넘어가면 어쩌지? 만약 어떤 영적 구루가 기분이 상하면 어쩌지? 만약 그들이 내 아쉬람이나 내가 속한 단체, 나의 스승에게 불만을 터뜨린다면? 내가 내 공동체에 수치심을 안겨 주게 되는 건 아닐까? 내가 사람들 앞에서 말하는 것이 금지될까? 그들이 나를 명예훼손으로 고소할까?'

나는 영적 지도자들을 모욕할 의도는 없었다. 그들 중 많은 이들은 내가 개인적으로 아는 사람들이다. 그들은 순수하고 성실하며, 벌어들이는 수입을 건설적인 목적으로 사용한다. 그러나 내 말에 의문을 제기하는 메시지들이 쏟아지면서 나는 최악의 경우를 떠올리지 않을 수 없었다.

'만약……?'

나는 이 상황이 전혀 감사하지 않았다!

처음의 동요를 겪으면서 나는 차츰 방어적이 되었다. 어쩔 수 없는 상황에 대비하기 시작했고, 주황색 옷을 입은 내 도반들에게 이 일을 어떻게 설명할지 머릿속으로 계획했다. 소송이 쟁점이 될 경우를 대비해 진술서 초안을 작성하기 위해 변호사 친구에게 전화를 걸기도 했다. 그는 그렇게 되지 않을 것이라고 장담했지만, 불안감이 나를 앞질렀다. 새로운 왓츠앱 메시지가 올 때마다 혈압이 상승했다.

밤이 되어도 나아지지 않았다. 창밖이 달빛으로 밝아 오자 나는 얇은 담요를 방패 삼아 턱까지 끌어 올리고는 밤새 뜬눈으로 누워 있었다. 어렸을 때는 침대 밑에 괴물이 살고 있는 상상을 했지만, 지금 나를 괴롭히는 것은 그곳에서 충전되고 있는 휴대전화였다.

이야기를 지어내는 마음

나는 보통 새벽 4시에 일어나 아침 명상을 한다. 그날도 그 시각에 눈을 비비며 간신히 일어났다. 나무 침대에 앉아, 나에게 무슨 일이 일어났고 앞으로 무슨 일이 일어날 수 있는지 생각했다. 휴대전화를 집어 들며 최악의 상황이 두려웠다. 전화기의 눈부신 화면에 익숙해지자 즉시 왓츠앱을 열었다. 내 영상을 나와 공유하는 수많은 메시지가 도착해 있었다. 어떤 메시지에는 분노가 담겨 있었고, 또 다른 메시지에는 애정이 담겨 있었다.

안도의 한숨을 내쉬었지만, 첫 번째 사람이 나에게 고통스러운 동영상을 보낸 지 불과 열두 시간밖에 되지 않았다. 나는 여전히 불안했다. 이 불안은 함께 생활하는 동료 수도승에게서 이미지 하나가 첨부된 메시지를 전송받을 때까지 지속되었다.

마음이 작용하는 방식은 믿을 수 없을 만큼 놀랍다. 한순간 삶을 두려워하다가도 다음 순간 완전히 평화로워진다. 하늘에서 온 메시지처럼 그 동료 수도승이 '왜 걱정하는가'라는 제목의 인포그래픽(디자인 요소를 이용해 정보를 시각적인 이미지로 전달하는 표) 하나를 보내 주었다.

나는 휴대전화에 있는 즐겨찾기 폴더에서 그것을 꺼내 해리에게 보여 주었다.

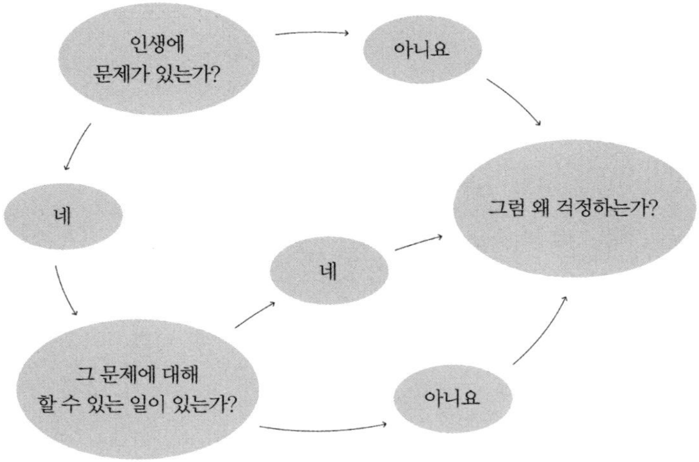

"그것을 내게도 공유해 줄 수 있나요?"

해리가 물었다.

"물론입니다."

그에게 그 이미지를 전달하며 내가 대답했다.

여러 해 동안 나는 영성을 실천해 왔지만 우리가 통제할 수 없는 것과 거리를 두는 원리가 이처럼 간단하게 표현된 것을 본 적이 없었다. 때로는 단순한 설명이 가장 마음에 와닿는다. 화려한 언어나 추상적인 개념 없이 그저 본질적인 진실이 영혼을 일깨우기 위해 겸손하게 제시되었다. 단순한 생각은 누구에게나 받아들여진다. 그렇기 때문에 '왜 걱정하는가'라는 개념에 대한 내 강의 동영상이 유명한 랩 아티스트 션 콤스의 인스타그램에 공유되었을 것이다

일단 동영상이 인터넷상에 퍼지면 막는 것이 불가능하다. 우리가 통제할 수 없는 문제가 생겼을 때, 우리는 자신의 영적인 힘에 의지해서 '왜 걱정하는가?'를 물어야 한다. 우리가 그것에 대해 무엇인가를 할 수 있든 없든 간에, 우리의 반응이 불안이어서는 안 된다. 우리가 통제할 수 없는 상황으로부터 자신을 분리하는 법을 배우는 것은 개인의 성장을 위한 필수적인 기술이다. 이것은 내가 게으름을 지지한다는 의미가 아니다. 우리는 상황을 바로잡기 위해 최선을 다해야만 하지만, 그 이후에는 불쾌한 상황에서 주의를 다른 곳으로 돌려야 한다.

한 시점에서 나쁘게 보인 것이 우리에게 좋은 것으로 판명될 수도 있고, 다른 시점에서 좋게 보인 것이 나중에 나쁜 것으로 판명될 수도 있다. 삶에서 대부분의 일들은 우리가 통제할 수 없는 것들이다. 우리는 어떤 상황도 보이는 그대로 판단해서는 안 된다.

결국 내 삶을 가로막을 줄 알았던 그 동영상이 가장 큰 축복으로 드러났다. 그 사건은 내가 소셜 미디어에 참여해 전 세계 수백만 명의 사람들에게 영감을 주는 여행을 시작하게 해 주었고, 나아가 이 책을 통해 나의 메시지를 전달할 수 있는 기회를 가져

다주었다.

다시 한번 말하지만, 어떤 상황이 오더라도 다음과 같이 분석하라. 이것이 내가 통제할 수 있는 일인가? 그것에 대한 대답과는 상관없이, 답은 언제나 '왜 걱정하는가'이다!

생명의 로돕신 효과

내 이야기를 들으며 해리는 다소 안도하는 것처럼 보였다. 나는 우리가 의미 있는 설명을 들었을 때 우리의 의문이 어떻게 풀리는가에 대해 명상했다. 우리의 삶에 명확한 시각을 가져다주는 가장 쉬운 방법은 명확한 시각을 지닌 사람에게 지도를 청하는 것이다.

"영적인 힘……."

그가 말을 꺼냈다. 그의 질문은 끝나지 않았다.

"그런 초연한 상태나 감사하는 상태에 도달하기 위해서는 당신이 말하는 영적인 힘이 필요하겠죠. 그것을 어떻게 얻죠?"

나는 그가 운전을 하면서도 내 말에 주의 깊게 귀 기울이는 것에 놀랐다. 우리가 절박할 때, 우리의 감각은 더 깨어 있고 더 집중하게 된다.

내가 말했다.

"때때로 우리가 어떤 문제에 몰두할 때, 우리는 자신의 마음속에 갇혀 있음을 느낍니다. 그 상태에서는 끊임없이 문제를 되뇌며 우리 자신에게 많은 감정적인 고통을 안겨 줍니다. 영적인 수행은 우리에게 이 반복되는 생각의 고리에서 나올 수 있는 지혜를 주며, 가장 큰 어려움을 기회로 바꿀 수 있도록 도와줍니다."

어두운 방에 들어가 침대로 가는 길을 찾지 못한 적이 있는가? 어두운 방에서 무언가를 우연히 발견한 적이 있는가? 혹은 어두운 실내에서 누군가와 부딪힌 적이 있는가?

밝은 빛 속에서 사물을 있는 그대로 보고, 길을 찾아가는 것은 쉽다. 어두운 환경, 즉 빛이 적은 곳으로 이동하면 눈이 적응하는데 시간이 걸린다. 처음에는 어떤 것도 명확하게 볼 수 없다. 하지만 결국 우리는 볼 수 있다. 우리의 눈에 있는 로돕신 덕분에(로돕신은 눈의 망막에 있는 빛 감각 색소 단백질로, 로돕신의 양이 감소하면 야맹증에 걸린다).

우리 삶에도 명확함이 있고, 상황을 있는 그대로 볼 수 있으며, 크나큰 희망과 열정과 기쁨으로 나아갈 수 있는 밝은 시기가 분명히 있다.

그러나 이따금 삶의 그다지 밝지 않은, 더 어두운 단계로 옮겨갈 때가 있다. 명확하게 자신과 상황을 볼 수 없는 때가. 이때는 어떤 결정을 내리기가 어려워진다. 우리는 혼란에 직면하고 희망을 잃는다.

우리 삶의 이 단계에서 좋은 안내와 지원을 받고 인내할 수 있다면, 우리는 머지않아 이 어두운 곳에서도 자신의 길을 발견하고 절망을 이겨 내는 법을 배우게 된다. 바로 생명의 로돕신 효과 덕분에!

혼자 달리는 것은 달리기이지만

수도원에 들어갔을 때 나는 사람들에게 강연을 하는 봉사를 요청받았다. 고대 인도의 서사시들을 바탕으로 다양한 청중을 대상으로 강연을 하는 것이었다. 그 아름다운 문헌들을 바탕으로 지식을 전하고, 가르침을 주고, 지혜를 나누는 일이다. 나는 멋진 봉사라고 생각했다.

이따금 나는 정말 유머러스하고 재미있는 말을 하곤 했다. 그러면 사람들은 배꼽을 잡고 웃곤 했다. 그리고 이따금 진지하고 매우 감동적인 이야기를 했다. 나는 내 청중이 우는 것을 보기도 했다!

한번은 한 그룹의 교사들에게 강연을 하는데, 동료 수도승 한 명이 내 옆에 앉아 있었다. 나는 한 교사와 한 학생의 이야기를 했고, 청중석에 앉은 모든 선생님들이 우는 것을 보았다. 나 빼고 다 울었다. 그래서 고개를 돌려 동료 수도승을 바라보았더니, 그도 울고 있었다!

그래서 나는 생각했다.

'사람들은 화답을 한다. 재미있는 이야기를 하면 웃고, 감동과 영감을 주는 말을 하면 눈물을 흘린다.'

그 사람들 모두 안에 감정이 있고, 그들과 나의 관계에서 일어나는 놀라운 역동성이 있다. 나는 그 봉사를 하는 것을 정말로 좋아했다.

몇 년 후, 나는 비디오 강연을 통해 더 많은 청중과 전 세계 청중에게 봉사하라는 요청을 받았다. 솔직히 고백하건대 이 일은 매우 어렵다. 믿거나 말거나 나는 사실 카메라 앞에서 부끄럼을 타는 사람이기 때문에 사람들이 강연하는 나를 촬영하고 비디오 클립 몇 개를 인터넷에 올리는 것은 괜찮다. 하지만 오직 카메라에만 대고 말을 한다? 기계에 대고? 그것은 그냥 전자 기계일 뿐인데?

카메라는 웃지 않는다. 카메라는 울지 않는다. 카메라에는 관계의 역동성이 없다. 솔직히 말해 나는 매우 긴장했고, 카메라에 대고 말하는 것이 두려웠다. 실패에 대한 두려움이 더 컸던 것 같다. 당신이 카메라에 대고 말하고 그것이 인터넷에 올려지면 사람들이 그것을 어떻게 받아들이는지 당신은 알 수 없다. 그것을 어떻게 볼 것인가? 사람들 앞에서 말할 때는 다르다. 사람들이 당신의 말에 어떤 반응을 보이는지 그 자리에서 알 수 있다.

하지만 나는 결정했다. 나의 동기가 사람들에게 봉사하고 세상에 기여하는 것이라면 두려움에 직면해야 한다고. 우리는 두려움과 맞서야 하고, 그것과 얼굴을 맞대야 하고, 그것을 극복해야 한다. 어느 시점엔가 결정을 내려야만 했다. 그래서 어느 날 나는 그 일을 하기로 결정했다. 그것이 전부이다. 나는 단순히 카메라 앞으로 와서 말하기 시작했다.

내가 처음 카메라 앞에서 강연한 영상을 꼭 봐야 한다! 뻣뻣하고, 무표정하고, 움직임도 없고, 금욕주의자 같고, 무심한 얼굴이다. 하지만 서서히 나아지고 있다고 생각한다. 그렇지 않은가?

두려움을 다루기 위해서는 그것에 직면해야 하고, 어딘가에서 시작해야 한다. 그리고 우리의 동기가 사람들에게 봉사하는 것이라면 신이 우리를 돕기 위해 그곳에 있다고 나는 생각한다.

그래서 나는 늘 말한다. 혼자 달리는 것은 그냥 달리기이지만, 신이 함께할 때는 은총이다.

반응하는 삶에서 깨어 있는 삶으로

4

영혼은 자신을 치유하는 법을 안다/
두 번째 바퀴—관계 맺기/
빨래 통과 인간을 대하는 방식

영적 수행은 행복의 토대이다. 혼란의 시기에 우리의 길을 인도하고, 기쁨의 시기에 우리를 삶에 뿌리내리게 한다.

틱낫한은 말한다.

"명상은 우리의 걱정, 두려움, 분노를 포용하는 데 도움이 된다. 그리고 그 자체가 치유이다. 우리는 자신의 본연적인 치유 능력이 그 일을 하도록 두면 된다."

영성은 우리가 이 세상에 살고 있지만 이 세상에서 온 것은 아니라는 전제에 출발점을 둔다. 우리의 많은 문제는 자신의 근원적인 정체성을 이해하지 못하는 데 있다. 우리는 영적인 경험을 하고 있는 인간이 아니라, 인간의 경험을 하고 있는 영적인 존재이다. 이 원리를 이론적으로 깨닫는 것은 불가능하다. 수백 개의 강의를 듣고 많은 책을 읽을 수는 있지만, 우리가 나날의 명상을 실천하지 않는 한 그것만으로는 충분하지 않다.

영적 수행을 설명하는 가장 간단한 방법은 우리 자신과 연결되는 차원들을 설명하는 일이다. 언제든지 우리는 세 종류의 차원과 연결될 수 있다.

첫째는 외부와의 연결이다. 우리는 시간의 대부분을 외부 세계와의 연결, 인간관계들, 그리고 자신의 일과 연결되는 데 소비한다. 이것들 모두 중요하지만, 만약 내면으로의 방향이 없다면 길을 잃을 수 있다. 자신만 뒤처지고 놓치고 소외되는 것 같은 두려움, 다른 곳의 잔디밭이 더 푸르다고 생각하는 것, 균형 잃은 삶을 사는 것 등은 모두 외부의 행복에 우선순위를 잘못 두었기 때문에 나타나는 증상이다.

둘째는 자기 내면과의 연결이다. 많은 이들이 일상생활 너머의 내면에서 위안을 찾는다. 살기 위해 투쟁하는 사람들, 외부 세계를 정복하기 위해 분투노력하는 사람들, 자신의 내면세계에 대해 궁금해하는 사람들, 그리고 때때로 진리 추구의 길을 떠나는 몇몇 사람들, 이들 모두 내면으로의 여행을 시작할 가능성이 있는 사람들이다.

셋째는 자기 너머와의 연결이다. 단순히 내면으로만 항해하는 사람들은 더 이상 앞으로 나아가지 못하거나 방향성 부족으로 좌절할 수 있다. 그들은 시속 70노트(1노트는 시속 약 1.8킬로미터)로 항해하는 배 위에 있는 것처럼 느끼지만 나침반이 없다.

자기 너머와 연결된다는 것은 절대자와의 관계, 혹은 자신보다 더 높은 존재와의 관계를 다시 세우는 것을 의미한다. 신은 하나이며 단지 문화마다 다르게 인식될 뿐이다. 그러므로 이것은 나의 신이나 당신의 신과 연결되는 것이 아니라 우리의 신과 연결되는 것이다.

그것은 한 개의 전구가 발전소 전체에 연결되는 것과 같다. 전구 자체는 텅스텐 필라멘트가 달린 유리 조각에 불과하다. 그것이 빛을 경험하고 다른 이들에게 빛을 주기 위해서는 전력이 필요하다. 마찬가지로, 우리 자신에게 사랑을 주고 다른 이들에게 사랑을 줄 수 있게 하는 것은 우리 자신보다 더 높은 어떤 존재와의 연결이다.

영혼은 자신을 치유하는 법을 안다

해리는 나의 이어지는 설명에 귀를 기울였다.

우리의 목적지에 도달하는 많은 길이 있듯이, 종교와 종파적 경계를 초월하는 신과 연결되는 많은 방법이 있다. 많은 사람들이 자아실현을 위해 간단하지만 매우 효과적인 방법인 기도를 실천한다. 나도 기도를 하지만, 내가 선호하는 영적 힘을 기르는 방법은 명상을 통해서다.

명상을 통해 우리는 불안으로부터 해방될 수 있다. 현대 과학은 명상이 매우 유익하다는 것을 인식하고 있다. 심리적 중압감을 해소하고, 목적의식을 갖게 하며, 그럼으로써 많은 이점들 중에서도 더 창조적이 될 수 있게 한다. 그러나 고대 동양의 문헌들은 우리에게 더 깊은 통찰력을 준다.

명상은 비행기와 같다. 그것은 처음에는 당신을 높은 곳으로 데려가고, 그다음에는 멀리, 그리고 아득히 먼 곳까지 데려다준다. 나는 명상을 하나의 비행기처럼 본다. 이륙할 때 즉시 고도를 얻게 되기 때문이다. 우리는 삶 속에서 걱정과 불안을 경험한다. 왜냐하면 원근법을 잃고 현상을 액면 그대로 보기 때문이다. 명상은 우리가 더 높은 위치에서 우리의 모든 불안, 문제, 걱정을 내려다볼 수 있게 해 준다. 그럼으로써 우리에게 평화와 평온을 준다.

더 깊은 효과는 명상이 우리를 멀리까지 데려다준다는 것이다. 명상은 우리의 성격을 완전히 변화시키고, 우리 안에 있는 최고의 자질을 발달시키며, 자아실현을 경험할 수 있게 해 준다. 명상을 통해 우리는 우리 자신의 가장 좋은 버전이 된다. 그러나 이것은 시간이 걸리고 종종 감지하기 어렵다. 예를 들어, 만약 당신이 비행기에서 창밖을 본다면 당신이 그렇게 빨리 이동하는 것처럼 보이지 않는다. 그러나 열 시간 뒤 당신은 지구 반대편에 착륙한다.

명상은 우리의 마음 때문에 어려워진다. 마음은 한 생각에서 다른 생각으로 뛰어다니는 안절부절못하는 원숭이와 같다. 그러나 이것을 안다고 해서 평화로워지는 것은 아니다. 마음은 통제될 필요가 있다. 그러므로 명상은 우리가 마음을 챙기도록 돕는 훈련이다.

예를 들어 뭄바이의 기차들은 도시의 경제를 계속 움직이게 한다. 그러나 기차들이 계속 이동할 수 있게 하는 것은 그 기차들이 선로와 일정, 목적지에 묶여 있다는 사실이다. 이와 마찬가지로 명상 수련에 붙들어 매지 않는 마음은 목적지에 도달할 수 없을 것이다. 어떤 날은 명상을 하는 것처럼 느껴질 것이지만 어떤 날은 그렇지 않을 것이다.

이런 우화가 있다.

한 화가가 미술 작품에 대한 안목과 후원 의지를 가진 왕에게 와서 말했다.

"왕이시여, 저에게 이 궁전의 비어 있는 벽 하나를 제공해 주시면 제가 그 위에 멋진 그림을 그리겠습니다."

마침 그 자리에 있던 또 다른 젊은이가 왕에게 말했다.

"폐하, 그 반대편 벽에도 작업을 할 수 있게 해 주십시오. 저도 화가입니다."

왕이 그 청년에게 물었다.

"그대는 무엇을 그리고 싶은가?"

청년이 말했다.

"저는 저 화가가 벽에 그린 그림을 똑같이 복제해 놓겠습니다. 그리고 저는 그의 작품을 보지도 않고 그렇게 할 것입니다. 두 벽 사이에 두꺼운 커튼을 쳐서 우리 둘 다 상대방의 작품을 볼 수 없도록 해 주십시오. 속임수가 없도록 경비원도 배치해야 할 것입니다."

왕을 포함한 궁정의 모든 사람이 흥미를 느꼈다. 왕은 두 예술가에게 그들의 재능을 보여 줄 기회를 주기로 결정했다.

다음 날 두꺼운 장막이 가운데 쳐지고, 두 화가는 작업을 시작했다. 첫 번째 화가는 그림 작업에 사용할 물감, 기름, 붓 등을 가져왔다. 두 번째 화가는 천 하나와 물 한 통만으로 간단히 시작했다.

한 달 후에 첫 번째 화가는 왕에게 자신의 작품이 완성되었음을 알렸다. 왕이 두 번째 화가에게 언제 작품이 완성될 것이냐고 묻자, 그 청년은 자신도 작업을 마쳤다고 대답했다.

왕은 첫 번째 화가의 벽을 보러 갔다. 그리고 빼어난 그림에 놀라 화가에게 상으로 많은 돈을 주었다.

이어서 두 번째 화가가 직접 보지도 않고 똑같은 그림을 그리는 도전에 어떻게 맞닥뜨렸는지 보기 위해 장막을 걷으라고 지시했다. 장막이 걷히자, 놀랍게도 반대쪽 벽에는 첫 번째 그림의 정확한 복제가 이루어져 있었다. 모든 선, 모든 색상, 모든 사소한 세부 사항이 첫 번째 벽과 똑같았다.

왕은 그에게 두 배의 돈을 상으로 주었지만, 그 작업의 비밀을 알고 싶어 했다.

그 젊은 예술가가 대답했다.

"매우 간단합니다. 저는 대리석 벽이 반대편 벽의 그림을 비추도록 거울처럼 빛날 때까지 날마다 문질러 닦았습니다."

사람들은 종종 나에게 와서 자신감이 부족하다고 말했다. 재능이 없다고. 혹은 동기부여가 부족하다고.

나는 그들에게 삶의 모든 자원이 이미 그들의 일부라고 말한다. 어려운 것은 마음의 벽을 닦는 일이다. 마음의 벽을 날마다 닦아 당신의 내면 깊은 곳에 숨겨져 있는 것, 당신의 재능, 당신이 가진 긍정과 자신감과 선함이 당신의 마음에 반영되고 당신의 행동에 반영되도록 하는 일이다. 그때 정말로 놀라운 일이 일어난다.

영혼은 스스로를 치유하는 방법을 알고 있다고 하지 않는가? 한 가지 할 일은 마음을 침묵시키는 것이다. 자기 비난, 미리 하는 좌절, 부정적인 선입견, 포기의 먼지들을 닦아 세상을 있는 그대로 비추는 일이다.

해리가 끼어들었다.

"명상의 개념을 이해하는 데도 많은 시간이 걸려요. 나는 여러 경영진들과 유명 인사들이 명상 수행을 하고 있다는 것을 알고 있지만, 나한테 그럴 만한 시간적 여유가 있다고 느껴 본 적이 없어요."

그는 내가 제시한 다양한 개념에 압도당한 듯했다.

"명상은 시간 여유가 없는 사람들에게 가장 필요합니다."

내가 웃으며 말했다.

"나는 이제 하루에 두 시간씩 명상 수행을 할 수 있습니다. 처음에는 그렇지 않았어요. 처음 시작했을 때는 하루에 고작 10분밖에 할 수 없었고, 그것이 그렇게 힘들지는 않았어요."

해리는 고개를 끄덕이고 나서 물었다.

"그 모든 시간이 지난 후 당신의 존재에 어떤 변화가 일어난 것을 알아차렸나요?"

"솔직히 말해서, 그렇습니다. 명상의 효과를 보기 위해 내세까지 기다릴 필요는 없어요. 올바른 지도 아래서 부지런히 수행한다면 이번 생에서 그 효과를 볼 수 있습니다."

내가 해리에게 물었다.

"아까 내가 감사하는 것의 중요성에 대해 했던 말 기억하나요?"

"물론이죠."

"명상을 하는 사람은 진심 어린 감사를 실천하는 습관을 길러 모든 관계에 도움이 됩니다. 그것은 '관계가 깊어지는 감정'입니다. 우리가 얼마나 다른 사람들의 지지와 지원을 받는지 깨닫게 해 주기 때문입니다."

해리가 다시 핸들을 만지작거리기 시작했다.

내가 물었다.

"무슨 생각을 하나요?"

"아내와 내가 서로를 어떻게 대하는가에 대해 생각하고 있었어요."

그는 우리의 대화를 진전시킬 준비가 되어 있는 듯했고, 나는 이제 그에게 인생의 두 번째 바퀴에 대해 말할 때가 되었음을 느꼈다.

두 번째 바퀴—관계 맺기

"아내를 대하는 태도라니 무슨 말이죠?"

내가 놀라서 물었다. 그들의 집에 갔었지만 두 사람 사이에 어떤 문제도 발견하지 못했었다. 나한테 말하지 않은 무언가가 있었나?

"보이는 것이 다가 아닙니다."

해리가 얼굴을 붉히며 말했다.

"우리는 그저 끊임없이 싸우고 말다툼을 해요. 아내는 항상 나의 어떤 점들을 바꾸고 싶어 해요. 그리고 나는 아내가 잔소리를 시작하면 결국 방을 나가게 되죠."

나는 해리의 말에 당황했다. 사람들이 있는 곳에서의 행동 방식과 사생활에서의 방식은 매우 다를 수 있다.

내가 말했다.

"몇 분 전까지만 해도 나는 두 사람이 나누는 대화에서 따뜻함을 느꼈는걸요."

"내가 보기에 우리는 누구와 함께 있느냐에 따라 다르게 행동하는 것 같아요."

그는 잠시 말을 멈췄다.

"우리가 한때 가졌던 '불꽃'을 어떻게 하면 유지할 수 있을까요? 오늘 당신이 우리 집에서 목격한 것은 미국에서 우리가 함께 있을 때 늘 그랬던 모습이에요. 하지만 그런 다정함이 서서히 흐지부지되기 시작했어요. 왜 이런 일이 일어날까요?"

나는 하고 싶은 말이 몇 가지 있었다. 먼저 그를 위로하는 것으로 시작했다.

"그것은 결혼생활에서만 일어나는 것이 아니라 모든 관계에서 일어나는 일입니다. 우리가 적극적으로 대처하지 않으면 관계는 무미건조하고 복잡해집니다. 우리는 상대방을 존중해야 합니다. 그 존중감은 우리가 상대방을 얼마나 세심하게 대하는가에 반영됩니다."

또 다른 일화를 나누고 싶다.

런던 히스로 공항 활주로에 착륙하자 비행기 바퀴가 끼익하는 소리를 냈다. 승객들이 아직 켜져 있는 안전벨트 표시등을 어기고 서둘러 통로로 모일 때 나는 여전히 내 자리에 눈을 감고 앉아 공항 터미널에서 무슨 일을 할지 머릿속에 그리고 있었다. 런던에 온 것은 이번이 아홉 번째였다. 지금쯤 나는 긴 입국 심사 줄, 이미 수하물 컨베이어 벨트 위를 돌고 있을 위탁 수하물 가방, 나를 태워 가려고 입국장에서 기다리고 있을 친구들에 익숙해져 있었다.

비행기에서 내리는 줄이 줄어들자 나는 능숙하게 안전벨트를 풀고 나른하게 기지개를 켰다. 뭄바이에서부터 열 시간을 비행한 것이다. 집중호우로 인해 우리 비행기는 45분 동안 영국 수도 상공을 선회했다. 한 승무원이 비행 중에 자신들이 보여 주는 훌륭한 서비스를 시범 보이듯이 선반 위에서 내 가방을 내려 주었다. 내가 입은 주황색 승복을 보면서 승무원들은 가끔 나에게 더 관심을 보이며 여분의 베개나 더 많은 토마토 주스를 가져다주었다. 비록 내가 그런 서비스를 받을 권리가 있다고 느낀 적은 없지만, 나는 그들의 배려에 감사했다.

나는 외국에 갈 때 짐을 아주 적게 가지고 여행하는 편이다. 수행승이 되는 것의 좋은 점은 아침에 무엇을 입을지 결정할 필요가 없고(매일 주황색 승복을 입는다), 머리 손질에 대해 걱정하지 않아도 되며(손질할 머리가 없다), 가방이 작다(소지품이 거의 없다)는 것이다. 소유물이 적으면 불안으로부터 자유로워질 수 있고, 삶에서 중요한 것들을 위한 마음의 공간을 더 많이 갖게 된다.

입국 심사장에 들어서자 '히스로 공항에 오신 것을 환영합니다.'라고 적힌 표지판이 보였다. 그 위에는 비프이터(전통 복장 입은 영국 왕실 호위병) 그림이 있었다. 소를 먹는 사람이란 뜻이 아니라 왕권을 상징하는 보석(왕이 의식에 참석할 때 몸에 지니는 왕관, 홀, 그 외 보석들)을 보호하고 과거에 런던탑에 수감된 죄수들을 감독하던 의전상의 수호자를 의미한다.

경사면을 따라 입국 심사 지점을 향해 걸어가는데 한 여성이 사람들 사이를 비집고 내 뒤를 쫓아오면서 "스와미지! 스와미지!

제가 가방을 들어드릴까요?"('스와미'는 힌두교 수행자를 지칭하는 말) 하고 외쳤다. 나는 검은색 소형 노트북 가방만 들고 있을 뿐이어서 그녀의 도움을 받는 것은 어색한 일이었다.

"괜찮습니다. 정말 고맙습니다."

내가 말했다. 이때쯤 주변 사람들이 우리를 힐끔거리며 쳐다보기 시작했다.

"가방을 들어드릴게요. 문제없어요."

그녀가 고집스럽게 말했다.

"아니, 아니, 괜찮아요. 그냥 우리 같이 입국 심사 줄에서 기다릴까요?"

나는 그녀의 끈질김에 흥미를 느끼며 말했다. 잦은 해외여행과 사회적 교류는 나에게 소중한 교훈을 가르쳐 주었는데, 그것은 처음의 상호작용을 바탕으로 누군가를 판단하려는 강한 충동과 싸워야 한다는 것이다. 모든 사람은 우리가 전혀 모르는 매혹적인 이야기를 가지고 있다.

그 여성은 30대 중반쯤 되어 보였다. 영국의 봄과 마주할 준비가 되어 있는 듯 두툼한 검은색 플리스 재킷을 입고 있었고, 바퀴 4개 달린 작은 갈색 여행 가방을 끌고 있었다. 그녀의 재킷 주머니에서 짙은 푸른색 여권 모서리가 튀어나와 있었다. 인도인이었다.

그녀가 말했다.

"저는 마나시예요. 만나서 반가워요. 당신의 주황색 승복이 눈에 확 들어왔어요."

"이 옷을 입은 나를 못 보고 지나칠 순 없지요."

내가 대답했다. 그녀의 얼굴에 반쯤 미소가 어렸다.

"당신은 무슨 일을 하시나요?"

"스쿠버다이빙 강사예요."

그녀가 자랑스럽게 말했다.

"믿을 수 없군요. 이런 날씨에는 당신 도움이 필요할지도 모르겠네요."

내가 정중하게 말했다. 그곳에 도착한 아침 내내 폭풍우가 몰아쳤다. 전형적인 4월의 영국 제도 날씨였다.

"이스콘ISKCON 소속이신가요?"

그녀가 갑자기 물었다. 그녀의 말투는 이제 약간 바뀌어 있었다. 잡담이 끝났다고 나는 느꼈다. 진지한 이야기를 할 시간이었다. 이스콘은 박티베단타 프라부파다가 설립한 크리슈나 의식 국제협회International Society for Krishna Consciousness의 약자이다. 그곳은 내가 속한, 영성에 관심이 많은 사람들의 단체이다.

"그렇습니다."

나는 그녀의 얼굴에 나타난 불만 섞인 표정을 보고 머뭇거리며 말했다. 그녀의 반응이 빨랐다.

"그런데 이스콘 초파티(뭄바이 남부의 유명한 영성 공동체)는 내가 가 본 최악의 이스콘 사원이었어요!"

그녀는 그곳이 내가 인생의 절반 이상을 속해 온 사원이라는 것을 알지 못한 채 말했다.

"왜 그렇게 말하죠? 좋지 않은 경험을 했나요?"

내가 그녀에게 물었다. 우리 둘 다 줄에서 조금씩 앞으로 나아갔다.

"네, 끔찍한 경험이었어요. 자라면서 나는 항상 영적인 길을 찾는 일에 호기심이 많았고 『바가바드기타』('거룩한 신의 노래'라는 뜻의 고대 인도철학의 중요한 경전 중 하나)를 공부하고 싶었어요. 그러던 중 이스콘 초파티 인터넷 홈페이지에서 『바가바드기타』를 한 구절씩 깊이 있게 공부할 수 있는 온라인 강좌를 발견했어요. 그래서 들뜬 마음으로 등록을 하러 사원 안에 있는 접수처를 방문했어요."

그러면서 마나시는 약간 고개를 낮췄다. 내 생각에 그녀는 대기 줄에서 다른 사람들이 엿듣는 것을 원하지 않았지만, 몇몇 사람의 고개가 눈에 띄게 우리 쪽으로 돌려져 있었다.

그녀가 말을 계속했다.

"나는 한 남자가 앉아 있는 책상으로 갔어요. 그는 이어폰을 끼고 노트북에 바쁘게 타이핑을 하고 있었어요. 시간이 조금 흐른 뒤에야 내가 거기 서 있다는 걸 알아차리고서 그는 불만 가득한 표정으로 왼쪽 이어폰을 뺐어요.

'무엇을 도와드릴까요? 뭘 원하나요?'

그 사람은 약간 화난 목소리로 딱딱거렸어요. 그의 불친절함에 약간 당황해 내가 대답했어요.

‘『바가바드기타』 장기 과정을 듣고 싶어서요.’

‘그렇다면 자아 발견의 여정 과정을 다 이수했나요?’

그는 나의 정중한 태도에는 아랑곳하지 않고 다시 딱딱거리며 말했어요.

‘네, 들었어요. 이 사원에서요.’

그는 잠시 말을 멈추더니 다른 쪽 이어폰도 빼고 이제 내 눈을 똑바로 쳐다보았어요.

‘카운슬러 있어요?’

‘카운슬러요?’

내가 되물었어요.

‘왜 나에게 카운슬러가 필요하죠? 내 인생은 다 괜찮아요.’

나는 이스콘 초파티에 열성적인 신도들을 지도하는 멘토 시스템이 있다는 걸 몰랐어요. 그것을 그들은 카운슬러 시스템이라고 부르더군요. 나는 나에게 뭔가 문제가 있어서 심리상담사가 필요하다는 뜻인 줄 알았어요. 그는 나에게 카운슬러가 없고, 사원 프로그램의 정기적인 참가자가 아니며, 이 규칙과 저 규칙을 따르지 않는 한 내가 수강하기 원하는 강좌를 들을 수 없다고 잘라 말했어요.

그는 홈페이지에 자격 요건이 분명히 언급되어 있다고 말하고는 내 대답을 기다리지도 않고 이어폰을 다시 귀에 꽂은 후 노트북으로 돌아갔어요. 내가 아는 한 그런 지침들은 홈페이지에 없었고, 나는 그가 말하는 터무니없는 규칙들에 대해선 들어 본 적이 없었어요. 나는 그저 『바가바드기타』를 공부하고 싶었을 뿐이에요. 그가 너무 무례하고 불쾌하게 나를 대해서 나는 전혀 예상하지 않았던 장소에서 심판받고 부당하게 취급받는 기분이었어요. 그것도 다른 곳이 아닌 사원에서 말이에요. 그런 행동이 아무렇지도 않게 허용되는 곳이라면 나는 다시는 그 사원에 갈 마음이 없어요."

내가 마나시의 마음을 달래려고 애쓰는데, 줄에 서 있던 몇몇 사람이 그녀가 불평하는 것을 엿듣고 나를 경멸의 눈초리로 쳐다보았다.

"그런 불쾌한 일을 겪으셨다니 정말 미안합니다. 그가 당신을 그런 식으로 대하다니 무책임한 짓이었습니다."

주제를 좀 더 긍정적인 것으로 바꾸려고 노력하면서 나는 말했다.

"그럼 당신은 그 자아 발견의 여정 과정을 이수했나요? 그 강좌의 강사는 누구였습니까?"

"가우르 고팔 다스의 강좌를 들었어요."

그녀가 중얼거렸다. 내 얼굴이 그렇게 쉽게 잊히는 얼굴이었나? 나는 속으로 웃음을 터뜨렸다. 내가 얼마나 잘하고 있는지 알 수 있는, 편견 없는 피드백을 받기에 완벽한 기회였다. 분명 그녀는 자신이 수강한 강좌의 강사가 나라는 사실을 알아차리지 못하고 있었다. 나는 침을 꿀꺽 삼키며 말했다.

"그래, 그 강좌는 어땠나요? 강사는 괜찮았나요? 그 강좌에서 많은 것을 배울 수 있었나요?"

"그는 환상적이었어요. 명확하고 유머가 넘쳤어요!"

나는 안도의 한숨을 내쉬었다. 이만하면 매우 긍정적인 평가 아닌가! 나는 그녀가 더 이상 말을 잇기 전에 그녀의 말을 끊었다. 왜냐하면 지나친 칭찬으로 에고가 부풀어 오를 수 있기 때문이다.

"마나시 양, 내가 바로 가우르 고팔 다스입니다!"

"말도 안 돼!"

그녀는 믿을 수 없다는 듯이 소리쳤다. 출입국 관리소 직원들이 놀라서 책상에서 고개를 들었다. 그러나 그들의 얼굴은 1초도 채 안 돼 평소의 심각한 표정으로 돌아갔다. 마나시의 얼굴이 갈색에서 붉은색으로 홍조가 돌았다.

"원하신다면 내 여권과 서류를 보여 드릴 수 있습니다!"

내가 농담을 했다.

"몰라봬서 정말 죄송해요. 그런데 그때는 안경을 쓰지 않으셨나요? 이젠 더 이상 안경을 쓰지 않으시는 것 같군요."

그녀가 변명하듯 덧붙였다.

"나는 이스콘 초파티 사원 전체가 나쁜 곳이라고 말하려는 의도가 아니었어요. 단지 내가 매우 불쾌한 대우를 받았고 깊은 상처를 받았다는 것이었어요."

나는 그녀의 말에 깊이 공감하며 나의 아쉬람을 대신해 사과했다.

"부디 다시 한번 저희를 방문해 주세요. 『바가바드기타』 장기 코스는 몇 가지 자격 요건이 있지만, 내가 매주 가르치는 강좌는 당신이 참여할 수 있습니다."

나는 그녀의 행운을 빌며 따뜻하게 말했다.

약간 당황한 그녀는 내 앞으로 걸어가 여권을 스캔하고 입국 수속을 밟았다. 나는 그 대화가 있고 난 후 수하물 찾는 곳에서는 그녀의 모습을 볼 수 없었다.

입국 카운터의 근엄한 담당자가 나의 세부 사항을 확인할 때, 우리가 서로를 세심하게 대하지 않으면 관계를 망칠 수 있다고 혼자 생각했던 것이 기억난다. 우리의 관계에서 서로를 배려하는 것은 성공적인 삶에 절대적으로 중요하다. 우리가 다른 사람들에게 어떻게 행동하는가가 우리 삶의 질을 결정한다. '단지 내 성격이 그런 것일 뿐이야.'라는 말은 타인에게 그저 무신경한 변명으로 받아들여질 수 있다. 당신이 타인에게 충분히 세심하게 반응하고 있는지 알기 위한 황금률은, 당신이 대접받고 싶어 하는 것보다 상대를 더 잘 대해 주라는 것이다. 스스로에게 질문을 던져 보라.

'나의 말투, 몸짓 언어, 행동에 세심함이 깃들어 있는가?'

빨래 통과 인간을 대하는 방식

내가 이야기를 마치자마자 해리가 물었다.

"그래서 그 여성을 다시 만났나요? 그녀가 자신에게 거칠게 말한 사람을 용서할 수 있었을까요?"

"다행히 그녀는 인도에 돌아온 후 내가 하는 『바가바드기타』 저녁 강의에 참석하기 시작했습니다. 나는 그녀가 자신을 불쾌하게 대한 사람을 용서했다고 말할 수 있습니다."

"잘됐군요."

해리는 우리의 대화 주제를 어떻게 자신의 문제로 옮길 수 있을지 생각하는 듯 잠시 멈추었다.

"그래서……."

그가 말을 시작했다.

"아내와 함께는 세심해지기가 쉽지 않아요. 나는 너무 긴 시간 일을 해요. 피곤한 상태로 집에 돌아오면 아내가 자주 화나는 말을 해서 나는 내가 하는 말을 통제할 수 없을 정도예요. 누군가와 아주 가까이 살면 그런 것이 힘들어요."

"친해지면 무례해지기 쉽죠."

내가 말했다.

"사람들과 친해지면 우리는 그들이 우리의 삶에 얼마나 중요한 존재인지, 그들을 대하는 올바른 행동 방식이 무엇인지 잊어버립니다. 나는 100명이 넘는 수도승들과 함께 살고 있고, 장담하건대 그건 분명 어려운 일이에요. 하지만 20년 전에 배운 교훈은 그때부터 인간관계에서 나의 행동 방식을 바꿔 놓았습니다."

나는 언제나 세미나를 하며 전 세계를 돌아다니는 것은 아니다. 뭄바이에서는 그저 많은 수도승들 중 한 명인, 또 한 사람의 수도승으로 있는 것을 좋아한다.

수도승으로서 사는 일에 인생을 바치기로 결심하기 전, 나는 푸네 시의 중산층 가정에서 응석받이로 자란 소년이었다. 전 세계 대부분의 아이들처럼 나에게도 최고의 어머니가 있었다. 어머니는 말 그대로 모든 것을 돌봐 주었다. 내가 먹고 싶은 것만 요리하고, 내 옷을 모두 세탁해 주었다. 어떤 것도 나를 오래 기다리게 한 적이 없었다. 따라서 내가 수도승의 삶을 추구하기로 결심했을 때 어머니가 얼마나 충격받고 걱정했을지 짐작할 수 있을 것이다. 누가 나를 위해 음식을 만들어 주지? 누가 나를 위해 청소를 해 주지? 누가 내 옷을 빨아 주지?

그 질문에 대한 대답은 다음과 같았다. 요리는 공동으로 했지만 그 밖의 것들은 다 혼자 힘으로 해야만 했다. 배우는 데 시간과 노력이 많이 들었다. 난생처음으로 내 옷을 빠는 것은 시련이었다. 우리는 세탁기가 없었다. 단지 양동이 두 개와 가루비누 한 줌뿐이었다. 이것은 옷을 빠는 오래된 방식이다. 옷을 세제와 물에 30분 동안 푹 담갔다가 깨끗한 물이 담긴 다른 양동이에서 헹구는 것이다. 굳이 헬스클럽 회원으로 가입할 필요가 없다. 이런 세탁 방식은 신체 단련을 위해 안성맞춤이다. 실제로 흠뻑 젖은 옷에서 물을 짜내는 것만으로도 내 이두박근이 커지는 것에 놀랐다.

어느 날, 이미 40분 동안 양동이 비눗물에 푹 담가 놓은 옷을 빨러 갔다. 마음이 급했다. 도시 반대편 지역에서 강연 일정이 잡혀 있었다. 그 전에 옷을 헹궈야 하는 고난에 직면해야 했다. 수도꼭지를 틀자 물이 쇠 파이프에서 콸콸거리며 곧장 욕실 바닥으로 쏟아졌다. 나는 재빨리 움직여 수도꼭지 밑으로 양동이를 걷어찼다.

"뭘 하고 있었지?"

내 뒤에서 범상치 않은 목소리가 물었다. 나보다 나이 많은 수도승 중 한 명이었다.

"옷을 빨고 있습니다."

나는 공손하게 대답했다.

"그래, 그건 나도 알아. 그런데 무엇을 하고 있었지?"

그가 다시 물었다.

"그냥…… 옷을 빨고 있었는데요."

내가 똑같이 대답하자 그는 눈빛이 흔들리며 얼굴을 찡그렸다.

"그래, 그건 알고 있어. 하지만 방금, 무엇을, 하고, 있었지?"

그는 각각의 단어를 천천히 또박또박 발음하며 말했다.

"그냥 내 옷을 빨고 있었다고요!"

나는 참을성을 잃고 되받아쳤다.

"대체 뭐가 문제죠?"

내가 하기로 되어 있는 중요한 강연에 늦을 것 같았다.

그가 물었다.

"왜 양동이를 발로 찼지?"

"이건 단지 양동이일 뿐이에요. 수도꼭지 밑에 빨리 양동이를 밀어 넣어야만 했어요. 별일 아니에요."

"별일 아니라고?"

그가 이의를 제기했다.

"그건 중요한 일이야. 가우르 고팔, 내가 관계에 대해 배운 것을 너와 나누고 싶구나. 우리가 양동이나 우리의 소유물 같은 무생물들을 무례하고 무신경하게 대할 때, 우리는 결국 인간도 똑같이 대하게 된다. 내 인생의 어느 순간 나는 많은 친구를 잃고 있는 것 같았고, 그때 나의 영적 지도자 중 한 명으로부터 이 조언을 들었다. 무신경이 우리의 일반적인 태도의 일부가 되면 우리의 본능은 사물과 사람을 구별하지 않는다. 그런 까닭에 우리가 사물을 나쁘게 대할 때 그 불감증이 결국에는 주변 사람들과의 관계에도 서서히 스며들게 되지."

그러고 나서 그는 미소 지으며 내 등을 토닥이고는 바잔(인도의 사원이나 종교적 집회에서 불리는 신을 찬양하는 노래)을 부르며 걸어갔다. 나는 경건하게 합장하고는 수도꼭지를 잠그고 방금 전에 일어난 일을 곰곰이 생각했다. 이 우주 전체는 연결되어 있다. 우리 삶의 부분들도 마찬가지다. 우리가 물건들을 무례하게 대할 때, 우리는 우리가 사랑하는 사람들에게도 똑같이 행동하기 시작한다. 우리 삶의 모든 측면이 서로 맞물려 있다.

현대 문화에서는 물건을 한 번 쓰고 버리는 것이 일반적이다.

한 예로, 2016년 엘렌 맥아더 재단(2010년 영국에서 설립된 순환 경제 전문 연구기관)은 세계경제포럼WEF에서 우리가 지금의 속도로 플라스틱을 계속 사용하면 2050년에는 바다에 물고기보다 플라스틱이 더 많게 될 것이라고 보고했다. 우리가 물건에 대해 그러한 사고방식을 갖게 되면 우리는 우리의 관계에도 일회성을 도입하게 될지도 모른다.

열렬한 독서광이었던 어머니가 내게 인도의 여러 고전문학을 읽어 주시던 기억이 지금도 내 마음속에 생생하게 남아 있다. 어머니는 마치 연극 공연을 하듯이 신나게, 신과 악마들이 대지를 놓고 싸우는 이야기와 바다를 향해 흘러가는 여정에서 모든 형태의 생명체를 먹여 살리는 어머니 갠지스강의 이야기를 들려주시곤 했다. 또한 우리 전통에서 신성하게 여겨지는 어머니 소에 대해서도 설명해 주셨다. 서양의 사고 체계에서 대지와 갠지스강은 무생물이고 소는 단지 동물일 뿐이다. 그러나 동양의 신비로운 문화에서는 그들을 우리 자신의 어머니인 것처럼 대하도록 배운다. 사물에 대해 그 정도의 존중심을 갖고 있으면 영적 수행을 하는 사람들이 왜 대인관계에서 강한 유대감을 갖는지 쉽게 이해할 수 있다.

"그런 설명은 처음 들어 봐요. 하지만 이거 아세요? 호날두와 메시가 이 이야기를 들으면 충격받을 거예요. 그 사람들의 인생은 오로지 발로 차는 것으로 이루어져 있으니까요."

그렇게 말하며 해리는 웃음을 터뜨렸다.

내가 말했다.

"발로 차느냐, 안 차느냐의 문제가 아닙니다. 모든 것은 용도가 있고 그 용도에 맞게 사용되어야 하죠. 온도를 측정하기 위해 자를 사용하지는 않겠지요? 우리는 만들어진 목적에 따라 물건을 사용해야 하지만, 최대한 존엄성과 가치, 그리고 존경심을 가지고 그것들을 다루어야 합니다."

"흠……. 하지만 나는 내 삶을 구분하는 경향이 있어요."

해리가 말했다.

"나는 삶의 모든 측면이 완전히 연결되어 있다고 생각하진 않아요. 나는 대상을 상자에 분류하는 것에 익숙해요. 이것은 나의 일, 이것들은 나의 관계, 이것은 나의 영성……. 이런 식으로."

그는 자신의 요점을 설명하기 위해 손을 사용하면서 말했다.

내가 말했다.

"그것에는 두 가지 측면이 있어요. 실용적인 목적을 위해 우리는 대상을 칸칸이 분류해 넣는 것으로부터 이익을 얻겠지만, 우리가 우리 삶의 한 영역에서 행동하는 방식이 다른 영역에서 불행한 결과를 가져올 수 있다는 것을 이해해야 합니다."

"내가 생각해도 그런 것 같아요. 아내와의 갈등에서 어쩌면 나도 한 역할을 하고 있는지도 모르죠. 아마도 내가 그녀에게 무신경한 것 같아요. 손뼉을 치려면 두 손이 필요하니까요. 아마도 그녀는 나에게 반응하는 방식으로 나의 행동을 그저 되비추고 있는지도 몰라요."

내가 말했다.

"그렇습니다. 때때로 우리는 사람들이 우리에게 어떤 반응을 하도록 부추기는 경향이 있습니다. 우리가 자기 자신에 대해서도 무언가 바뀌야 한다는 것을 명심하면서 그 반응들을 바라볼 때, 우리가 상대방에게 어떻게 행동해야 하는지 가늠하기가 더 쉬워집니다. 우리의 관계에서 긍정적인 면을 볼 수 있는 방법에 대해 이야기해 봅시다."

5

나를 사랑하고 타인을 사랑하는 연습

부정적인 것에 이끌리는 유전자/ 특별한 존재인가
아무것도 아닌 존재인가/ 히말라야에서 일어난 일/
바로잡는 기술/ '나는 옳아. 너만 달라지면 돼.'

야생 개 10마리를 가진 왕이 있었다. 그는 실수를 저지른 신하들을 처벌하기 위해 그 개들을 이용하곤 했다. 한번은 그의 대신 중 한 명이 실수를 했다. 왕은 화가 나서 그 대신을 개들의 우리에 던져 넣으라는 명령을 통과시켰다.

자신의 목숨을 구하기 위해 대신은 간청했다.

"폐하, 10년 동안 충실히 당신을 섬겼는데, 그 대가로 당신은 저에게 이렇게 하셔야만 합니까? 이것이 당신이 진정 원하는 것이라면, 저를 개들에게 던져 줘도 됩니다. 하지만 그렇게 하기 전에, 작은 부탁 하나만 들어주시겠습니까? 제가 10년 동안 당신에게 봉사했으니, 개들이 저를 갈기갈기 찢기 전에 열흘만 유예를 허락해 주시길 부탁드립니다."

왕은 대신의 간청을 수락했다. 그 자리를 물러난 대신은 개들을 돌보는 경비원에게로 가서, 앞으로 열흘 동안 자신이 개들을 돌봐 줄 수 있게 해 달라고 요청했다. 아직 왕의 명령을 전해 듣지 못한 경비원은 왜 대신이 그런 일을 하려고 하는지 약간 놀랐다. 하지만 뜻하지 않은 휴가를 누릴 수 있게 된 것을 기뻐하며 경비원은 동의했다.

대신은 왕궁에 소속되기 전에 야생동물을 돌본 경험이 있었다. 이후 열흘 동안 그는 개들에게 사랑과 애정을 담아 먹이를 주고, 목욕시키고, 우리를 청소해 매우 안락하게 해 주었다.

열흘이 지나자, 왕은 이제 대신을 개들에게 던져 주라고 명령했다. 명령이 집행되었을 때, 왕과 모든 사람의 놀라움 속에 개들은 대신의 발을 핥기 시작했다. 무슨 일인지 영문을 몰라 왕이 당황해서 물었다.

"저 개들에게 무슨 일이 일어난 것인가? 왜 개들이 저 대신을 공격해서 죽이지 않는가?"

누군가가 설명하기 전에, 대신이 왕에게 말했다.

"폐하, 저는 10일 동안만 개들을 섬겼는데, 그렇게 짧은 봉사 기간에도 개들은 제가 자신들을 위해 한 일을 잊지 않았습니다. 하지만 저는 10년 동안 당신을 섬겼는데, 당신은 제가 저지른 한 가지 실수 때문에 제가 당신을 위해 한 모든 것을 아주 편리하고 쉽게 잊었습니다."

중요한 교훈을 배운 왕은 스스로를 부끄럽게 여겼고, 대신을 석방하고 다시 복직시켰다.

실수나 문제 상황이 닥치는 순간, 우리는 다른 사람들이 우리에게 해 준 모든 선한 일들을 매우 빨리 잊어버린다.

감사는 먼저 정확한 기억에 관한 것이다. 우리가 받은 모든 친절, 봉사, 그리고 좋은 것에 대한 기억이다. 그런 다음에 감사는 일어날 수도 있는 실수를 잊고 다른 사람들과의 관계를 긍정적으로 지속시키는 것이다. 작은 실수나 상황, 사소한 사건으로 다른 사람들이 우리에게 해 준 좋은 점을 지워 버리지 말아야 한다. 좋은 면을 기억해야 한다.

부정적인 것에 이끌리는 유전자

우리 주위에서는 자동차 경적 소리가 요란하고 머리 위에서는 까마귀들이 까악거리는 가운데, 우리는 여전히 꼬리에 꼬리를 문 차량들 뒤쪽에 있었지만 우리의 목적지에 조금씩 가까워지고 있었다. 우리는 아직도 무엇이 교통 체증을 일으키는지 원인을 알지 못했다. 해리는 에어컨을 꺼도 되겠느냐고 물으며 말했다.

"에어컨 때문에 가끔 목이 아파요. 창문을 조금 열어도 괜찮을까요?"

"물론이죠."

우리 둘 다 창문을 한 뼘 정도 내렸다.

"하던 말씀을 계속해 주세요."

해리가 말했다.

내가 막 말을 시작하려 할 때 호박벌 한 마리가 차 안으로 날

아들었다. 벌들은 대개 위험하지 않지만, 좁고 막힌 공간에서 해리와 나는 둘 다 머리 받침대에 고개를 기대고서 미동도 하지 않고 가만히 있었다. 우리의 노랑-까망이 친구는 자동차 계기판 주위를 윙윙거리며 돌아다녔다. 아마도 자동차 환풍구에서 흘러나오는 재스민 향의 차량용 방향제에 넋을 빼앗겨 꽃을 찾고 있었을 것이다. 우리 차에 꽃가루가 없다는 것을 깨달은 호박벌은 모든 벌들이 부르는 노래를 부르며 즐겁게 날아갔다.

"아슬아슬했어요."

해리가 눈에 띄게 안도하며 말했다.

"무지막지하게 큰 벌이었어요!"

"저 벌이 더 열정적이거나 화가 나지 않았기에 다행이에요."

나는 벌을 가리키며 말했다. 그때 한 가지 생각이 떠올랐다.

"벌은 우리에게 많은 것을 가르쳐 줍니다. 벌은 항상 꽃이 품고 있는 꿀을 찾아다니며 흙이 있는 곳에는 오래 머물지 않습니다. 우리는 벌처럼 되어야 합니다. 언제나 사람들에게서 가장 좋은 점을 보고 그들의 결점을 피하는 쪽을 선택해야 합니다."

해리가 말했다.

"그것이 어떻게 가능하죠? 나의 인간관계로 볼 때 그건 너무 힘든 일 같아요."

"모든 것은 우리가 무엇을 찾는가에 달려 있습니다. 우리가 관계 속에서 사람을 인식하는 데는 다섯 가지 방식이 있습니다.

첫 번째 유형의 사람은 좋은 면을 전혀 보지 못하는 사람입니다. 이 유형의 사람은 상대방의 나쁜 면만 보고 그것을 지나치게 확대하는 경향이 있습니다. 그것이 악의나 미움, 불안감에서 비롯된 것일 수도 있지만, 그들은 다른 사람이 갖고 있을 수 있는 어떤 좋은 자질도 보지 못합니다. 당신이 누군가의 선함에 대해 그들에게 아무리 설명하려 해도 그들은 자신의 의견을 바꾸기를 거부합니다. 그들은 누군가의 얼굴에 묻은 한 점의 흙을 보고 마치 그 사람의 몸 전체가 진흙투성이인 것처럼 바라봅니다."

나는 얼마 전에 들은 이야기가 떠올랐다. 아름다운 동네의 멋진 집에 사는 젊은 부부가 있었다. 어떤 이유에선지, 아내는 그들의 이웃집 여자를 좋아하지 않았다. 어느 날 아침, 그들이 아침을 먹고 있을 때 아내는 창문 밖을 내다보았고, 그녀의 이웃이 빨랫줄에 옷을 널고 있는 것을 보았다.

"저것 좀 봐."

그녀는 남편에게 말했다.

"빨래를 했는데도 옷이 얼마나 더러운지 봤어? 가정주부가 중년이 되어서도 빨래를 깨끗하게 할 줄 모른다는 사실이 충격적이야. 아무래도 저 여자는 친정 엄마 집으로 돌아가 올바르게 빨래하는 법을 배워야 할 것 같아."

그녀의 남편은 아무 말 없이 듣고 있었다. 이웃이 빨래를 널 때마다 젊은 여자는 공격적인 지적을 할 기회를 놓치지 않았다. 몇 주 후, 그녀는 이웃이 또다시 빨랫줄에 옷을 널고 있는 것을 보았다. 그러나 이번에는 뭔가 달랐다.

"저거 봤어? 놀라워!"

놀란 아내가 남편에게 말했다.

"드디어 옷들이 깨끗해졌어! 나는 저 여자가 직접 빨래를 하지 않았다고 확신해. 다른 누군가가 그녀를 위해 대신 빨래를 한 게 틀림없어!"

남편은 이웃의 옷을 보려고 자리에서 일어나지도 않고 말했다.

"여보, 그거 알아? 내가 오늘 아침에 창문을 닦았어."

우리가 다른 사람들에게서 보는 것은 우리가 보고 있는 창문에 달려 있다는 것이 사실이 아닌가? 우리 자신의 창문을 닦으면 우리의 시력이 바뀐다.

하지만 이 유형의 사람들은 자신의 창문이 더럽다는 것에 동의하지 않을뿐더러 창문을 닦아야 한다는 것에는 더더욱 동의하지 않는다. 그들은 깨끗한 빨래를 계속 더럽다고 인식할 뿐만 아니라 계속해서 비난한다.

두 번째 유형의 사람은 좋은 면과 나쁜 면을 둘 다 보지만 좋은 면은 무시하기로 선택한 사람이다. 이 유형의 사람은 상대방에게서 좋은 면과 나쁜 면을 보면서도 의도적으로 좋은 면을 무시하고 나쁜 면에만 초점을 맞춘다. 일부 사람들이 듣고 싶은 것만 선택해서 듣듯이 이런 유형의 사람은 선택적 사고방식을 갖고 있다.

지난 몇 년 동안 나의 많은 강의 동영상이 세상으로 퍼져 나갔지만 반려견 영상들의 인기와는 비교가 안 된다. 우리는 개의 매력에 쉽게 빠지며, 우리가 이 충직한 친구를 가질 만한 자격이 있는지 자신을 돌아보게 된다. 한 흥미로운 이야기는 개들이 얼마나 헌신적인지를 보여 준다. 어디까지가 사실인지는 모르지만.

한 남자가 슈퍼마켓에서 식료품을 구입하고 있었다. 그는 아내가 휘갈겨 써 준 물건 목록을 확인하면서 카트를 밀고 가다가 다른 카트와 충돌했다.

"미안합니다!"

그는 반사적으로 소리쳤다. 그러나 고개를 들어 바라본 그는 충격에 빠졌다. 개가 쇼핑 카트를 밀며 갖가지 물건을 담고 있는 것이었다! 놀란 그는 이 통로 저 통로로 개를 따라다니며 개의 일거수일투족을 염탐했다.

그 개는 과일, 초콜릿, 빵, 파스타를 카트에 담았다. 그것도 각각 봉지 가득히! 그런 다음 개는 계산대로 가서 지폐 몇 장을 꺼내 지불했다. 단조로운 얼굴의 계산원은 조금도 당황하지 않았다. 그는 이 털북숭이 친구를 잘 알고 있는 것 같았다.

남자는 계산원이 개에게 10달러를 덜 주는 것을 보았다. 그러자 개는 큰 소리로 짖으며 계산원이 잔돈을 정확히 줄 때까지 바짓가랑이를 잡아당겼다. 이 일이 어떻게 가능하지? 남자는 너무 놀라 정신을 못 차리고 그곳에 서서 생각했다. 이 똑똑한 개의 주인이 누구인지 반드시 알아내야 해!

남자는 아파트 15층에 있는 집까지 개를 따라갔다. 짐작하겠지만 그 개는 엘리베이터에서 정확한 층을 누르고, 짙은 파란색 문에 이르러 쇼핑한 물건들을 떨어뜨렸다. 이어서 주인의 주의를 끌기 위해 낑낑거리는 소리를 내며 문을 긁기 시작했다. 얼마 후 주인은 문을 열고 개에게 소리치기 시작했다.

"이 멍청하고 감사할 줄도 모르는, 아무짝에도 쓸모없는 짐승 같으니라고! 빠짐없이 제대로 사 왔겠지?"

그러고는 둘 다 안으로 들어갔다.

남자는 더욱 어리둥절해졌다. 개 주인이 방금 그런 말을 한 것이 사실인가? 호기심이 발동한 그는 주인이 왜 천재 개에게 소리를 질렀는지 궁금해서 엄지손가락을 만지작거리며 문을 세 번 두드렸다.

문이 열렸다.

"누구시오?"

주인이 거칠게 물었다.

"어…… 선생님, 궁금한 것이 하나 있습니다. 저는 당신의 개가 당신을 위해 슈퍼마켓에서 모든 필요한 물건을 사고, 계산원에게서 정확히 거스름돈을 받아내는 데 성공하고, 이 아파트까지 걸어와 엘리베이터에서 정확한 번호를 누르는 걸 보았습니다. 도저히 믿을 수 없는 천재견입니다! 그런데 왜 개에게 욕을 하고 소리를 질렀나요? 그 이유를 알고 싶습니다."

개 주인이 말했다.

"그런 재능은 나의 개에겐 지극히 평범한 일이오. 하지만 이 개가 집 열쇠를 잊어버린 게 이번이 두 번째요. 한심하지 않소? 귀찮게 내가 일어나서 문을 열어야 하다니!"

남자는 방금 들은 말을 믿을 수 없어서 입을 벌리고 아파트 밖에 서 있었다.

이것이 우리 삶의 이야기 아닌가? 우리의 가족과 친구들도 너무나 많은 좋은 일들을 하고 있지만, 우리는 그것들을 무시하고 오로지 그들의 부정적인 면에만 초점을 맞춘다. 우리 주위에서, 그리고 우리가 사랑하는 사람들 안에서 놀라운 일들이 일어나고 있지만, 이런 유형의 사람들은 상대가 어떻게 열쇠를 잊어버렸는가만 생각할 뿐이다.

특별한 존재인가 아무것도 아닌 존재인가

세 번째 유형의 사람은 좋은 면과 나쁜 면 양쪽 모두에 중립적인 사람이다. 이 유형은 다른 사람에게서 좋은 면과 나쁜 면을 발견하지만 나쁜 면에 초점을 맞추지도 않고 좋은 면에도 신경 쓰지 않는다. 이런 사람들은 자아도취나 무관심 때문에 모든 사람, 모든 것과 단절되어 있다. 그들은 타인에 대해 그저 아무 관심을 갖지 않는다. 드물지만 그런 유형의 사람이 있다.

네 번째 유형의 사람은 좋은 면과 나쁜 면을 보지만 나쁜 면을 의식적으로 무시하고 좋은 면에만 집중하는 것을 선택하는 사람이다. 사람들이 이 방식을 유지하며 살기는 어렵다. 나쁜 면을 찾아내는 인간의 자연적인 성향을 극복하기 위해 의식적인 노력을 해야 하기 때문이다. 계속해서 좋은 면을 보기 위해서는 많은 노력이 필요할 수 있다.

인디아 타임스의 '말하는 나무Speaking Tree' 면에 특집으로 실린, 지금은 고인이 된 인도 기업가 아디티야 비를라에 대한 최근 기사는 이 유형의 특징을 간단하고 명확하게 조명하고 있다.

비를라는 수십억 달러 규모의 기업 힌달코 인더스트리의 최고 경영자이다. 그 신문 기사는 실수로 회삿돈 수백만 달러를 잃은 고위급 임원에 관한 내용이다. 다른 대표라면 그 직원을 고소했거나 해고했을 것이다. 하지만 비를라는 그렇게 하지 않았다. 그 임원과 면담을 하기 전에 비를라는 메모지를 꺼내 맨 위에 '이 직원의 좋은 점'이라는 제목을 썼다. 그리고 그 임원이 지닌 모든 장점 목록을 적어 내려갔다. 여기에는 그가 회사에 수백만 달러의 수익을 낸 시간도 포함되었다. 아디티야 비를라는 어떤 판단을 내리거나 실수를 처리하기 전에 이 임원이 회사를 위해 한 모든 좋은 점에 자신의 관심을 돌리기로 의식적으로 선택했다.

비를라가 그 임원을 해고하지 않았다는 소식이 회사 전체에 퍼지자 조직 내에서 세심한 대응 철학과 문화가 진화했다. 회사의 또 다른 고위 임원은 이렇게 말했다.

"누군가를 질책하고 싶은 유혹이 생길 때마다 나는 앉아서 그들이 가진 모든 좋은 자질들의 목록을 작성하도록 나 자신을 설득한다. 이것이 반드시 내 결정을 바꾸지는 않을지 모르지만, 상황을 더 넓은 관점으로 보고 화를 다스리는 데 도움이 된다."

좋은 면에 집중하고 나쁜 면에 대처하는 것은 관계를 살리고 올바른 결정을 내리는 데 도움을 주는 하나의 원칙이다.

다섯 번째 유형은 나쁜 면을 전혀 보지 못하는 사람이다. 이들은 아주 작은 것이라도 좋은 면을 보고 그것을 확대한다. 이 단계는 신, 혹은 영성이 절정에 도달한 자에게나 가능할 수 있다. 누군가의 성격이나 자질에서 좋은 면만 보는 것, 그것이 그 사람의 안 좋은 면을 가릴 정도로 최소한의 좋은 점이라도 확대시키는 것은 위대한 능력이지만 우리 대부분이 따르기에는 매우 어려운 일이다.

관계가 좋아지고 발전하기 위한 가장 이상적인 상태는 네 번째 단계에 도달하는 것이다. 인간 심리는 기본적으로 다른 사람의 잘못에 대해 험담하는 것을 좋아한다. 우리는 눈을 크게 뜨고 티끌만 본다. 그러나 수행을 하면 좋은 면과 나쁜 면을 모두 보는 단계에 도달할 수 있고, 좋은 면에 집중하고 나쁜 면을 무시하는 결정을 의식적으로 내릴 수 있다.

"지금까지 이런 설명을 들어 본 적이 없어요!"

해리가 외치듯이 말했다.

내가 말했다.

"이것은 나의 분석이 아닙니다. 우리의 스승 스와미 프라부파다의 제자들에게서 들었습니다."

"한 가지만 명확히 설명해 주시겠어요? 어떻게 나쁜 면을 완전히 무시하죠?"

"나쁜 면을 무시한다고 해서 우리가 현실적으로 그 나쁜 면에 대처하지 않는다는 의미가 아닙니다. 다만 우리의 마음이 나쁜 면에 집중하고 거기에만 맴돌도록 내버려 두지 않는다는 것을 의미합니다."

"바로 그거예요!"

완전히 이해한 것 같지는 않았지만 해리는 그 점에는 열렬히 동의했다.

"아내와 있으면 나는 나쁜 면을 무시하는 것이 아니라 바로 맞대응하는 편이에요……."

해리는 하던 말을 잠시 멈추었다. 그리고 다시 말했다.

"내 생각에, 나는 아내의 나쁜 면을 세심하게 다루려고 노력하지만 늘 우리 사이에 어색한 분위기를 조성하고 아내의 기분을 상하게 합니다. 그러면 아내는 나에게 빈정거리는 말을 던지기 시작하죠. 그럼 나는 그녀에게 그러지 말라고 하지만, 악순환이 다시 시작됩니다. 결국 좌절할 수밖에 없게 되죠."

내 친구 중 한 명은 뛰어난 요리사이다. 어느 날 그는 오크라 요리를 준비하고 있었다. 오크라는 아열대 채소로 여자 손가락 모양과 비슷하다 하여 영어권에서는 레이디핑거라고도 부른다.

나는 그 친구가 놀라울 만큼의 세심함과 애정을 기울여 오크라를 깨끗이 씻는 모습을 보았다. 그가 요리하는 것을 사랑하기 때문일 것이라고 나는 추측했다.

이어서 전문가적인 솜씨로 오크라를 같은 크기로 자르던 중에 그는 우연히 오크라 한 개의 꼬투리 부분에 구멍이 난 것을 발견했다. 그 특정한 꼬투리가 상했기 때문에 나는 그가 그 오크라를 버릴 것이라고 예상했다.

하지만 그러는 대신 그는 차분하고 정교한 손놀림으로 칼을 이용해 꼬투리 윗부분을 제거했다. 그런 다음 나머지 부분이 멀쩡한 것을 확인한 후 자신이 준비하려는 별미용 재료로 쓰려고 계속 잘라 나갔다.

나는 이 단순한 일에서 한 가지 중요한 교훈을 얻었다. 만약 꼬투리에 구멍이 있다면 몇몇 사람은 그것을 버릴 수도 있겠지만, 많은 사람들, 특히 여기 인도에 사는 사람들은 그 오크라 전체를 불량품으로 취급하지 않을 것이다. 그들은 상한 부분을 제거하고, 아직 완벽한 상태의 나머지 부분을 맛있는 요리에 사용할 것이다.

단지 꼬투리에 구멍이 뚫려 있다고 해서 그 오크라를 완전히 거부하지 않는다면, 그리고 오크라 한 개는 불과 1루피도 안 되는 값인데, 우리는 과연 값을 매길 수조차 없는 사람들과 우리의 관계를 거부해야만 할까? 단지 그들이 가지고 있을지도 모르는 몇 가지 결점들 때문에? 인간은 오크라와 비슷하거나 더 나은 대우를 받을 자격이 없는가?

어떤 인간도 완벽하지 않으며, 분명히 약간의 결함과 한계를 가지고 있을 것이다. 우리의 관계에서 '오크라 원칙'을 따를 필요가 있다. 사람들이 가진 결점으로 그들을 낙인찍고 거부하지 말아야 한다. 다른 사람에게서 먼지를 발견할 것이 아니라 금가루를 찾는 사람이 되어야 한다.

누군가의 단점을 바로잡는 방식은 관계를 발전시킬 수도 있고 깨뜨릴 수도 있다. 검sword과 말word이 같은 글자를 갖고 있는 것은 이상한 일이다. 더 이상한 것은 그 둘을 적절히 다루지 않으면 동일한 결과를 낳는다는 것이다.

"대부분의 좌절감은 관계에서의 부적절한 대처에서 옵니다."

나는 해리를 위로하려고 노력하며 말했다.

"이것은 몸짓 언어든 행동이든 말이든 우리의 서툰 의사소통에서 비롯됩니다. 우리는 관계에 대해 모든 책임을 져야 합니다."

"하지만 아내를 기분 나쁘게 하지 않기 위해 무슨 말을 해야 할지 항상 생각하고 있어야 한다면, 그것은 삶을 비참하고 너무 계산적으로 만들 거예요."

해리가 볼멘소리를 했다.

나는 한숨을 쉬었다.

"해리, 우리는 다른 사람을 바로잡아 주려고 할 때 신중하게 단어를 선택해야만 합니다. 그러나 그전에 우리는 그 사람들에 대해 감사하는 마음에 투자해야만 합니다."

나는 자세히 설명하기 위해 자리를 잡았다.

'인출 전 투자'라는 말이 있다. 몇 해 전 나는 뭄바이 증권거래소에서 '일과 삶의 균형을 위한 인도 문화'라는 주제로 강연 초청을 받았다. 그 장소는 당신이 예상할 만한 곳이었다. 넓고 둥근 청중석, 벨벳 레드 카펫이 깔린 웅장한 무대, 전 세계 증권거래소에서 온 150명의 임원이 자리하고 있었다. 권위 있는 행사였고, 나는 그곳에서 연설하도록 초청받아 영광이라고 느꼈다. 그곳에서 내가 한 강연이 자신의 분야에서 크게 성공한 사람들에게 큰 반향을 불러일으킨 것 같았다.

나는 말했다.

"뮤추얼 펀드(주식 발행을 통해 투자자를 모집하고, 모집된 투자자산을 전문적인 운용 회사에 맡겨 그 수익을 배당금 형태로 되돌려 주는 투자회사)와 우리의 인간관계는 한 가지 공통점이 있습니다. 양쪽 다 인출하기 전에 투자를 해야 한다는 것입니다."

우리는 누군가의 문제를 바로잡기 전에 그 사람에게 감사와 사랑을 투자하는 것을 잊는 경우가 많다. 이것이 상대방의 의욕을 잃게 하고 자신을 소중히 여기지 않는다고 느끼게 만들 수 있다. 감사의 기술을 배우는 것은 건강한 관계를 구축하기 위한 필수 요소이다. 나는 네팔 여행을 하면서 그것을 깨달았다.

히말라야에서 일어난 일

추위에 이가 딱딱 부딪치고 몸이 덜덜 떨리는 바로 그 순간에도 내 눈은 나를 둘러싸고 있는 아름다움을 응시했던 것을 기억한다. 히말라야의 토롱라 패스(해발 5,416미터의 세계에서 가장 높은 고갯길. 네팔 안나푸르나 트레킹 코스) 발치에 있는 묵티나트(해발 3,800미터에 위치한 불교와 힌두교 성지)는 매섭게 추웠다. 묵티나트는 힌두교도와 불교도 모두에게 신성한 장소이다. 힌두교인들에게 그 장소는 비슈누 신의 자연적인 형상이 칼리간다키 강 하류에서 발견된 곳이다. 그리고 불교도들에게 이곳은 중요한 신들과 여신들이 거주해 온 곳이다.

나를 포함한 몇몇 승려들은 이 아름다운 지역에 영적 안거 수행을 위해 신도 가족들 그룹을 데려왔다. 우리가 있는 장소의 중요성에 대해 토론하고 나서 우리는 숙소로 돌아왔다. 이 여행의 목적은 영성이 깃든 장소들을 방문하는 것도 있지만, 더 중요한 것은 신도들이 가족과 함께 시간을 보내는 것이었다. 함께 소중한 시간을 보내는 것을 대체할 수 있는 것은 없으며, 특히 자연 속에서 마음을 열고 대화하는 것은 서로의 유대감을 깊어지게 하는 놀라운 일을 할 수 있다는 것을 나는 배웠다. 이를 위해 히말라야보다 더 좋은 배경은 없을 것이다!

우리가 세낸 빌라형 숙소로 돌아온 나는 이메일을 확인하기 위해 노트북을 열었다. 비록 내가 이 영적 안거 수행을 하는 동안은 나에게 시간이 멈춰 있었지만, 나와 의논할 긴급한 문제를 가진 뭄바이 사람들에게는 그렇지 않았다. 나는 받은 편지함을 훑어보면서 중요한 메일이 있는지 살펴보았다. 중요 표시가 되어 있는 이메일 하나가 눈에 띄었다.

'우크라이나 비자가 승인되었습니다. 귀하의 여권은 델리에서 바로 수령 가능합니다. 아니면 귀하가 선정한 주소지에 배송하기까지는 5영업일이 소요됩니다.'

5영업일이라고? 나는 당황했다. 동료 수도승 한 명과 나는 뭄바이에 도착하자마자 3일 후에 우크라이나로 출국하기로 일정이 잡혀 있었다. 우크라이나행 비행기를 놓칠 수는 없는 일이었다. 나의 스승 라다나트 스와미가 개인적으로 나에게 부탁한 방문 일정이었다.

나는 즉시 의자에서 일어났고, 머릿속으로 계획을 세우기 시작했다. 나는 숙소의 공동 구역으로 달려갔다. 모두들 웃으면서 허브차로 몸을 덥히고 털모자와 장갑을 라디에이터 위에 말리고 있었다.

적절한 타이밍이라고 생각하며 나는 예의를 갖춰 선배 수도승 중 한 명에게, 우크라이나 영사관에서 여권을 찾으러 내가 조금 일찍 델리로 날아가도 될지 물었다. 카트만두에서 델리로 버스와 기차를 타고 가는 것은 34시간이나 걸리는 대단히 힘든 여정이었다. 하지만 비행기로는 겨우 두어 시간밖에 안 걸리기 때문에 동유럽으로 급히 가야만 하는 상황에서 귀중한 시간을 절약할 수 있었다.

"어떻게 갈 계획인가?"

선배 수도승은 뜨거운 생강차를 홀짝거리며 나에게 물었다.

"비행기로요. 두세 시간밖에 안 걸립니다."

나는 자신 있게 말했다.

"그럼 그 항공료는 누가 내지?"

나는 내 뜻대로 되지 않을 것임을 직감했다.

"글쎄요……."

사원이라고 말하고 싶지는 않았다. 우리 사원은 이미 자금 사정이 좋지 않았다.

"내 여권이 델리에 있어서 가야만 해요. 내일 아침까지 여권을 찾지 못하면 우크라이나에 제때 도착할 수 없을 겁니다."

나는 간청했다.

사람들이 우리의 대화에 관심을 기울이면서 주변의 말소리가 잦아들었다. 선배 수도승은 찻잔을 내려놓았다.

"나는 그것이 좋은 생각이라 여기지 않네. 그대는 우리와 함께 기차를 타고 델리로 이동해서, 며칠 후 우크라이나로 가면 되네."

그는 권위적으로 말했다.

우리의 우크라이나행 비행기 표는 이미 예약되어 있었다. 하지만 나는 그 정도로 해 두고 상황이 진정되도록 내 방으로 돌아갔다. 저녁에 그 선배 수도승은 우리가 방문한 장소들에 대한 이야기를 하면서 그 모임을 대상으로 짧은 강의를 했다. 저녁 식사 시간이 다가왔을 때 나는 그에게 다시 그 문제를 꺼냈다. 내가 우크라이나에 가는 것은 매우 중요한 일이었다.

그 선배 수도승은 벌떡 일어나서 모든 사람들 앞에서 언성을 높이기 시작했다.

"그 일은 불가능하다고 이미 자네에게 말했잖은가? 왜 또 그 이야기를 꺼내는가? 예의도 모르나?"

그는 너무도 길게 느껴지는 5분 동안 나를 계속 힐난하고 비웃었다. 말할 수 없이 굴욕적이었다. 그곳에 있는 모든 가족들이 나를 개인적으로 알고 있었다. 그들의 아이들은 나를 귀감이 되는 롤 모델로 존경했다. 그런데 나는 그 자리에서 공개적으로 비난받고 있었다.

나는 내 방으로 걸어갔다. 얕은 숨을 몰아쉬며 양쪽에 2층 침대가 있는 3미터 폭의 방을 왔다 갔다 했다. 눈물이 핑 돌았다. 생각들이 머릿속에 걷잡을 수 없이 밀려왔다. 어떻게 나에게 그런 식으로 말할 수가 있지? 지금까지 우리가 동료 수행자라고 생각했는데! 그는 나의 우크라이나행이 얼마나 중요한지 모른다!

화가 나면 비난을 퍼붓기 쉽다. 에고가 짓밟히면 감정은 거칠어진다. 나는 스스로를 자제하고 심호흡을 하고는 조용히 기도문을 외웠다. 일시 멈춤 버튼을 눌러 마음챙김을 하기로 결심했다.

선배 수도승의 말은 일리가 있었다. 사원은 재정적으로 빠듯했고, 우리와 함께 여행하는 가족들에게 자금 지원을 요청하는 것은 부적절했으며, 나는 이번 여행에서 그들을 뒤에 두고 그냥 떠날 수는 없었다. 이런 점들이 나 스스로를 진정시키기 위해 열거한 실질적인 이유들이었다. 그것이 도움이 되긴 했지만, 아주 조금 도움이 될 뿐이었다.

나는 눈을 감았고, 회상하듯 선배 수도승이 나를 키워 주고 힘든 시기에 친구가 되어 주었던 아쉬람에서 살아온 세월을 모두 떠올렸다. 그는 아쉬람이 내 집인 것처럼 느끼게 해 준 사람이었다. 내가 그를 알고 지낸 이 모든 기간 동안 그는 한 번도 이런 식으로 나를 대한 적이 없었다. 그는 항상 나에게 사랑과 친절과 신뢰를 투자해 왔다. 이렇게 마구 몰아세우는 것은 전혀 그답지 않은 일이었다. 혹시 그에게 무슨 일이라도 있는 걸까?

나는 세수를 하고 모두가 모여 있는 곳으로 돌아갔다. 토마토 수프와 갓 구운 빵 냄새가 났지만 내가 방에 들어서자 긴장감이 역력했다. 나는 아무 일도 없었던 것처럼 들어가서 늘 하던 대로 행동했다. 그가 나를 힐끗 쳐다보았고 우리의 눈이 마주쳤다. 그것은 사과하고 용서하는 우리의 미묘한 방식이었다. 사람들이 안도의 숨을 내쉬는 것을 볼 수 있었다. 나는 그를 용서했다. 우리는 다시는 이 문제를 꺼내지 않았다.

아침의 카트만두 버스 정류장은 사람들로 북적였다. 철제 컨테이너에서 차를 파는 상인들, 사람들의 짐가방을 수레에 싣고 달리는 짐꾼들, 그리고 반바지를 입고 거대한 카메라를 든 관광객이 푼돈을 구걸하는 아이들에게 시달리고 있었다. 남아시아(아시아 대륙의 남쪽 중앙 부분에 해당하는 지역. 인도, 파키스탄, 방글라데시, 스리랑카, 네팔, 부탄 등) 대부분의 버스 터미널과 비슷한 광경이었다. 우리는 국경 너머 인도의 고락푸르 시까지 버스로 열 시간을 이동한 후, 그곳에서 기차를 타고 우리의 여정을 계속했다.

우리는 지체 없이 버스에서 기차로 갈아탔다. 우리에게는 의자가 3층 침대로 바뀔 수 있는 침대칸 승차권이 있었다. 하루 종일 버스에 앉아 있었더니 몸이 쑤셨기 때문에 파란색 침대를 보고 신이 났다. 나는 창문 옆에 자리를 잡고 기차가 속도를 높여 매우 멋진 시골들 사이를 굽이치며 나아가는 것을 지켜보았다.

출발한 지 30분쯤 지났을 때 선배 수도승이 와서 엄숙한 표정으로 내 옆에 앉았다. 그는 내 손을 잡고 눈물을 흘리며 나에게 한 행동에 대해 사과했다. 나도 그와 함께 울지 않을 수 없었다. 나는 그가 그렇게 감정적인 모습을 본 적이 없었다. 우리가 사랑하는 사람이 속상해하는 것을 볼 때 우리도 자연히 마음이 아프다. 그를 밀어붙이지 않았어야 했다고, 그의 걱정은 타당하다고 말하며 나도 그에게 사과했다. 그는 내 사과를 받아들이지 않고 모두 자신의 잘못이라고 고집했다. 진정한 사과와 용서는 친구 사이에 강한 유대감을 형성하는 중요한 요소이다.

몇 주 후, 다른 행사를 위해 모든 가족들이 한자리에 모였을 때 우리는 그들에게 네팔 여행에서 가장 좋았던 점이 무엇이었는지 물었다. 우리는 그들이 신비로운 사원, 카트만두의 풍경, 심지어 우리의 강의도 좋았다고 말할 것이라 예상했지만 그들 중 아무도 그렇게 말하지 않았다. 사람들은 나와 선배 수도승의 우정을 본 것이 가장 좋았다는 데 만장일치로 동의했다. 불쾌한 언쟁에서 깊은 용서에 이르기까지, 사람들은 우리가 맺고 있는 유대감의 깊이에 놀랐다. 오늘날까지 그 선배 수도승은 나의 가장 친한 친구 중 한 명으로 남아 있다.

바로잡는 기술

우리는 사람들에게 먼저 투자해야만 그들을 바로잡을 수 있다. 우리 모두는 인간이다. 실수를 저지르고, 참지 못하고 화를 낸다. 하지만 상대방에게 우리가 많은 투자를 한다면, 우리가 그들에게 그들이 마땅히 받아야 할 보살핌, 사랑, 감사를 준다면, 그런 작은 인출은 마구 쏟아붓는 폭우가 아닌 빗방울로 다가온다. 이것은 우리가 상대방에게 교정적 피드백(바람직하지 못한 행동을 바로잡아 주는 조언)을 주려고 해선 안 된다는 의미가 아니라 바로잡아 주는 기술을 올바르게 배울 필요가 있다는 뜻이다.

다른 어떤 욕구보다도 모든 개인의 가장 큰 갈망은 사랑을 주고 사랑을 받는 것이다. 이 욕구가 결실을 맺을 수 있게 하는 것은 우리의 관계이다. 하지만 우리가 소중히 여기고 우리 가슴 가까이 두고 있는 관계가 쉽게 무시되고 학대될 수 있다는 것은 놀라운 일이다. 대부분의 경우 이것은 의도적으로 행해지는 것이 아니라 무지해서, 어떻게 행동해야 할지 이해하지 못해서 일어나는 일이다.

올바른 의도를 갖고 있을지라도 부적절하게 조언을 하는 것은 얻는 것보다 잃는 것이 더 많을 수 있다. 그렇기에 우리는 올바르게 조언하는 법을 배워야 하며, 이 능력을 키우기 위해서는 연습과 자기성찰이 필요하다. 누군가에게 교정적 피드백을 해 줄 필요성을 느낄 때마다 다음의 네 가지 질문을 생각하라.

첫째, 나는 교정적 피드백을 해 줄 적임자인가?

당신이 그 사람을 바로잡아 주는 것이 적절한가? 모든 여자는 세상에서 가장 좋은 아이는 자신의 아이라고 생각하고, 모든 남자는 세상에서 가장 좋은 아내는 이웃의 아내라고 생각한다는 우스갯소리가 있다. 물론 타인의 아이가 자해를 하려고 하면 우리 모두 그 아이에게 소리를 지르겠지만, 우리는 지금 그런 예외적인 상황을 말하는 것이 아니다. 다른 상황이라면 당신은 다른 사람의 아이에게 교정적 피드백을 해 주겠는가? 다른 사람의 배우자에게 교정적 피드백을 해 주겠는가? 대부분의 경우 그렇게 하지 않을 것이다. 그러므로 우리는 생각해 봐야 한다. 내가 이 피드백을 해 줄 적임자인가, 아니면 다른 사람이 더 적합한가? 나는 그 사람의 친구인가? 지인인가? 나는 어떤 식으로든 교정적 피드백을 해 줄 권한이 있는가? 이 질문들 중 어느 하나라도 대답이 '예'인 경우 다음 질문으로 나아갈 수 있다.

둘째, 나에게 교정적 피드백을 해 줄 올바른 동기가 있는가?

우리는 삶에서 두 가지를 통제할 수 있다는 말이 있다. 자신의 욕망과 자신의 내적 동기가 그것이다. 우리의 욕망은 우리가 원하는 것을 지배하고, 우리의 내적 동기는 우리가 그것을 욕망하는 이유를 말해 준다. 많은 경우, 우리는 해묵은 과거를 청산하고 싶어서 상대방을 바로잡아 주려고 할 수도 있다. 아니면 원한을 품고 단지 복수하기 위해 그 혹은 그녀를 바로잡을 기회를 이용할 수도 있다. 그러나 이것이 내적 동기가 되어서는 안 된다. 친구로서 그들을 돕는 것이어야 한다. 양심에 비춰 우리의 동기가 적절해야 한다. '그들이 하고 있는 잘못된 행동에서 벗어나도록 돕고 싶다.'는 마음처럼. 사랑의 마음에서 나온 피드백은 듣기 싫을 수 있지만 제대로 하면 가장 달콤하고 올바른 효과를 가져온다.

셋째, 나는 교정적 피드백의 올바른 방법을 알고 있는가?

잭은 전기 기술자였다. 하루하루가 고단했고 정신적으로 힘들었다. 설계 작업의 일환으로 복잡한 물리학을 다루어야 할 때도 있었다. 단 한 번의 실수로 회사가 수억 원의 손실을 볼 수도 있었고 더 나쁘게는 해고될 수도 있었다. 그날은 목요일이었고 잭은 여태껏 겪었던 것 중 가장 피곤했다. 그는 단지 아내와 함께 저녁을 먹는 것을 원했다. 잭의 아내는 직업이 요리사였고 남편에게 그녀의 새롭고 실험적인 요리를 차려주는 것을 좋아했다. 그녀는 잭이 집에 와서 그녀가 새로운 조리법으로 만든 수프를 맛볼 수 있게 되기를 기대했다.

집에 돌아왔을 때 잭의 얼굴은 피로가 겹쳐 핏기가 가셨다. 잭은 바닥에 서류 가방을 던지고 넥타이를 느슨하게 풀고는 아내에게 인사하며 식탁에 앉았다.

"이 수프 맛있어 보이네."

잭이 말했다.

"내가 하루 종일 연구한 특별한 요리법이야. 당신이 먼저 맛보면 좋겠어."

아내가 들뜬 목소리로 말했다.

잭은 국자를 들고 크림 같은 붉은색 수프를 그릇에 부었다. 그러면서 환하게 웃고 있는 아내의 일거수일투족을 지켜보았다. 아내는 그를 위해 숟가락을 식탁 건너편으로 밀어준 뒤 식탁 위에 팔꿈치를 올려 양손을 턱밑에 괴고는 몸을 앞으로 기울였다. 잭은 한 숟가락 가득 떠 후루룩 먹었다. 토마토, 좋아. 칠리, 좋아. 소금, 부족해. 수프는 완전히 싱거웠다.

이런 상황에서 당신은 어떻게 하겠는가? 오늘 당신은 직장에서 끔찍한 하루를 보냈다. 형편없는 요리에 대해 아내에게 어떻게 말하겠는가?

다행스럽게도 잭은 그 자리에서 머리를 썼다. 그는 수저 서랍에서 다른 숟가락을 집어 들고는 웃으며 말했다.

"당신에게 다정하게 먹여 주는 게 정말 오래만이네. 와서 당신도 맛을 봐."

그렇게 말하며 아내에게 수프를 조금 먹여 주었다.

"아! 소금을 깜박했네."

아내가 혼자 결론에 이르며 벌떡 일어났다. 잭은 불쾌한 말투로 아내의 수프를 비난할 수 있었다. 하지만 그러는 대신 세심하게 피드백하는 쪽을 선택했다.

사람들은 대개 회복력이 있다. 그들은 자신이 틀리다는 것을 받아들일 수 있지만 오직 사랑으로 지적할 때만 그렇다. 직설적으로 모욕하는 것은 양쪽 모두를 감정적으로 소모시키고, 교정적 피드백을 받는 사람은 얼마 후에 신경을 꺼 버린다. 흔한 말로 하면, '무엇을 말하는가가 아니라 어떻게 말하는가'가 중요하다. 우리의 목소리 톤, 몸짓, 그리고 얼굴 표정은 우리가 사용하는 단어들보다 더 많은 것을 설명한다.

넷째, 지금이 교정적 피드백을 위한 적절한 때인가?

내 인생에서 가장 역설적인 순간은 런던 중심부의 소호 광장에서 일어났다. 나는 한 시간 동안 '흠잡으려는 마음 이겨내기'를 주제로 강연을 막 마쳤는데, 마지막에 한 남자가 다가와 말했다.

"강연 고마워요. 하지만 솔직히 말해 별로였어요."

그는 나의 강연과 발표에 대해 좋지 않았던 점을 자세히 나열했고, 나는 망연자실해서 앉아 있었다. 잭이 싱거운 수프에 대해 언성을 높였다면 그의 아내도 마찬가지였을 것 같았다.

내가 심혈을 기울인 직후에 누군가에게 가혹한 피드백을 받으니 끔찍했다. 내 강연이 형편없었던 게 사실일 수도 있겠지만, 비행기를 놓친 사람처럼 이 사람은 타이밍을 완전히 잘못 잡았다. 만약 그가 며칠 후에 나에게 같은 말을 했다면 우리 둘 다 좀 더 좋은 마음 상태가 되었을 것이다.

우리는 우리의 화를 단순히 풀어놓아선 안 된다. 먼저 설명해야 한다. 우리가 느끼는 바를 표현할 때 우리는 무례해 보일 위험을 무릅쓰고 그렇게 하지만, 사람들에게 우리의 감정을 설명하는 시간을 가지면 그들은 우리에게 공감할 수 있을지도 모른다. 결론은, 성급한 사람은 좋은 피드백을 주지 못한다는 것이다. 더 좋은 시간을 선택하지 않기 때문이다.

'나는 옳아. 너만 달라지면 돼.'

누군가에게 교정적 피드백을 해 주기 전에 자신에게 이 네 가지 질문을 하는 것은 삶을 바꿀 수 있다. 상황마다 다르기 때문에 상대방을 깊이 이해하기 위해서는 자신보다 경험 많은 사람과 함께 숙고하고 토론하는 것이 필요하다. 원칙은 모든 상황에서 동일하게 유지되지만 경우에 따라 다르게 적용될 수 있다. 상황의 심각성이나 심지어 그 사람과의 관계에 따라서. 우리는 자녀와 같은 방식으로 배우자의 잘못을 바로잡지는 않을 것이다. 하나의 치수가 모두에게 맞지 않듯이 바로잡는 방법 또한 그렇다.

"그 연습은 실행에 옮기는 데 어느 정도 시간이 걸릴 것이고 습관이 되어야 할 거예요."

해리가 잠깐 핸들에서 시선을 돌려 나를 보며 말했다.

"당신 말이 맞아요."

내가 고개를 끄덕였다. 어떤 것에 대한 지식을 갖는 것은 그것에 숙달되는 것과는 거리가 멀다. 기분 나쁘게 교정적 피드백을 주는 것은 일종의 중독이다. 담배가 자신을 죽일 수 있다는 것을 알지만 그럼에도 불구하고 담배를 피우는 것처럼, 우리가 다른 사람들과 상호작용하는 방식도 중독이 된다.

우리가 부주의하게 행동하고 말할 때 우리는 그것을 알지만, 우리의 습관은 우리가 특정한 방식으로 행동하도록 강요한다. 해리의 표정은 일찍이 내가 이 자동차를 탔을 때 보았던 표정으로 되돌아갔다. 얼굴을 떨구고 호흡이 느려졌다.

"사무실에서 돌아오면 나는 많은 스트레스를 받은 상태예요."

그가 작은 목소리로 말했다.

"나는 이야기 속의 그 남자와는 달라요. 사소한 문제에도 정말 심하게 다그쳐요. 모욕감을 주는 그 모든 사소한 언행이 며칠 전에 일어났던 일로 이어질 수 있다는 것을 깨닫지 못한 채 말이에요. 랄리타와 나는 이제는 기억조차 나지 않는 사소한 일로 크게 말다툼을 했어요. 싸움이 최고조에 달했고 랄리타는 이혼하고 싶다고 소리쳤어요! 이혼이라니? 이제 와서 어떻게 이혼을 원할 수가 있죠?"

해리는 감정을 이기지 못하는 듯 혼잣말을 했다.

'이혼하면 우리 가족은 어떻게 생각할까? 친구들이 나를 자기들 멋대로 평가하겠지? 사소한 일에 부주의하면 정말 치명적일 수 있어. 하지만 나는 아내를 정말 사랑하고 내가 변해야 한다는 걸 알지만, 그토록 잔인하고 상처 주는 말을 하는 아내를 어떻게 용서하지?'

그것 역시 감정이 가득 실린 질문이었다. 하지만 나는 그 말을 입 밖에 내지 않았다. 나는 차창 밖을 내다보았다. 우리는 손잡고 해안선을 따라 걷고 있는 커플들을 지나치고 있었다.

내가 말했다.

"그것보다 상황이 더 좋지 않은 일을 겪은 부부의 이야기를 들려줄까요?"

자기 돌봄의 미학

6

용서는 자기 돌봄의 미학/ 용서하는 용기/
부러졌다고 끝은 아니다/ 내가 나의 관계를
창조한다/ 갖고 있지 않은 것에 집중하는 사람

뭄바이에서 운전하고 있으면 어디를 가도 옥외 광고판이 보이지 않는 곳이 없다. 몇 분 간격으로, 사회적으로 살아남기 위해 구매해야만 하는 새로운 상품들이 등장한다. 그것들은 보는 이에게 더 이상 상상의 여지를 남기지 않는다. 예를 들어 음료 광고를 보라. '톡 쏘는 산뜻한 맛!'부터 '최고의 맛!'에 이르기까지 광고는 소비자들에게 무엇을 기대해야 하는지 정확히 말해 준다. 이는 간결하고 직설적인 우리 사회를 반영한다. 미묘함의 미학을 잃어버린 것이다.

나는 해리에게 말했다.

"우리가 상품을 광고하는 방식은 인간의 조건에 대한 우리의 일반적인 관점이 지난 수년간 어떻게 변화해 왔는가를 반영합니다. 우리는 더 이상 인간관계에서 미묘한 복잡성과 섬세함에 신경 쓰지 않아요. 사람들을 목적이나 용도의 측면에서 생각하기 때문에 우리의 상호작용은 그 의도에 의해 좌우됩니다. 상품에 대해서도 같은 방식으로 생각하듯이."

해리의 얼굴에는 이제 흥미로움과 더불어 '이건 또 무슨 소리인가?' 하는 표정이 뒤섞여 있었다.

내가 말을 이었다.

"우리는 빠른 해결의 시대에 살고 있습니다. 전자레인지에 음식을 데울 수 있고, 즉시 따뜻해집니다. 영화를 다운로드해 언제든 원할 때 볼 수 있어요. 휴대전화를 이용해 어느 목적지든 표를 예매할 수 있습니다. 즉각적인 여행 준비! 아무 문제 없어요. 하지만 슬프게도 인간관계는 그렇게 되지 않습니다. 관계는 식물을 기르는 것과 같은 원칙을 따릅니다. 언젠가 꽃이 필 수 있도록 지속적인 돌봄이 필요하죠. 지름길은 없습니다. 우리의 작지만 일관된 몸짓에 모든 것이 담겨 있습니다. 관계를 개선하는 데 도움을 줄 수 있는 가장 과소평가된 것이 용서입니다."

해리가 말했다.

"누군가를 용서하는 것이 텔레비전 채널을 바꾸는 것처럼 쉽다면 좋을 텐데요. 마음 한구석에는 사람들이 나에게 한 나쁜 일을 잊지 못하는 부분이 항상 있어요. 나중에는 그들을 신뢰하기가 어려워져요."

"용서는 이론화하기 어렵습니다. 그것은 약간 소금과 비슷하죠. 없어야 비로소 알게 되는!"

나는 웃으며 말했다. 하지만 해리의 반응을 보니 그 농담은 내 머릿속에서나 재미있었던 것 같았다.

"용서는 마음을 따뜻하게 하고, 쓰인 상처를 가라앉혀 줍니다. 용서는 우리의 관계를 살리고 마음의 평화를 이루기 위해 우리 각자가 해야 하는 선택입니다. 용서를 실천할 때 기억해야 할 몇 가지가 있습니다."

첫 번째는, 상황 너머를 보는 일이다.

동양의 고대사는 읽기에 흥미진진할 뿐만 아니라 우리에게 실질적인 가르침을 준다. 사실, 내가 내 인생에 적용한 대부분의 원칙들은 이러한 신성한 문헌이나 그 진리에 따라 살아가는 사람들의 경험에 기초하고 있다.

그러한 문헌 중 하나가 산스크리트어로 된 고대 서사시 『라마야나』이다. 계모 카이케이의 이기적인 정치적 욕망 때문에 14년 동안 머나먼 숲으로 유배된 일화로 유명한 코살라국의 라마 왕자의 모험과 사랑에 관한 이야기이다. 그러나 라마는 혼자 떠나지 않았다. 사랑하는 아내 시타와 충성스러운 이복동생 락슈만이 왕좌를 포기하고 기꺼이 동행했다.

그들이 여행을 시작한 지 몇 년 지난 어느 날, 시타는 황금빛으로 빛나는 특이한 사슴 한 마리가 즐겁게 뛰노는 것을 보았다. 사슴의 아름다움에 매혹된 시타는 자신을 위해 그 사슴을 잡아달라고 라마에게 간청했다. 라마는 기쁜 마음으로 사슴을 잡기 위해 기꺼이 숲으로 떠나면서 동생 락슈만에게 자신이 없는 동안 시타를 잘 지키라는 엄격한 지시를 내렸다. 나무들 사이에 무엇이 도사리고 있을지 누가 아는가!

잠시 후 숲속에서 "시타, 도와줘!" 하는 목소리가 울려 퍼졌다. 숲의 침묵이 그 소리를 삼켰다.

"락슈만, 제발, 누가 나 좀 도와줘!"

그 목소리가 두 번째로 외쳤다. 락슈만과 시타 둘 다 당황하며 서로를 바라보았다.

직감적으로 두 사람 사이에 공감의 눈빛이 교환되었다. 라마의 목소리처럼 들리긴 하지만, 그는 전에 그런 식으로 도움을 청한 적이 한 번도 없었다. 그들은 전혀 알아차리지 못했지만, 라마가 쫓고 있는 그 황금빛 사슴은 변장한 악마 마리차였다. 혹시 용맹한 전사 라마가 정말로 곤경에 처했을까?

"락슈만, 가서 그이를 구해요. 형님을 도와야 해요."

시타가 락슈만에게 명령했지만 소용없었다. 락슈만은 라마가 괜찮을 거라는 걸 알고 있었다. 라마는 땀 한 방울 흘리지 않고 숲에서 악마 수천 명을 물리쳤었다. 사슴 한 마리가 그를 해치기 위해 무엇을 할 수 있겠는가?

"형님을 구하러 가는 것이 당신의 의무예요!"

시타는 공황 상태에 빠졌다. 사랑하는 사람이 어떤 위험에 처해 있다는 생각만으로도 연인의 마음은 감정이 분출할 수 있다.

"형님은 스스로를 보호할 수 있어요."

어둠 속을 뚫어져라 응시하며 락슈만이 말했다. 뱀이 스르르 미끄러져 갔고, 각양각색의 날개 달린 생물체들이 날아다녔다.

"하지만 당신은 스스로를 지킬 수 없어요. 내 의무는 당신을 보호하는 거예요. 어둠 속에 도사리고 있는 그 무엇에도 쉽게 공격당할 수 있는 당신을 여기에 남겨두고 떠나면 라마 형님은 절대 나를 용서하지 않을 거예요."

이 이야기의 내용에 익숙한 사람은 어둠 속에 도사리고 있던 위험을 알고 있다. 사악한 악마의 왕 라바나는 시타를 미치도록 사랑하지만 시타는 계속 그의 유혹을 거절했다. 분노한 라바나는 라마와 락슈만을 시타에게서 떨어지도록 하기 위해 자신의 숙부이자 하인인 마리차를 황금 사슴으로 변장시켜 접근하게 한 것이다.

결정을 내리지 못하고 의심에 휩싸인 락슈만은 왕궁 경비병처럼 왔다 갔다 했다. 그러나 그곳은 안전이 보장된 왕궁이 아니었다. 축축한 흙으로 뭉친 짚으로 만든 오두막집이었다. 그런 곳에서는 누구라도 어슬렁거리고 접근할 수 있었다.

"우리는 지금 아무것도 모르는 곳에 있어요."

시타가 주장했다.

"이것은 내 명령이에요. 당신에게 명하노니, 어서 가서 형님을 구해요. 나는 그가 정말로 위험에 처해 있는 느낌이 들어요."

계급장을 꺼내는 것이 논쟁에서 마지막 피난처라고 하지만, 사람은 괴로울 때 아무 말이나 한다. 침묵의 몇 순간이 흘렀다.

"도와줘, 제발! 누구라도!"

멀리서 또다시 외침 소리가 들려왔다.

"당신 형님이 우리에게 도움을 청하는 소리예요! 어떻게 아무것도 안 할 수가 있죠?"

시타가 흥분해서 소리쳤다.

"아, 알겠어. 이제 라마가 사라졌으니, 당신이 나를 가질 수 있을 거라고 생각하는군. 당신 혼자 왕국을 독차지하고 싶겠지."

시타는 그것이 사실이 아니며 락슈만이 라마를 위해 무슨 일이든 하리라는 것을 알았지만 그녀는 반응을 원했다. 락슈만은 슬픔에 잠겨 고개를 숙이고 발밑 모래에 시선을 고정시켰다. 모든 것을 버리고 함께 다니며 평생을 헌신한 사람에게서 받는 터무니없는 비난은 참으로 큰 것이었다.

"어서 가서 형님을 구해 주세요."

시타가 이번에는 좀 더 부드럽게 다시 간청했다.

마침내 락슈만은 형수가 안전한지 확실하게 살피고는 라마를 찾아서 숲으로 달려갔다. 마리차의 시도가 성공하자 마왕 라바나는 교묘하게 늙은 거지로 변장하고 나타나 시타에게 먹을 것과 마실 것을 구걸했다. 시타가 그를 불쌍히 여기며 다가가는 순간, 거지는 본모습 라바나로 돌아와서 그녀의 팔을 잡고 마법의 날아다니는 전차에 태워 납치했다.

이 일화는 특히 용서의 맥락에서 강력한 힘을 갖는다. 시타는 거친 말들의 화살로 락슈만의 심장을 꿰뚫고 깊은 상처를 입혔다. 삶에서 우리는 때때로 시타와 락슈만이라는 두 배역에 캐스

팅되었다는 것을 발견할지도 모른다. 때로는 우리가 활시위를 당기는 자이고, 때로는 화살이 심장에 와서 박히는 사람이기도 하다. 하지만 편견 없는 관점에 주목하는 것이 중요하다.

시타가 한 말은 사실 틀렸고, 시동생에게 그런 비난을 퍼부은 것도 무신경한 짓이었다. 그러나 그 상황을 돌아보면, 즉 그녀가 말한 것을 돌이켜 보면, 왜 그런 말이 나왔는지 이해할 수 있을지도 모른다. 시타는 개인적인 혼란을 겪고 있었다. 사랑하는 남편이 겪고 있을지도 모를 고통을 짐작하면서 그녀의 감정이 소용돌이쳤다. 우리 모두는 감정 때문에 지성이 흐려지는 상황에 놓여 본 경험이 있다. 그럴 때 우리는 우리 자신의 마음의 평화를 얻기 위해 무슨 말이든 한다.

비록 화가 날 때 한순간의 인내심이 미래에 천 번의 후회의 순간을 구원할 수 있지만, 격렬하게 고통받고 있을 때 우리는 대개 마음이 미친 듯이 날뛰게 둘 수밖에 없다. 우리 자신의 성장을 위해 시험의 순간에 평정을 유지해야 한다. 누군가가 우리에게 상처를 줄 때, 우리는 그 상황 너머를 보고 생각해 봐야 한다.

'얼마나 고통받고 있는 걸까? 그런 말을 하다니, 무엇을 느끼고 있는 걸까? 이런 말을 나에게 할 만큼 그들의 삶 속에서 더 큰 혼란이 일어나고 있는 것이 아닌가?'

이것은 다른 사람들이 한 상처 주는 말을 지지하는 것이 아니다. 그들이 어떤 일을 겪었길래 그런 말을 하고 있는지 살펴보자는 것이다. 이것이 용서의 필수적인 요소인 공감이다.

'막대기와 돌멩이는 내 뼈를 부러뜨릴지 모르지만, 말은 결코 나를 상처 입히지 못한다.'라고 하지만, 이것은 전혀 사실과 다르다. 흉기로 신체적 폭력을 가하듯 말로 정서적 폭력을 가할 수 있다. 말은 치유되는 데 몇 년, 혹은 평생이 걸릴지도 모르는 보이지 않는 상처를 남길 수 있다.

용서는 자기 돌봄의 미학

다시 네팔로, 그 히말라야 산기슭으로 돌아가 보자. 공동체 구성원들 앞에서 나에게 매몰차게 말한 나의 가장 가까운 선배 수도승의 이야기로. 내가 우크라이나에 가야 했던 이유는 그곳에 있는 박티 운동(박티는 신을 향한 열정적 사랑 혹은 헌신을 의미하며, 계급과 성별에 구애받지 않고 모든 인간이 근본적으로 평등함을 믿는 종교 운동) 공동체를 격려해 주기 위해서였다. 하지만 내 여권이 뉴델리의 우크라이나 대사관에 묶여 있었다. 선배 수도승이 나에게 호통을 친 것은 나에게 굴욕감을 안겨주었고, 나는 완전히 제정신이 아닌 상태로 내 방으로 돌아갔었다.

오랫동안 지속되고 지속 가능한 관계를 유지하는 매우 중요한 비밀은 용서이다. 용서를 구하고 용서하는 것.

당신이 틀렸을 때 미안하다고 말하면, 당신은 정직하다. 확신이 서지 않을 때 미안하다고 말하면, 당신은 현명하다. 그리고 당신이 옳을 때 미안하다고 말하면, 그것은 당신이 옳은 것보다 관계를 더 소중하게 여긴다는 것을 의미한다. 그것이 자기 돌봄의 미학이다.

그 후 내 방에서 일어난 일은 이 장의 주제와 관련이 있다. 나는 사건과 사람을 분리해야 한다는 것을 기억했기에 분노에서 용서로 이동할 수 있었다. 물론 이 원칙이 모든 상황에서 적용 가능한 것은 아니라는 점을 언급해야만 한다. 특히 나중에 논하겠지만 사회 정의와 관련된 상황에서는 다른 잣대가 필요하다. 하지만 개인끼리의 관계에서는 대부분 놀라운 효과를 발휘한다.

시험이든 관계든 어떤 일에 실패했을 때 나는 자신이 실패자라고 생각할 수도 있다. 그러나 인생에서 한 번, 또는 한 번 이상 실패했다고 해서 정말 나라는 인간의 전체가 실패한 것일까? 마찬가지로, 드물게 누군가가 우리를 실망시켰다고 해서 우리가 그 사람을 실패자처럼 대해야 할까? 그 실수를 그 사람과 독립된 사건으로 보면 안 되는 것일까? 인간 모두가 타인의 눈에는 감춰진 도전을 겪고 있고, 우리는 그것을 볼 수 있는 공감의 렌즈가 필요하다.

이것은 우리가 신체적, 정신적 학대를 참아야 한다거나 분별 있게 대처하지 않아도 된다거나 누군가가 잘못되었을 때 그것을 바로잡을 필요가 없다는 의미가 아니다. 하지만 용서를 실천하기 위해서 우리는 그 사람과 그 사건을 분리하는 법을 배워야 한다. 사람을 문제에서 분리하는 것은 우리가 그 사건을 설명하는 데 사용하는 언어에서부터 시작된다.

'이것은 내 문제야.'라고 말하는 것은 자신에게 죄책감을 느끼게 하고, 시간이 흐르면 열등감이 생길 수도 있다. 우리는 상황에 대처할 만큼 자신이 충분히 강하지 않다고 생각할 수도 있고, 그렇게 함으로써 자신의 문제들에 대해 우울해질 수 있다.

또는 '이것은 너의 문제야.'라고 말하는 것은 상대방을 화나게 한다. 우리는 누군가를 손가락으로 가리키며 '이건 내 문제가 아니라 너의 문제야.'라는 말을 얼마나 자주 했던가. 나는 평화로운 마음 상태에서 그런 말을 하는 사람을 본 적이 없다. 상대방을 비난하는 것은 분노의 소용돌이로만 이어질 뿐이다.

반면에 '이것은 문제이다.'라고 말하는 것은 문제를 그것과 관련된 사람과 구분한다. 이러한 분리는 우리가 그 사람을 용서할 수 있는 힘을 줄 뿐만 아니라, 문제를 효과적으로 다루는 데 도움을 준다.

나는 2년 동안 아버지에게 한마디도 말을 하지 않았었다. 우리는 서로 의견이 약간 달랐는데, 아버지는 내 앞에 엎드려 머리를 내 발에 파묻고 울면서 "아들아, 제발 나에게 말 좀 해 봐!" 하고 애원하셨다. 나는 그 요청을 차갑게 무시했다.

어머니는 "아들아, 너의 아버지잖니. 제발 아버지에게 그러지 마."라고 하셨다. 어머니가 그렇게 말씀하셨기 때문에 나는 아버지에게 말을 하기 시작했다.

1996년부터 2009년까지 매년 나는 부모님을 뵈러 집에 갔고,

그때마다 나는 이렇게 말하고 싶었다.

"아버지, 죄송해요. 아버지에게 그렇게 하지 말았어야 했어요."

하지만 내가 집에 갈 때마다 나의 에고가 나에게 말했다.

"내가 옳았어. 왜 내가 미안하다고 말해야 해?"

그날 밤, 어머니로부터 전화를 받았다. 아버지가 돌아가신 것이다. 아버지는 파킨슨병 환자였다.

나는 장례식에 갔다. 마지막으로 아버지의 발에 머리를 파묻던 기억이 난다. 그리고 아무도 모르게 눈물을 쏟았던 기억이. 그 눈물과 함께 나는 말했다.

"아버지, 너무너무 죄송해요. 아버지에게 그렇게 하지 말았어야 했어요."

사람들이 얼마나 오래 우리와 함께 있을지 우리는 결코 모른다. 그리고 단지 어떤 일이 일어났다고 해서 가장 놀라운 사랑의 경험을 망칠 수는 없다.

용서는 의미 있고, 깊고, 진실한 관계의 토대이다. 누군가 당신에게 상처를 주었다면 놓아 주고, 당신이 누군가에게 상처를 주었다면 미안하다고 말하는 것이 관계를 심오하고, 의미 있고, 깊게 만드는 것이다. 당신이 미안하다고 말할 때, 그것이 당신이 틀렸다는 것을 의미하지는 않는다. 그것은 단지 당신이 옳은 것보다 그 사람과의 관계를 더 소중하게 여긴다는 것을 의미한다.

선택해야 한다. 당신은 무엇을 원하는가? 옳은 것인가, 아니면 사랑인가? 만약 사랑을 원한다면, 비록 당신이 옳을지라도, 때때로 미안하다고 말해야 한다.

용서하는 용기

용서를 위한 토대를 마련한 후, 나는 이제 해리가 내가 그에게 해 주기로 약속한 이야기를 들을 준비가 되었다는 것을 느꼈다. 이 이야기 속 부부는 해리와 랄리타보다 훨씬 더 나쁜 상황이었다. 하지만 사람들의 고통을 비교하는 것은 어렵다. 그래서 나는 그렇게 하는 것을 피한다. 다른 많은 이야기들과 마찬가지로, 이 이야기가 바탕이 된 사건도 내 여행 중에 일어났다.

나는 여행을 자주 하기 때문에 때로는 남인도 첸나이에서 아침 강연을 하고 저녁에는 동인도 콜카타에서 강연을 한다. 하루는 캘리포니아에 있고, 그다음 날은 남아프리카공화국의 케이프타운에 있다. 전 세계의 다양한 사람들을 만나면서 나는 많은 형태의 괴로움과 불행을 보았다. 이 이야기는, 내가 자주 여행하지만 이 사건과 관련된 사람들을 보호하기 위해 여기에서는 나라 이름을 언급하지 않을 어느 영성 공동체에서 시작된다.

짐 푸는 것을 막 끝낸 참이었다. 일주일 동안 이 방에 머물 것이다. 나에게는 무한히 긴 시간이었다. 나는 거의 1년 내내 여행 가방에 의지해 살아간다. 왜냐하면 양치기처럼 늘 긍정의 메시지를 퍼뜨릴 새로운 땅을 찾기 때문이다. 가부좌를 하고 앉아 저녁 명상을 막 시작하려는데, 한 남자가 내 방에 불쑥 들어와 마룻바닥에 눈물을 떨구었다. 그의 넘치는 감정에 놀라서 나는 즉시 무릎에서 딱 소리가 나도록 일어섰다.

"아내가 바람을 피우고 있어요!"

그가 울부짖었다. 나는 방문을 닫고 창문 가리개를 내렸다. 그리고 본능적으로 그에게 허브차를 따라 주었다. 어머니는 늘 누군가가 화가 났을 때 허브차의 온기와 친구의 말이 그들을 치유하는 데 도움이 될 수 있다고 말씀하시곤 했다.

그는 나와 함께 바닥에 앉았다.

"아내는 바람이 났어요."

그는 캐모마일 차를 한 모금씩 마시며 다시 말했다.

나는 이 남자와 20년 넘게 알고 지낸 사이였다. 사실 그의 결혼식 행사에도 참석했었고 좋을 때나 궂을 때나 그의 가족들의 고민을 상담해 주었지만, 그가 이런 말을 할 줄은 전혀 예상하지 못했다. 그는 공학 기술자였고, 아버지의 뒤를 이을 것으로 기대되는 열일곱 살의 아들이 한 명 있었으며, 방 세 개짜리 아파트에서 살았다. 평범한 직업을 가진 평범한 신사가 이런 평범하지 않은 상황에 휘말린 것이다.

"무슨 일이 있었나요?"

나는 그의 손을 잡으며 물었다. 눈물이 그렁그렁한 그의 눈이 폭염 속 대기처럼 떨며 내 눈을 바라보고 있었다.

"어제 일이었어요. 저녁 늦게 우리가 참석하기로 한 결혼식장 위치를 알아내기 위해 아내의 휴대전화를 확인하던 중 한 남자로부터 수많은 알림 문자가 온 것을 보았어요."

그는 그 남자가 누구인지를 언급했다. 그 남자는 그들 영성 공동체의 원로였고 중요한 지도자의 위치에 있었다.

"처음에는 대수롭지 않게 여겼어요. 그는 많은 사람들에게 연락해 자신과 함께 일하자고 초대하거든요. 하지만 스크롤을 내려 그가 내 아내에게 보낸 메시지들을 훑어보았을 때……. 그들은 결코 평범한 관계가 아니었어요. 내가 뭘 읽었는지 당신에게 말해 줄 수조차 없어요. 그리고 아내도 비슷한 답장을 보냈어요."

이제 미지근해진 찻잔 속으로 남자는 눈물방울을 뚝뚝 떨어뜨렸다. 그는 윗입술을 떨며 말했다.

"그 순간 아내가 걸어 들어와 자신의 휴대전화를 보고 있는 나를 보았어요. 내 눈을 보고서 아내는 내가 알고 있다는 걸 알았어요.

'이게 다 뭐지?'

나는 망설임 없이 그녀에게 직접 물었어요. 즉시 결론을 내리지 않고 아내와 대화하며 무슨 일이 일어나고 있는지 명확히 확인하기로 마음먹었어요. 아내는 잠시 말을 멈추더니 내게로 다가왔어요. 그리고 말했어요.

'지난 몇 주 동안 그와 메시지를 주고받았어. 미안해. 나도 뭐에 홀려서 그렇게 했는지 모르겠어. 처음엔 순수하게 시작되었어. 그는 어떤 일에 도움이 필요했는데, 그다음엔 더 많은 것으로 이어졌어.'"

그의 아내가 가진 매우 존경스러운 면 하나는 그녀가 언제나 실질적이고 정직하다는 것이었다.

그는 계속했다.

"나는 아내에게 물었어요. '둘이 만났어? 그리고…….'

하지만 그녀는 내 말을 가로막으며 말했어요.

'아니, 물론 아니야. 우린 따로 만난 적이 없어.'"

이것은 그들이 육체적 관계를 가진 적이 없다는 것을 의미했지만, 그렇다 해도 이 사건이 이 남자에게 감정적 상처를 남겼다는 것을 알 수 있었다. 때로 가장 깊은 상처는 우리와 가장 가까운 사람들에 의해 가해진다. 이런 일이 있은 후에 어떻게 그녀를 믿을 수 있을까? 어떻게 그녀를 용서할 수 있을까? 전에도 이런 짓을 했을까? 나는 이러한 생각들이 그의 마음을 괴롭히고 있다는 것을 알 수 있었다.

그의 아내와 메시지를 주고받은 남자는 나도 아는 사람이었다. 이 사건 이후 그는 자리에서 물러나라는 요청을 받았다. 지도자는 공동체를 위한 길을 닦아야 할 뿐만 아니라 그 길을 따라 걸어야 하기 때문이다. 그는 이 남자의 아내와 결코 육체관계를 가진 적이 없다는 점을 확인해 주었다.

"이 상황에 대해 내가 어떻게 해야 할까요?"

남자가 나에게 물었다. 나는 그에게 허브차를 한 잔 더 따라 주었다.

"어떻게 아내를 다시 믿을 수 있을까요?"

이 위험한 질문이 또 나왔군. '어떻게 해야 하죠?' 나는 누구의 스승도 아니다. 모든 사람은 스스로 선택해야 한다.

누구도 우리에게 무엇을 해야 하는지 말해선 안 되지만, 좋은 조언은 우리의 성장에 큰 도움을 준다. 그 점을 염두에 두고 나는 물었다.

"당신은 아내를 사랑합니까?"

그가 말했다.

"그건 의심할 여지가 없어요."

"어떤 결정을 내릴 때 당신은 항상 그것을 명심해야 합니다. 하지만 지금 당장은 두 가지 선택밖에 없습니다."

그는 조금 진정되었다.

"정의를 선택하고 싶은가요, 아니면 용서를 선택하고 싶은가요? 둘 중 어느 쪽이든 좋지만 선택은 당신이 해야 합니다. 정의는 그것에 따른 대가를 치러야 합니다. 정의로 인해 결혼 생활을 희생시킬 수도 있고 이 사실이 공개되어 많은 인생을 엉망으로 만들 수도 있습니다. 하지만 당신에게 정의가 필요한 거라면 그건 괜찮습니다. 사람마다 받아들이는 능력이 달라서 자신이 받아들일 수 있는 것과 그렇지 않은 것이 있으니까요."

그는 자신의 우선순위에 집중하기 시작했다.

"난 아내를 떠날 수 없어요. 우리에게는 열일곱 살 된 아들이 있는데, 큰 혼란에 빠질 거예요. 우리 가족에게는 과거에 이런 일이 없었어요. 나는 우리의 유대감이 이것보다 더 강하다고 생각했기 때문에 정말 슬퍼요…….”

“그렇다면 용서해야 합니다. 어쩌면 이건 단지 정황일 수도 있습니다. 당신은 아내에게 다시 한번 기회를 줄 의향이 있나요?”

그가 말했다.

“내가 어떻게 용서할 수 있을까요? 아내를 볼 때마다 아내가 내게 한 짓에 대해서만 생각날 거예요.”

“용서는 더 높은 목적에 주목하는 걸 의미합니다. 작년에 내가 방문했을 때, 그녀가 아들에게 최고의 어머니이고 얼마나 많은 애정과 헌신과 사랑을 주고 있는지 당신 입으로 내게 말하지 않았나요? 당신들을 맺어 준 더 높은 목적에 초점을 맞춰 보세요. 당신이 지금 이혼을 결정하면 당신의 아들은 심장이 부서질 겁니다. 게다가 그녀가 기꺼이 자신의 실수를 바로잡을 의사가 있다면 용서받을 기회를 줘야 합니다. 비록 부정이 가장 용서하기 어려운 일이지만 더 높은 목적을 위해 움직이는 관계에는 상대가 되지 않습니다. 당신은 옳기를 원하나요, 아니면 더 높은 목적을 위해 조화를 원하나요?”

“이 결정을 내리려면 시간이 필요할 거예요.”

그가 말했다.

나는 그에게 세 번째 차를 따라 주었다. ‘삼세번은 행운을 가져다준다고 하지 않는가!’ 하고 나는 속으로 생각했다.

“필요한 만큼 시간을 가져요. 시간은 상처를 치유해 주고 적절한 소통과 길잡이가 있으면 분명한 판단을 가져다줍니다. 인간관계는 어려운 시기에 시험을 받습니다. 모든 일이 잘 될 때 누군가를 받아들이는 것은 쉽습니다. 하지만 당신을 둘러싼 일들이 다 무너지고 당신이 그것들을 주워 모으려고 애쓸 때 그것이 관계의 시험입니다. 사랑은 헤어져야 할 온갖 이유가 있지만 헤어지지 않을 때 존재합니다."

그 문제에 대해 잠시 이야기를 나눈 후 나는 그에게 용서와 정의의 차이인 또 다른 개념을 소개했다.

부러졌다고 끝은 아니다

어떤 종교 지도자들은 우리에게 상황에 상관없이 항상 용서하라고 조언한다. 비록 그것이 가장 평화로운 접근법처럼 들리지만, 때로는 득보다 실이 더 많을 수 있다.

성폭력은 오랫동안 전 세계적으로 심각하고 널리 퍼져 있는 문제이고, 가해자들은 때로 처벌조차 받지 않고 넘어간다. 2012년 12월, 인도 뉴델리에서 여섯 명의 젊은 남성에게 몇 시간 동안 잔인하게 성폭행당하고 버려진 23세 여성에 대한 뉴스를 읽으면서 소름이 돋았던 기억이 난다. 그 사건이 있은 후 며칠 동안 신문들은 그 성폭행의 섬뜩한 면들을 상세히 보도했다. 그녀는 결국 살아나지 못했다. 이 사건은 전 국민을 충격에 빠뜨렸고, 인도 여성이 받는 대우에 대해 국제적으로 광범위한 비난을 불러일으켰다. 나라 전역에서 일어나는 시위는 놀랄 일이 아니었다. 사람들은 피해자인 젊은 여성을 위한 정의 실현과 여성들이 보호받고 있다고 느낄 수 있도록 법 개정을 원했다.

문제는 이것이다. '23세의 물리치료학과 학생을 성폭행하고 죽게 만든 남자들을 용서해야 하는가?' 고대 힌두교 경전 『바가바드기타』에서 제자 아르주나는 스승 크리슈나에게 이와 비슷한 용서의 딜레마에 대해 묻는다. 오늘날 뉴델리 지역인 하스티나푸르에 전쟁이 찾아왔다. 아르주나의 사촌들은 왕국이 폭정과 부패에 시달리게 했고, 수개월에 걸친 평화 협상 끝에 남은 유일한 해결책은 전쟁이었다. 이것은 5,000년 전에 일어난 일이다. 당시에는 변함없이 지켜지는 행동수칙이 있었다. 즉, 전쟁은 민간인이 아닌 군대들 사이에서만 치르도록 되어 있었다.

『바가바드기타』에서 아르주나는 크리슈나에게 싸우지 않는 것이 최선이라고 설득하기 위해 노력한다. 그는 평화주의자이다.

"물러설 수 있는데 왜 피를 부르는 전쟁에 가담하려 하나요? 범죄를 저지른 자들을 용서하는 것이 확실히 더 낫지 않나요?"

아르주나는 주장한다. 하지만 크리슈나는 사촌인 아르주나의 의견에 전적으로 동의하지 않으며 사회 정의의 지혜를 설파한다.

개인적 차원에서, 우리는 우리에게 상처 준 사람을 용서할 수 있다. 그것은 우리 모두가 할 수 있는 개인적인 선택이다. 그러나 사회적 차원에서, 그런 극악무도한 범죄들이 처벌받지 않고 방치된다면 대혼란을 일으킬 수 있다. 법을 어긴 자들을 자유롭게 풀어 주는 것이 가져올 사회적 파장은 매우 파괴적이다. 따라서 크리슈나는 아르주나에게 활을 들라고 권한다. 이 경우 싸우는 것이 해야만 하는 올바른 일이었기 때문이다.

마찬가지로, 성폭행이라는 범죄 행위를 저지른 남성들도 정의의 전격적인 힘에 직면해야 한다. 용서를 빌미로 하는 악한 행동이 사회 발전에 아무런 도움이 되지 않기 때문이다. 이 범죄자들이 구속되어 처벌받지 않는다면, 그것이 세상에 보낼 메시지를 상상할 수 있는가? 용서의 원칙과 사회 정의의 원칙은 함께 가야 한다. 그것들이 어떻게 사용되어야 하는지 아는 지혜와 성찰이 필요하다.

해리와 함께 차 안에서 치열한 몇 분을 보냈다. 용서의 개념은 결코 가볍지 않다. 복잡하고 이해하기 힘든 내용이지만, 그가 그것을 받아들이려 노력한다는 것을 알 수 있었다.

내가 설명했다.

"관계라는 주제는 영적인 근원을 가지고 있습니다. 만약 우리가 영적인 차원에서 사람들과 관계 맺는 법을 이해할 수 있다면, 그때 우리 사이를 갈라놓는 차이들을 초월할 수 있습니다."

감정적으로 가장 큰 상처를 주는 사람들은 사실 가장 가까운 이들이다. 거리에 있는 사람들은 우리와 매우 가까운 사람들만큼 우리에게 상처 주지 않는다.

그러므로 우리에게 어떤 행동을 한 사람들에 대해 말할 때, 용서는 우리에게 행해진 좋은 일들에 대한 기억으로만 가능하다.

이것은 하나의 일반적인 원칙으로, 이것을 적용할 때 경우에 따라 다르다. 왜냐하면 받은 상처가 너무 깊어 때로는 어떤 좋은 점도 찾을 수 없기 때문이다.

내가 진행하는 용서 워크숍이 있다. 용서에 대한 여덟 시간의 워크숍이다. 마지막에 우리는 참가자들이 사람들에게 전화해서 미안하다고 말하게 한다. 혹은 워크숍 현장에서 누군가를 만나 용서해야 한다. 그러면 사람들은 운다.

사람들은 울면서 말한다.

"아녜요, 난 못 해요. 난 그 전화를 받을 수 없어요."

물론 나는 그들을 밀어붙이지 않는다.

관용과 용서는 좋은 기억력에 의해서만 가능하다. 그리고 만약 우리가 사람들을 참고 견디는 것에 대해 이야기한다면, 그들이 나를 참고 견디는 것을 볼 때 내가 그들을 참고 견디는 것은 그리 어렵지 않다. 이 사실을 인식하고, 우리 삶에 대한 깨어 있는 자각을 유지하면 사람들을 대하는 데 큰 문제가 없게 된다. 왜냐하면 우리는 이 세상에서 누구도 완벽하지 않다는 것을 알기 때문이다.

모든 사람은 패키지로 온다. 좋은 점과 나쁜 점이 함께 있다. 우리는 좋은 것에 집중하고 나쁜 것에 대처해야 한다. 만약 잘못된 것이 있으면 처리하고, 소통하고, 정리해야 한다. 우리가 해야 할 일이 무엇이든 우리는 그것을 다루어야 하지만, 좋은 점에 집중하고 나쁜 점에 대처하는 것이 우리가 그것에 대해 접근하는 방식이다.

내 강연 중 하나에서 나는 연필을 꺼내 들고 모든 사람이 보는 앞에서 그 연필을 부러뜨렸다. 그것이 삶이 우리에게 하는 일이기도 하다. 인간관계가 때때로 그렇고, 삶의 상황이 그러하기도 하고, 실패도 그렇다. 그것들은 우리를 무너뜨리고, 우리를 부러뜨린다. 때때로 우리는 우리 자신의 실수 때문에 스스로에게 너무 많은 벌을 가하고, 그래서 내면에서 부러진다.

그런 다음 나는 연필깎이를 꺼내, 부러진 연필의 나머지 절반을 깎기 시작했다.

부러졌다고 끝은 아니다. 그렇지 않은가? 그렇다, 우리는 실수를 했다. 그렇다, 우리의 약한 순간을 겪었다. 그렇다, 우리의 마음과 삶에서 미끄러졌다. 그것은 중요하지 않다. 정말 중요한 것은 일어나서 마음을 가다듬고 다시 살아 나가는 일이다.

내가 나의 관계를 창조한다

우리의 관계는 영적 요소를 포함할 때 더 깊어진다. 미국 영화배우 톰 행크스는 말했다.

"진실은 이것이다. 나는 당신에 대해 알아야 할 모든 것을 결코 알지 못하리라는 것이다. 당신이 나에 대해 알아야 할 모든 것을 결코 알지 못하듯이. 인간은 본질적으로 너무 복잡해서 완전히 이해하는 것이 불가능하다. 따라서 우리는 우리의 동료 인간들에게 의심을 품고 다가갈지, 아니면 열린 마음과 약간의 낙관주의, 그리고 많은 솔직함으로 다가갈지 선택할 수 있다."

관계 없는 삶은 상상하기 어렵다. 관계의 원리는 우리의 삶을 인도하는 보편적 원리이다. 만약 우리에게 삶을 함께 나눌 사람들이 없다면 우리의 삶은 어떻게 되겠는가? 그러므로 올바르게 관계 맺는 법을 배울 필요가 있다. 비록 이 기술은 학교에서 거의 가르치지 않지만 수천 년 전부터 고대의 영적 문헌들에 기록되어 왔다. 산스크리트어로 '상가'라 부르는 당신의 유대 관계는 이 세상에서도, 그리고 그 너머에서까지 당신의 성공적인 삶에 매우 중요하다.

관계가 미치는 영향에 대한 재미있는 이야기가 있다. 산업화 시대 이전에 한 마을의 남자가 아침 볼일을 보러 집 밖으로 나갔다. 그 당시 인도는 집 안에 화장실이 없었기 때문이다. 일이 끝난 뒤 일어나서 도티(인도 남자의 전통 하의. 한 장의 긴 천을 허리에 둘러 입음)를 허리에 두르고는 뒤돌아서서 일 본 것을 보며 그는 말했다.

"역겨워! 나는 아주 잘 생기고 멋진 사람인데, 어떻게 이토록 불쾌하고 더러운 것이 나한테서 나올 수 있지? 도저히 믿어지지 않아."

놀랍게도 그 물질이 그에게 말대꾸했다.

"네가 나를 불쾌하다고 하는 거야? 어젯밤 나는 맛있는 사모사(감자, 완두콩 등을 향신료에 양념해서 삼각형으로 빚어 튀긴 인도식 만

두)였어. 너와 몇 시간 동안 어울린 결과 네가 나에게 어떤 영향을 미쳤는지 봐!"

우리가 유대를 맺는 관계는 우리를 높은 수준으로 끌어올리거나 가장 낮은 차원으로 끌어내릴 수도 있다. 여기서 관계에 대해 말할 때 나는 일반적인 상호작용을 의미하는 것이 아니다. 일상생활에서 우리 모두는 반드시 우리에게 가장 좋은 영향을 미치지 않을 수도 있는 사람들과도 상호작용해야 한다. 우리는 필요한 일을 해야만 하고 그런 교류는 우리에게 거의 해를 끼치지 않는 중립적인 거래일 뿐이다. 하지만 유대를 맺는 관계는 중립적인 '안녕, 안녕하세요.'의 거래 관계를 넘어선다. 이것은 우리가 다른 사람들과 공유하는 친밀감의 수준과 관련이 있다.

인간관계에 대한 한 고대 문헌은 개인적인 관계에서 친밀감을 쌓을 수 있는 여섯 가지 교류를 설명한다.

> 선물을 주는 것과 선물을 받는 것.
> 음식을 나누고 음식을 받는 것.
> 마음을 여는 것과 신뢰 속에서 서로를 알아가는 것.

이것들이 애정 어린 관계를 발전시키는 여섯 가지 교류라는 것이다. 우리는 이것을 크게 세 가지 원칙으로 나눌 수 있다.

첫 번째 원칙은 주고받음을 의미한다. 유대 관계의 친밀감은 주고받는 것에서 시작한다. 예를 들어 누군가에게 우리 차를 그날 하루 사용하게 해 주거나, 우리 집에서 머물도록 초대하거나, 현대에는 와이파이 비밀번호 같은 의미 있는 것을 공유할 수 있다. 그 사람은 우리의 나눔에 보답하며 미래에 호의를 베풀지도 모른다. 우리는 그냥 만나는 사람과는 물건과 시설을 주고받지 않는다. 그런 교류는 오직 친밀한 사람 혹은 친해지고 싶은 사람과만 이루어진다. 친밀감을 발전시키는 것은 그런 일반적인 상호작용에 우리가 쏟는 추가적인 노력이다.

'서로 음식 나누기'를 의미하는 두 번째 원칙은 우리가 맺고 있는 관계를 한 단계 발전시킨다.

"오늘 오후에 우리 집에 점심 먹으러 올래요?"라고 우리는 말할 수도 있다. 인도에 매우 인기 있는 커피 할인점이 있는데, 그곳의 광고 문안은 '함께 커피를 마시면 많은 일이 일어날 수 있다.'이다. 이것은 사실이다. 함께 밥을 먹으면 더 많은 일이 일어난다. 우리가 함께 식사할 때 깊은 정서적 유대감이 형성된다. 연결의 친밀감이 그저 물건을 나누는 것에서 식사를 함께할 수 있을 정도로 깊어진다. 식사를 하고 그 밝은 순간을 함께하면서 많은 마음을 나누게 되고, 이것이 우리를 세 번째 원칙으로 데려다준다.

세 번째 원칙은 우리가 신뢰하며 자신의 마음을 드러내고 상대방이 신뢰 속에 드러내는 마음을 경청하는 것을 의미한다. 누군가가 우리에게 자신의 마음을 털어놓을 때 우리는 그 사람의 관점을 이해할 뿐만 아니라 그 사람의 가치관과 신념에도 무의식적으로 영향을 받는다.

따라서 친밀한 관계란 필요한 일을 하는 것 이상의 상호작용에 관한 것이다. 물건을 나누는 것으로 시작해 음식을 나누는 것으로 나아가고 최종적으로는 가치관과 신념을 공유하는 것이다.

흡연이 생명을 앗아갈 수 있다는 것을 알면서도 어떻게 흡연을 하도록 영향을 받는가에 대한 예가 있다. 대학에 담배를 피우지 않지만 담배를 피우는 사람과 친구인 학생이 있다고 하자. 처음에 그들은 실험실에서 실험을 하고 서로의 노트를 공유하는 등 그저 필요한 일을 하고 있다. 그것이 상호작용이 시작되는 방식이다. 서서히 그들은 유대 관계의 사다리를 올라가기 시작한다. 그는 학교에서 멀리 떨어진 곳에 사는 친구가 수업에 들어올 수 있도록 자신의 자전거를 사용하게 해 주고, 친구는 그가 과제를 마무리하도록 자신의 노트북을 사용하게 해 줌으로써 보답한다.

이러한 물건의 공유는 사업상의 거래가 아니라 친구로서 돕는다는 정신에서 비롯된 것이라는 점을 주목해야 한다. 어느 순간 그들은 점심을 함께 먹기 시작하며 그들의 우정은 훨씬 더 깊어진다. 그들은 결코 흡연에 대해 이야기한 적이 없다. 그렇다면 담배를 피우지 않는 사람이 어떻게 담배를 피우는 친구에게 영향을 받는 것일까? 이것은 무의식적으로 일어난다.

담배를 피우지 않는 친구는 담배 피우는 친구의 흡연 행위를 받아들이는 것이 아니라 담배 피우는 친구가 보여 주는 가치인 자신감과 자존감을 받아들이고 있다. 그리고 그 결과로 흡연 행위가 단순히 이어질 수도 있다. 따라서 친밀한 유대 관계를 이야기할 때 우리는 가치 체계의 무의식적인 공유를 의미하며, 이것은 결국 우리가 생활 방식을 선택하는 데 영향을 미칠 수 있다.

갖고 있지 않은 것에 집중하는 사람

『라마야나』에 두 명의 위대한 인물에 대한 흥미로운 이야기가 있다. 한 명은 바시슈타라는 현자이고, 또 한 명은 비슈바미트라라는 왕이다. 비슈바미트라는 막강한 권력을 지닌 황제였다. 그에게는 많은 자원이 있고, 왕궁이 있으며, 모든 것을 마음대로 할 수 있었다. 바시슈타는 작은 오두막에 사는 단순한 현자였다.

어느 날 비슈바미트라는 수행단 수천 명과 밀림에서 길을 잃었다. 음식과 물을 얻을 피난처를 찾으며 밀림 속을 헤매고 다니다가 그들은 바시슈타의 수행처인 오두막을 만났다.

바시슈타는 고귀한 영혼이었다. 그래서 바시슈타를 보았을 때 비슈바미트라 왕은 자신도 모르게 절을 하며 경의를 표하고 축복과 인도를 구했다. 하지만 마음속으로는 생각했다.

'이곳은 단지 작고 평범한 암자일 뿐인데, 그에게 우리를 도울 수 있는 것이 무엇이 있겠는가? 우리는 수천 명이 넘는다. 그에게서 음식이나 물을 얻고 싶어도, 그가 자신을 위한 음식이나 물을 가지고 있는지조차 의문이다. 그가 어떻게 우리를 먹일 것인가?'

비슈바미트라가 그런 생각을 하고 있을 때 바시슈타가 그에게 말했다.

"무엇을 도와드릴까요? 여러분 모두가 피곤하고 지친 것이 느껴집니다. 얼굴에서 한동안 음식을 먹지 못하고 물을 마시지 못한 것이 보입니다. 여러분에게 식사를 대접할 기회를 주십시오."

비슈바미트라는 깜짝 놀랐다.

'이곳은 작은 오두막일 뿐이고, 큰 공동 주방도 없다. 이 은둔자가 나와 함께 있는 수천 명의 사람들을 어떻게 먹일 것인가?'

바시슈타는 단지 말했다.

"나에게 기회를 주십시오. 맛있는 잔치를 대접하고 싶습니다!"

그렇게 말하고 나서 바시슈타는 소 한 마리를 데려왔다. 그 소의 이름은 샤발라였다. 샤발라는 신비로운 암소였다. 그는 그 신비한 소 샤발라를 부르며 말했다.

"이 모든 사람을 먹이도록 하라."

그러자 바로 그 자리에서 이 신비로운 소 샤발라로부터 수천 개의 접시가 펼쳐졌다. 그리고 각각의 접시마다 완벽한 맛과 향기, 적절한 풍미, 뛰어난 식감을 가진 음식이 준비되었다. 놀랍고 맛 좋은 음식들의 잔치였다!

다들 너무 배가 고팠다. 모두가 허겁지겁 먹기 시작했고, 맛을 즐겼다. 지금까지 그런 식사는 없었다. 너무 환상적인 음식이어서 모두가 압도되었다.

식사에 관심을 두지 않은 한 사람을 제외하고. 그의 관심은 오로지 소에게 있었다. 그 한 사람이 바로 비슈바미트라 왕이었다.

비슈바미트라는 계속 생각했다.

'나는 모든 것을 가졌지만 이 소는 없다. 이 단순한 현자 바시슈타, 이 단순한 남자는 놀라운 능력을 가진 신비로운 소 샤발라를 가지고 있고, 단 1초 만에 이런 음식을 준비할 수 있다……. 이 소를 가진 사람은 내가 아니라 그이다!'

비슈바미트라는 자신이 왕으로서 막대한 재산과 자원과 모든 것을 가졌다는 사실에 집중하기보다는, 다시 말해 자신이 가진 것에 집중하기보다는 자신에게 부족한 것에 집중하기 시작했다. 그는 그 소 샤발라가 부족했다. 그리고 그 사실에 화가 났다.

나머지 부분을 요약하자면, 이 이야기가 말하고자 하는 중요한 사실은 인간의 조건은 자신이 가진 것에 집중하기보다는 다른 사람들이 가진 것에 집중한다는 것이다. 그리고 우리가 다른 사람들이 가지고 있는 것에 집중할 때, 우리에게 생각나는 것은 우리가 갖지 않은 것뿐이다.

차량들이 뭄바이를 느리게 이동하고 있었지만, 적어도 우리는 계속해서 나아가고 있었다. 이제 우리는 바닷가에 지어진 아름다운 예배 장소인 하지 알리 다르가(14~15세기 우즈베키스탄 출신의 상인이자 수피즘 전파에 힘을 쏟은 피르 알리 샤 부카리의 무덤 위에 세워진 사원)에 다가가고 있었다. 멀리 하얀 대리석 건물로 이어지는 다리를 앞다퉈 건너고 있는 사람들이 보였다. 사원 뒤에는 하지 알리 시장 교차로가 있었다. 우리는 육체적으로 그곳에 있었지만 나는 우리가 은유적으로도 그곳에 있다는 느낌이 들었다. 해리는 지금 자신이 인간관계 속에서 내린 결정들에 의문을 품으며 인생의 갈림길에 서 있었다. 마음을 불안하게 만드는 것이 세상의 본성이기에 그렇게 느끼는 것은 당연한 일이었다.

자동차 도어 포켓에서 해리의 전화기가 진동하는 바람에 우리의 대화가 중단되었다. 대화를 방해받기 싫어서 해리는 누구인지 보지도 않고 전화를 끊었다. 내가 말했다.

"원하면 전화를 받아도 돼요."

"정말요?"

내가 고개를 끄덕이자, 그는 통화 내역을 확인했다.

"아, 아내 전화였어요. 우리가 나누는 대화의 내용도 있고 하니, 아무래도 아내에게 전화를 해야겠어요."

그가 당황하며 말했다. 그는 번호를 누르고 귀와 어깨 사이에 휴대전화를 끼우고는 다시 양손을 핸들에 올려놓았다.

"여보세요? 여보세요?"

그가 여러 번 반복해서 말했다.

"나야. 난…… 난 괜찮아…… 곧 집에 갈 거야…… 당신 어머니와 함께."

의도치 않게 내가 엿들을 정도로 상대방 목소리가 크게 반복되었다.

"신호가 좋지 않아요."

해리가 내게 말했다.

"아내는 어딘가 멀리 있어요. 어딘지는 모르지만 나의 어머니와 함께 있어요. 괜찮을 거예요."

그때는 그것에 대해 아무 생각도 하지 않았지만, 알고 보니 그녀는 매우 중요한 곳에 가 있었다. 그러나 우리는 한참 후에야 그것을 알게 되었다.

"자, 어디까지 얘기했죠?"

해리는 얼른 화제를 돌렸다.

"사람들과의 관계와 상호작용에 대해 이야기하고 있었죠? 아내와 함께해야 할 일이 많다는 건 알고 있지만, 내가 집으로 가져오는 스트레스의 대부분은 직장에서 오는 것이에요. 기업 환경에서는 역학관계가 이상해요. 나는 동료들과 협력해야 하지만 동시에 앞서가고 싶어 하죠. 직장에서의 이러한 상호작용에는 어떻게 대처해야 할까요?"

나는 그에게 말했다.

"재미있는 사실이 있습니다. 당신이 직장에서 일주일에 40시간 이상을 보낸다는 걸 알지만, 평균적으로 한 사람이 20세에서 65세 사이에 매주 40시간을 일하고 1년에 2주의 휴가를 받는다고 해봅시다. 그 기간에 총 9만 시간을 일하게 될 것입니다. 그것은 많은 시간입니다. 따라서 그 시간을 잘 활용하는 방법을 배우는 것이 좋을 것입니다."

인생의 세 번째 바퀴를 설명할 때가 되었다.

사랑하는 일을 하면 일할 필요가 없다

7

나의 영웅은 10년 후의 나/ 가슴을 타인의 노래로 채우지 말라/ 포모—자신만 뒤처지는 것 같은 불안감/ 세 번째 바퀴—자신의 선물을 발견하기/ 사랑하는 일을 하면 일할 필요가 없다/ 아침에 일어나는 이유/ 연필의 첫 번째 교훈

우리는 자기 자신과 비교하고 경쟁하는 대신 다른 사람들과 비교하고 경쟁하는 경향이 있다. 애플사의 창업자 스티브 잡스는 말했다.

"공동묘지에서 가장 큰 부자가 되는 건 나에게 전혀 중요하지 않다. 우리가 멋진 일을 해냈다고 말하며 밤에 잠자리에 드는 것, 그것이 나에게 중요한 것이다."

우리는 하지 알리의 교차로를 막 지나갔다. 아쉬람에 조금씩 더 가까워지고 있었다. 이제 나는 회의에 두 시간 넘게 늦었다. 당황해 봐야 소용없었다. 교통을 통제하는 것은 내 힘으로 할 수 있는 일이 아니었다.

"오토바이, 승용차, 택시 운전사들을 봐요. 교통 체증에 갇히는 것은 사람들을 정말 화나게 할 수 있어요."

주위의 다른 운전자들이 내는 경적 소리와 욕설의 불협화음 너머로 내가 말했다.

"모든 사람이 서로를 앞서고 싶어 하고, 그렇게 할 수 없을 때 화를 내죠."

"내가 일하는 곳과 비슷해요."

해리가 끼어들었다.

"앞서 말했듯이, 나는 직장에서 사람들과 친해질 필요가 있어요. 함께 프로젝트를 완수해야 하기 때문이죠. 하지만 서로 경쟁하는 분위기도 있어요. 어떻게 하면 그것을 없앨 수 있을까요?"

그는 잠시 말을 멈추고 생각했다.

"사실 나는 경쟁하지 않을 수 없어요. 그렇게 하지 않으면 내가 원하는 승진을 절대 할 수 없을 거예요. 나는 회사에 자원봉사하러 가는 게 아니에요. 내게는 지불해야 할 청구서들이 있어요!"

그가 웃었다.

"당신의 딜레마를 이해해요. 이 문제는 단지 직장에만 국한된 것이 아닙니다. 그것은 삶의 모든 영역에서 발견됩니다. 학생이든, 전문직 종사자든, 부부든, 심지어 수도승들 사이에도 있어요! 경쟁은 우리가 재정의해야 하는 사고방식입니다."

나는 해리에게 내 경험담을 들려주었다.

여러 해 전 내가 대학에 다닐 때 연례 사교 모임에서 노래를 부르기 위해 오디션에 참가했다. 큰 역은 아니었지만 목소리가 좋으니 참가해 보라는 친구들의 격려에 힘을 얻었다. 나는 환한 조명이 비추는 무대로 걸어 나갔고, 세 명의 심사위원들이 점수를 줄 준비를 하고 있었다. 내가 그 역을 맡을 가능성이 크다는 소문을 듣긴 했지만 그다지 깊게 생각하지 않았다.

마이크가 무대 중앙에 있었다. 나는 마이크를 들고 그해 여름의 히트곡인 인도 영화 주제곡을 불렀다. 물론 그때 나는 아직 수도승이 아니었다는 것을 기억하기 바란다. 음악이 스피커에서 흘러나오자 나는 노래를 부르기 시작했다.

"그만, 그만, 그만……."

심사위원이던 공대 교수 중 한 명이 손을 들며 말했다.

"목에 뭐가 걸린 거야? 물을 좀 마시고 다시 시작해 보게."

나는 혼란스러웠고, 목은 괜찮았지만 기회를 놓치지 않으려고 물을 조금 마셨다. 음악이 다시 점점 더 크게 흘러나왔다. 내가 노래를 반밖에 부르지 않았는데, 심사위원들은 실망한 표정으로 중간에 손을 흔들어 중단시켰다.

오늘은 나의 날이 아닐 뿐이라고 생각했지만, 어쨌든 나는 최선을 다했다. 조금 낙담한 나는 다시 공부에 집중할 준비를 하고 집으로 돌아왔다. 실제로 무슨 일이 일어났는지 알게 된 것은 불과 일주일 후였다.

오디션 때 내 마이크 음향을 담당하던 음향 기사가 대학 화장실에서 내게 다가와 말했다.

"지난주에 당신이 노래하는 역을 얻지 못해서 정말 기분이 안 좋았어요."

"왜 당신 기분이 안 좋죠?"

내가 손에 묻은 비누를 씻으며 물었다. 나는 이 사람을 거의 알지도 못했다.

"그게 사실은……. 그 역을 따낸 사람이 당신의 오디션 소리가 형편없게 들리도록 설정해 달라고 나에게 돈을 줬어요. 이번 주 내내 양심의 가책을 받고 있어요."

그는 바닥을 보며 말했다.

"뭐라고요?"

나는 충격을 받아 소리를 질렀다.

"죄송해요. 당신이 원한다면 이 사실을 심사위원들에게 보고하고, 무엇을 할 수 있을지 알아볼게요."

그는 연신 굽신거리며 말했다.

"아니, 아니, 괜찮아요. 어차피 나는 시간이 없어요. 하지만 말해 줘서 고마워요."

나는 종이 타월로 손을 닦으며 말했다. 그러고 나서 그는 화장실에서 걸어 나갔다.

나는 믿을 수가 없었다. 누군가가 왜 내 오디션을 방해했지? 그것은 중요한 배역도 아니었다. 상금도, 트로피도, 추가 학점도 없었다. 나에게는 공부가 최우선 사항이었기 때문에 심사위원들에게 그 문제에 대해 이야기하거나 그 역을 맡은 학생과 정면으로 부딪치지 않기로 했다. 그의 경쟁적인 성격의 추한 면을 목격하고 나니 그를 더 의심하게 되었다. 무엇이 그를 그토록 경쟁적으로 내몰았을까? 나는 다시 강의실로 가면서 생각했다.

내가 생각한 한 가지 이유는, 아마도 그가 나를 부러워한 것 같았다. 어떤 사람처럼 되고 싶거나 그 사람보다 나은 사람이 되고 싶은 상대에 대해 나쁜 감정을 품고 있지만 그 감정에 따라 행동하지 못할 때, 그것을 질투라고 부른다. 비록 그 감정이 내면에서 그 사람을 갉아먹지만 상대방에게 해를 입히지 않는 자제력을 가지고 있다. 그러나 그러한 감정에 따라 행동할 때 질투는 시기심으로 변한다. 그리고 시기심은 남의 자리를 차지하기 위해 어느 정도까지는 개의치 않고 다른 사람과 경쟁하게 만드는 근본 원인이다.

내가 생각할 수 있는 또 다른 이유는, 사람들이 때로 어떤 대가를 치르더라도 최고가 되기를 원하기 때문이다. 자원은 한정되어 있고 응시자가 많으면 경쟁은 자연스러운 것이다. 경쟁은 음악에서 스포츠에 이르기까지 삶의 모든 영역에서 발견된다. 심지어 다른 종들 사이에서도. 경쟁은 자연의 거의 모든 생태계에서 일어나는 경향이다.

하지만 인간은 그저 다른 종이 아니다. 인간은 조화, 충실함, 신뢰와 같은 더 높은 가치에 동의하고 협력하는 능력이 있다. 자연 생태계에서는 같은 종 안에서 경쟁이 더 크듯이, 인간도 동일한 직종이나 동일한 활동 분야 안에서 경쟁이 치열하다. 우리는 자신과 같은 기술이나 같은 방향을 가진 사람들과 경쟁한다. 기술자는 다른 기술자와, 음악가는 다른 음악가와, 의사는 다른 의사와 경쟁한다. 다른 사람의 기술이 우리의 삶과 아무런 관련이 없을 때 우리는 거의 위협을 느끼지 않는다. 그러나 누군가가 우리가 하고자 열망하는 일을 더 잘함으로써 우리보다 더 나은 결과를 낸다면 경쟁이라는 기본 성향이 자리 잡을 수 있다.

모든 스포츠에는 경쟁 요소가 있고 자기 자신을 극한까지 밀어붙이는 희열이 있다. 그러나 우승으로 얻는 명성과 상이 '최선을 다하는'의 윤리를 완전히 가릴 수도 있다. 일부 선수들은 승리를 위해 지저분한 경기를 하기도 한다. 단지 눈앞의 이득을 얻기 위해 힘들게 얻은 명성과 자신의 선수 경력까지 위험에 빠뜨리는 것을 우리는 종종 본다.

내가 아는 사람 한 명은 프로 권투 선수이다. 우리는 이제 막 친구가 되었다. 어느 날 그가 찾아와서 내 방에 함께 앉았다. 우리는 수다를 떨었다. 처음 만났는데도 마냥 즐겁게 수다를 떨고 있었다.

그는 자신이 프로 권투 선수라고 했다. 그래서 내가 어떻게 했는지 아는가? 대화 도중에 나는 갑자기 주먹으로 그의 배를 때렸다. 그것도 아주 힘껏.

"아악!"

그가 비명을 질렀다. 나는 그에게 말했다.

"당신 권투 선수 맞아요? 왜 비명을 지르는 거예요?"

그러고 나서 어쨌든 그는 별로 말이 없었다.

몇 분 후, 나는 다시 그의 배를 주먹으로 쳤다. 이번에는 주먹이 아파서 내가 비명을 질렀다. 그는 대화 내내 복부에 잔뜩 힘을 주고 있었던 것이다.

내가 처음 그를 때렸을 때, 그는 전혀 준비가 되어 있지 않았다. 내 공격에 대해 아무 대비가 없었다. 그래서 자연스럽게 터져 나온 비명이 반응이었다. 하지만 그런 일이 닥칠 것을 알았을 때, 그는 준비를 하고 배에 힘을 주었다. 따라서 두 번째 것은 반응이 아니라 대응이었다. 이제 그는 자신에게 일어난 일에 영향받지 않게 되었다.

누군가가 나를 욕하거나 나한테 이러저러한 행동하는 모든 것을 나는 하나의 주먹으로 본다. 따라서 영향을 받는 것은 정상적이지만, 영향을 계속 받는 것은 비정상적이다. 우리 모두는 화가 날 때 비명을 지를 것이다. 하지만 나와 친구가 된 권투 선수처럼 복부에 힘을 주는 것을 배워야 한다. 영성이 우리를 훈련시키는 방식이 그것이다.

나의 영웅은 10년 후의 나

스포츠나 사업, 혹은 정치 분야에서의 경쟁은 많은 사람들에게 먼 현실일 수 있지만, 직장 내에서의 정치와 경쟁은 매우 가깝게 경험했을 수도 있다. 험담과 뒷담화를 늘어놓고, 거짓말을 퍼뜨리고, 의도적으로 동료와 협력하지 않는 것은 정상에 오르기 위한 불건전한 경쟁의 형태이다. 사무실 정치의 극단적인 일화가 생각난다. 내 친구 제이민의 이야기이다.

뛰어난 사진작가인 제이민은 세계적 브랜드인 일류 패션 잡지사에서 일하고 있었다. 뭄바이에 있는 그 회사 사무실에는 각각의 사진작가들이 조명, 의상, 스타일리스트 담당과 한 팀을 이루고 있었다. 제이민은 팀이 협력해 일을 잘하고 있다고 느꼈다. 모두가 놀라운 작품을 만들기 위해 자신의 역할을 다했다. 물론 그것은 스타일리스트가 무슨 일을 저질렀는지 알게 되기 전까지였지만. 겉으로 보기에 스타일리스트는 매우 협조적이고 우호적으로 보였지만, 속으로는 제이민을 무척 부러워하며 그를 대신해 수석 사진작가가 되기를 원했다.

몇 달 동안 함께 일한 후, 제이민은 그녀의 행동에서 몇 가지 이상한 패턴을 알아차리기 시작했다. 촬영이 예정되어 있으면 그녀는 일부러 늦게 오곤 했다. 그가 어떤 방식으로 모델을 스타일링하기 원하면, 그녀는 그의 요청을 무시하고 모델에게 다른 방식으로 옷을 입혔다. 그러나 최악의 상황은 아직 오지 않았다.

또 다른 날, 또 다른 촬영이 있었다. 제이민이 책상에 앉아 방금 찍은 사진 몇 장을 편집하고 있는데, 갑자기 사무실 직원이 제이민에게 다가와 말했다.

“인사과 담당자가 선생님을 만나고 싶어 합니다.”

“무엇 때문에?”

제이민이 물었다.

“잘 모르겠습니다, 선생님.”

사무실 직원이 대답했다.

별일 아니었다. 인사과 담당자는 그저 제이민이 급여 명세서용 서류를 작성해 주기를 원했다. 그러나 이상한 일은 컴퓨터로 돌아왔을 때, 그가 작업하던 파일들이 삭제되어 있었다는 것이다. 몇 시간의 작업물이 그의 하드 드라이브에서 지워져 있었다. 제이민은 IT 부서로 급하게 가서 복구를 시도했지만 소용이 없었다. 그것들은 영구적으로 소실되었다.

몇 달 동안 제이민이 백업해 둔 사진들이 네 번이나 이상하게도 사라졌다. 그에게 새 노트북이 필요한 게 아니라면 누군가가 비밀번호를 해킹해서 의도적으로 그의 일을 방해하고 있었다.

마침내 제이민은 누가 그러는지 알기 위해 덫을 놓기로 했다. 그는 IT 부서에 CCTV 카메라를 자신의 노트북 쪽으로 향하게 해 달라고 요청했다. 그들은 이 일이 잠복 형사를 연기하는 것과 비슷하다는 사실에 흥분하며 동의했다.

큰 촬영이 끝난 후, 그는 일부러 노트북을 열어둔 채 IT 지원센터에 있는 CCTV 화면으로 달려갔다. 그들은 팝콘을 꺼내며 범인 잡을 준비를 했다. 말 그대로 잠복근무였다. 제이민이 자신의 책상을 떠난 지 몇 분 만에 놀랄 것도 없이 그 스타일리스트가 그의 노트북에 로그인하고 작품을 삭제하기 시작했다. 그녀는 현행범으로 잡혔다. 물론 그녀는 해고될 것이었다.

제이민은 스타일리스트가 한 짓이 녹화된 영상을 들고 곧장 인사과 담당자에게 갔다. 하지만 이야기의 반전은 인사과 담당자와 스타일리스트가 이 안에 함께 있었다는 것이었다. 그들은 제이민이 비효율적이고 게으르며 제때 일을 하지 않는다는 것을 증명하고 싶었다. 그들 둘 다 회사 대표가 제이민에게 부여한 자율성과 자원을 질투했다. 제이민은 자신의 일정을 스스로 정하는 특권이 주어진 신뢰할 수 있는 팀원이었다. 그러나 그것이 이 두 사람을 부러워하게 만들었다. 제이민은 원하는 시간에 당당하게 출근할 수 있는데 자신들은 왜 정해진 시간에 일하러 와야 하지? 그들은 생각했다. 제이민이 자신에게 보고하거나 자신의 말을 듣지 않아도 된다는 것에 좌절감을 느낀 인사과 담당자와 그의 자리를 차지하고 싶다는 야망을 가진 스타일리스트, 이 두 사람이 그에게 불리한 음모를 꾸몄다.

그 둘은 회사 대표에게 허위 사실을 보고했고, 대표는 제이민을 불러 회의를 열었다. 제이민은 자신이 제시간에 일을 끝내고 있다는 증거를 가지고 있음에도 불구하고 자리에서 물러나기로 결심했다. 어쨌든 그는 자신의 스튜디오를 시작하고 싶었고, 그러한 유해한 환경에서 일하는 것을 선호하지 않았다. 대표는 그에게 남아 달라고 간청했지만 소용이 없었다.

제이민은 책상에서 짐을 챙기면서 자신이 그때까지 찍었던 사진들을 모두 복사해 앞으로의 작업을 위한 포트폴리오로 사용할 생각을 했었다. 하지만 그 2인조의 마음속 응어리가 너무 강해서 제이민이 대표를 만나고 있을 때 그의 포트폴리오를 전부 삭제해 버렸다! 시기심과 통제되지 않는 야망 때문에 수년간의 노고가 순식간에 사라졌다.

제이민의 이야기는 외적으로 성공하기 위해 원칙과 가치관을 희생하게 만드는 불건강한 경쟁을 강조한다.

“와, 믿기지 않는 이야기이네요.”

해리가 말했다.

“내 회사에서는 경쟁심이 그 정도로 극단적이지는 않아요. 내 일이 스트레스를 많이 받는 반면에, 내가 좋은 팀을 갖고 있다고 나는 느껴요.”

“맞아요. 제이민의 상황은 특별했고, 대부분의 사람들에게는 그렇게 나쁘지는 않을 거예요.”

내가 말했다.

해리가 약간 혼란을 느끼며 물었다.

“누구도 스타일리스트가 한 짓을 해서는 안 돼요. 하지만 우리가 경쟁하지 않으면 뒤처지지 않을까요?”

나는 대답했다.

“경쟁하지 않을 수는 없어요! 성장하고 싶다면 경쟁해야 합니다. 유일한 차이는 당신이 누구와 경쟁하고 있는가예요.”

나는 덧붙였다.

“닫힌 사고를 가진 이들은 자기 분야에서 다른 사람들을 이기면서 성장하기를 원해요. 반면에 열린 마음을 가진 이들은 자기 자신을 발전시킴으로써 성장하죠. 그들은 누구도 자신의 경쟁자가 아니라는 것을 알아요. 그들 자신이 그들의 경쟁자예요. 비록 성장이 작은 조각에 불과할지라도 그들은 더 나은 자신이 되기 위해 매일 노력하고 있어요. 그들은 어제와 같은 상태로 머물러 있으면 불편함을 느낍니다. 배우 매튜 맥커너히는 2014년 아카데미 남우주연상 수상 소감에서 이 원칙에 대해 말했어요."

"아, 네, 유튜브에서 본 적 있어요."

해리가 대답했다. 차가 아직 멈춰 서 있었기에 나는 휴대전화를 꺼내 짧은 영상을 재생했다.

그 미국 배우의 연설이 차 안에 울려 퍼졌다.

"그리고 나의 영웅에게 이 상을 바칩니다. 내가 좇는 사람이 그 사람입니다. 내가 열다섯 살 때였는데, 내 인생에 매우 중요한 사람이 나에게 다가와 '너의 영웅은 누구냐?'라고 물었습니다.

그래서 나는 '글쎄요, 생각 좀 해 봐야겠으니 저에게 2주 정도 시간을 주세요.'라고 답했죠. 2주 후, 그분이 다시 나타나 나에게 다시 묻더군요.

'너의 영웅은 누구냐?'

그래서 이렇게 답했어요.

'생각해 봤는데 10년 후의 내 모습요.'

그렇게 10년이 흐른 뒤 나는 스물다섯 살이 되었고, 그분이 또 나에게 찾아와 묻습니다.

'그래서 이제 너는 너 스스로의 영웅이 되었나?'

나는 대답했어요.

'아니, 아니, 아니요. 전혀 근처에도 못 갔어요.'

그랬더니 또 묻더군요.

'어째서지?'

그래서 내가 말했죠.

'내 영웅은 서른다섯 살의 나이니까요.'

그렇게 매일, 매주, 매월 그리고 매년 내 인생에 있어서 나의 영웅은 항상 10년 후의 나였습니다. 나는 결코 그 영웅이 될 수 없을 겁니다. 나는 그걸 이루지 못하겠죠. 나는 영웅이 아니라는 것을 압니다. 하지만 괜찮습니다. 왜냐하면 그 덕분에 나에겐 따라잡고 싶은 존재가 늘 함께하는 셈이니까요."

영상이 끝나자 나는 전화기를 다시 주머니에 넣고 나의 생각을 공유했다.

"우리는 남들이 앞서 나가는 것에 대해 불안감을 느끼기보다는, 자기와의 경쟁이라는 이러한 사고방식을 흡수해야 합니다. 우리는 미래의 자신에 대한 꿈을 실현하기 위해 최선을 다해야 합니다. 이러한 태도는 우리의 마음을 질투와 불안에서 자유롭게 할 뿐만 아니라, 자신이 가진 잠재력을 최대한 발휘할 수 있게 도와 큰 성공과 만족감을 가져다줄 것입니다."

가슴을 타인의 노래로 채우지 말라

카탁 춤(북인도 사원과 궁정에서 추던 우아한 전통 무용)을 배우는 어린 소년이 연습 중에 자주 발을 헛디뎌 비틀거렸다. 좌절감을 느낀 그는 스승에게 와서 물었다.

"저는 언제 다른 제자들처럼 멋지게 춤을 출 수 있을까요? 저는 언제쯤이면 박자를 따라잡으며 모든 동작을 우아하게 펼쳐 보일 수 있을까요?"

스승이 대답했다.

"네가 연습 중에 동료 학생들을 쳐다보는 것을 멈추면 그렇게 될 수 있다. 기억해라, 너는 그들과 경쟁하고 있는 게 아니다. 너는 너 자신과 경쟁하고 있는 것이다. 너의 목표는 단순히 어제의 너의 모습보다 더 나아지는 것이지, 이곳에 있는 다른 남학생들과 여학생들보다 더 나아지는 게 아니다."

춤이든, 스포츠든, 사업이든, 혹은 인생의 어떤 것이든 이 이념은 자신의 탁월함을 실현시켜 준다. 그리고 우리는 이 이념이 애플사에서 작용하는 것을 본다.

고비 사막 어딘가의 동굴에서 살고 있지 않는 한 애플이 현대의 가장 성공한 기업 중 하나라는 사실을 모르지 않을 것이다. 인기 있는 아이폰이 출시되면서 지난 10년 동안 순위가 뛰어올라 2018년에는 세계에서 아홉 번째로 부유한 기업으로 선정되었다. 신제품 출시 당일에 애플 스토어에서 아이폰을 구매한 적이 있는가? 모두 같은 유니폼을 입은 수백 명의 직원들이 당신을 맞이하고, 당신이 최신 제품을 구입할 때 박수를 치며 크게 환호한다.

나는 직접 본 적이 없지만, 내 친구들은 그것이 파티 같다고 말한다. 사람들은 아주 흥분하게 된다. 하지만 무엇이 애플을 그렇게 혁신적으로 만들어 사람들이 계속 다시 찾게 만드는 것일까? 그 답은 그들의 리더십이 주는 문화에서 찾을 수 있다.

애플의 창업자인 고 스티브 잡스는 다른 사람들과 경쟁하는 것은 내면의 창의성을 방해한다고 믿었다. 독창성을 위해 노력하지 않는 것은 애플에게 재앙이 되었을 것이다. 자신을 다른 사람들과 너무 많이 비교하면 우리는 평범함에 굴복한다. 우리는 맹목적으로 다른 사람을 모방하기 시작하고 심지어 자신의 본질을 잃을 수도 있다. 최악의 경우, 우리는 지루한 인간이 된다!

스티브 잡스는 모든 제품의 세부 사항에 세심한 주의를 기울이는 것으로 악명 높았다. 단지 주가를 올리기 위해 차선의 회사를 모방하는 것이 아니라 세상을 바꾸고 싶어 했다. 다른 사람들의 표현을 따라 하는 것이 아니라 자기 자신을 충분히 표현하고 싶었다. 그는 자신을 자신이 과거에 한 일과 비교하고 싶어 했다!

"그래서 당신은 다른 사람과 비교하는 것이 나쁘다고 말하려는 건가요?"

해리가 끼어들었다.

나는 대답했다.

"아니에요. 만약 우리가 자신을 다른 사람들과 비교해야 한다면, 우리는 긍정적인 태도를 비교해야 합니다. 지칠 줄 모르고 일하거나 자신의 기량을 갈고닦는 사람의 태도는 영감을 줍니다. 그들을 보면서 나도 같은 태도를 갖기를 원하게 됩니다. 그들에게서 배우고, 그것에 대한 보답으로 내가 할 수 있는 어떤 방법으로든 그들을 돕습니다. 그렇게 우리는 함께 성장합니다. 열린 마음을 가진 사람은 그렇게 생각합니다."

"좋은 의미로 들리네요. 하지만 주변의 경쟁자들이 당신을 끌어내리고 기회를 잡기 위해 더러운 정치를 펼칠 때, 당신은 그저 조용히 계속 일을 해야 할까요? 스타일리스트가 제이민에게 한 짓을 봐요."

해리가 반박했다.

나는 대답했다.

"직장에는 언제나 정치적인 마음을 가진 사람들이 있고, 그것은 공기 중의 습기처럼 모든 사무실에 있는 것 같습니다. 사람이 있는 곳이면 어디든 두 가지 유형의 사람을 발견할 것입니다. 진실하게 살며 정직한 방식으로 일하는 사람과 그렇지 않은 사람. 물론 이것은 일반화입니다. 누구도 완벽한 도덕적 나침반을 갖고 있지 않으며, 도덕적으로 완전히 파탄 난 사람도 없습니다. 설령 그 직장을 그만두고 다른 회사에 들어가더라도 그곳에도 정치를 하는 사람들이 있을 겁니다. 조금 덜하거나 조금 더할 수도 있고, 다른 분위기일 수도 있겠지만.

하지만 우리는 직장에서 힘든 상황을 지혜롭게 관리하는 법을 배워야 합니다. 직장 정치를 자세하게 다룬 경험 많은 전문가들이 쓴 책들이 있습니다. 그 책들을 읽어 보는 것도 좋지만, 중요한 것은 정치적이 되기보다는 자기 탁월함을 얻기 위해 끊임없이 자기계발에 힘쓰는 것이 더 낫다는 것입니다. 제이민의 경우처럼 극단적인 경우, 상사와 동료의 부정적 성향에 계속 둘러싸여 있는 것이 더 이상 불가능할 때, 앞으로 나아가는 것이 더 좋습니다. 물론 다른 선택의 여지가 있는 경우에."

까마귀가 부리에 고기 한 조각을 물고 하늘을 날며 앉아서 먹을 곳을 찾고 있었다. 그때 갑자기 독수리 떼가 보였다. 까마귀는 목숨을 지키기 위해 점점 더 높이 날기 시작했다. 그러나 독수리들은 놓치지 않고 계속 쫓아왔다.

까마귀가 처한 곤경을 보고, 높은 나무에 앉아 있던 현명한 늙은 부엉이가 까마귀에게 물었다.

"너 왜 그러니? 몹시 불안해 보인다. 왜 그렇게 공포에 질려 날고 있니?"

까마귀가 대답했다.

"저 독수리들을 봐! 저들이 내 목숨을 노리고 있어! 나를 죽이려고 해."

지혜로운 부엉이가 말했다.

"그들은 너를 죽이려고 쫓아오는 것이 아니야. 그들이 원하는 건 네가 부리에 물고 있는 고기 한 조각뿐이야. 그것을 그냥 떨어뜨리고 무슨 마법이 일어나는지 지켜봐."

까마귀는 부엉이의 조언을 따랐고, 고기 조각을 입에서 떨어뜨렸다. 그러자 모든 독수리들이 떨어지는 고기 조각을 향해 날았고, 까마귀는 이제 더 높이 날 수 있었다.

이것은 우리의 삶에도 해당되지 않는가? 우리는 고기 조각을 붙들고 있다. 우리 것이 아닌 돈을. 그리고 독수리의 공격을 받으며 그것을 빼앗길까 언제나 두려워한다.

우리는 고기 조각을 붙들고 있다. 오직 이름을 위해 지위를 붙들고 있다. 그 위치를 고수해 이익을 얻는 것 외에는 아무것도 하지 않으면서. 그리고 우리가 단순히 이름을 위해 그 의자에 달라붙어 있다는 것을 아는 부하 직원들에게 공격을 받는다. 부정적인 분위기의 독수리들에게.

우리의 관계에서도 우리는 편견, 의견, 원한, 과거의 사건과 같은 고기 조각을 붙잡고 있다. 그럼으로써 무관심, 비협조, 오해, 갈등, 타인의 증오 같은 독수리가 우리를 공격하도록 허용한다.

개인적인 삶에서도 우리는 나쁜 습관, 우리의 조건, 안전지대, 안정감, 그리고 정착 같은 고기 조각을 고수하다가 안일함, 무기력함, 부정적인 생각 같은 독수리에 의해 공격을 받는다.

그 고기 조각을 놓기 힘들다는 것을 안다. 하지만 우리가 그렇게 하면, 그 내면의 독수리들은 우리를 쫓는 것을 멈출 것이고, 우리는 우리의 삶에서 더 높이 날 수 있다.

포모—자신만 뒤처지는 것 같은 불안감

포모FOMO는 'Fear Of Missing Out'의 약자로, 자신만 뒤처지

고, 흐름을 놓치고, 소외되는 것 같은 불안감을 느끼는 심리적 증상을 말한다.

'놓치는 것의 두려움'과 '놓치는 것의 기쁨'에 대해 어떻게 생각하는가? 알다시피, 내가 라이프 코치가 되기 위해 내 경력을 업그레이드하기 전, 나는 휴렛팩커드사와 일하는 전기 공학자였다. 그리고 갑자기 화이트칼라인 휴렛팩커드의 직장을 떠나 아쉬람, 즉 수도원에 사는 수도승이 되었다. 그곳에서 이른바 '라이프 코치'가 되려고 했는데, 그 당시에는 아무도 그 단어를 제대로 알지 못했다.

나는 궁금했다. 나와 함께 대학에서 공부한, 그리고 휴렛팩커드에서 함께 근무한 많은 친구들은 계속해서 위로 올라갔다. 그들 중 많은 수가 실리콘밸리의 선도적인 기업들의 CEO이자 이사이다. 나는 궁금했다. '놓치고 소외되는 것에 대한 두려움', 즉 포모를 어떻게 극복할 수 있을까?

그리고 여기 내가 수도승으로서 이 나라 인도의 고대 영적 유산에서 배운 것이 있다. 나는 나 자신과 자기계발에 집중하는 기술을 배웠다. 내 관심이 다른 사람들에게 집중될수록, 나는 언제나 내가 놓치고 있는 것을 생각할 것이다.

나는 그 또는 그녀가 가지고 있는 멋진 차를 놓치고 있다. 나는 그 또는 그녀가 가진 멋진 모습을 놓치고 있다. 나는 그 또는 그녀가 보내는 멋진 휴가를 놓치고 있다. 내가 다른 사람들에게 집중할 때, 내가 겪게 될 유일한 감정은 '나는 삶에서 무엇인가를 놓치고 있다.'이다.

반면에 나 자신에게 집중하는 법을 배우는 동안, 나는 내가 놓치고 있는 것을 보지 않고 내가 축복받은 것을 보려고 한다. 내가 가진 기회들을. 나 자신에게 집중하면 할수록 자기 발전에 더 집중하게 되고, 그때 놓치고 소외될지도 모른다는 두려움의 희생자가 되지는 않을 것이다.

오늘날 소셜 미디어의 문제는 모든 사람의 사생활이 공개된다는 것이다. 따라서 당신은 뭄바이에 앉아서 싱가포르에서 즐거운 시간을 보내고 있는 친구를 보고 있다. 싱가포르에서 지내는 그에게 더 집중할수록 뭄바이에서 보내는 당신의 시간을 즐길 수 없게 된다.

당신에게는 연인인 친구가 있고, 그들은 결혼했고, 그들의 결혼기념일이다. 그리고 남자는 아내와 찍은 낭만적인 사진을 소셜 미디어에 올린다. 서로 껴안고, 즐거운 시간을 보내고 있다. 그런데 당신은 아내와 힘든 시간을 보내고 있다. 당신은 말한다.

'이 남자는 멋진 관계를 맺고 있군. 나는 그런 낭만적인 관계를 놓치고 소외되고 있어.'

그건 바보 같은 짓이다. 그렇게 로맨틱한 사진을 올린 그 남자와 그 여자가 그날 오후에 지독한 싸움을 했다는 사실을 모르니까. 우리가 다른 사람들에게서 우리 자신으로 관심과 초점을 옮겨야만, 이 포모 사고방식을 효과적으로 다룰 수 있다.

이것이 내가 포모를 다루는 방법이다. 만약 내가 실리콘밸리에 있는 내 친구에게 초점을 맞추었다면, 나는 '신이시여, 나는 뭔가를 놓치고 있어요.'라고 생각했을 것이다. 여기 나는 인생 상담가이다. 수백만은 아니더라도 수천 명에게 다가가 내 역할을 다하기 위해 노력하고 있으며, 내가 하고 있는 일에 완전히 만족하고 있다.

어떻게 하면 우리 주변의 세상에 의해 정신이 흐트러지지 않고 우리 자신에게 집중하기 위해 내면을 들여다볼 수 있을까?

나는 우리가 살아가면서 하는 모든 일에는 연습이 필요하다고 생각한다. 타이거 우즈는 '당신의 성공 비결은 무엇인가?'라는 질문에 "세 단어."라고 답했다. "첫 번째—연습. 두 번째—연습. 세 번째—연습."

당신은 무엇인가를 연습할 때 그것을 더 잘하게 된다. 우리 자신에게 집중하고 주위 환경에 휘둘리지 않는 것에 대해 말할 때, 우리는 과연 얼마나 많이 연습했는가?

우리는 지금까지 주변의 모든 것에 정신이 팔리는 연습을 했을 뿐이다. 우리는 오직 다른 사람들에게 집중하는 것만 연습해 왔다. 단지 그가 가진 것 또는 그녀가 가진 것을 보는 연습을 했을 뿐이다. 우리는 자신이 가진 것에 집중하는 연습을 한 적이 없다.

그래서 이 나라의 영적 문화와 역사가 우리에게 가르쳐 주는 것이다. 산스크리트어로 '사다나'라고 불리는 연습, 즉 명상이 그것이다. 만트라 명상, 기도 명상 그 밖의 다양한 영적 수행이 그것이다. 이것들은 외부 세계에서 당신을 내부 세계로 데려가기 위한 도구이다.

하루 15분이든, 하루 10분이든, 혹은 20분이든, 당신이 실제로 하고 있는 것은 외부 세계뿐만 아니라 내면세계에도 집중하도록 마음을 훈련시키는 일이다. 주의를 밖에서 안으로 이동시키기 때문에 영적 수행은 매우 강력하다.

세 번째 바퀴—자신의 선물을 발견하기

삶의 목적을 찾기 위해서는 자아 발견의 여행을 떠나야 한다. 파울로 코엘료는 말한다.

"때때로 전사는 두 개의 삶을 동시에 사는 것처럼 느낀다. 내가 하는 일과, 내가 하고 싶은 일을 연결하는 다리가 있다고 그는 생각한다. 서서히 그의 꿈이 그의 일상을 점령하고, 그는 이미 자신이 언제나 원했던 것을 할 준비가 되어 있음을 깨닫는다. 그때 필요한 것은 오직 약간의 대담함뿐이다. 그러면 그의 두 삶은 하나가 된다."

해리는 내가 들려주는 이야기에 담긴 통찰력에 대해 감사해했다. 대화를 더 잇고 싶어 하며 그는 물었다.

"자기계발과 자신과의 경쟁에 필요한 핵심 요소는 무엇이라고 생각하세요?"

나는 대답했다.

"내가 생각하는 자아 성장의 토대는 자신이 누구인지 이해하는 것입니다. 당신이 자신의 잠재력, 능력 그리고 자신의 한계를 명확히 안다면, 그때 자기 자신과 경쟁할 수 있습니다."

해리는 흥미를 느끼며 귀를 기울였다.

우리가 우리 자신과 경쟁할 수 있으려면 먼저 자신을 이해해야 한다. 자신의 성향은 무엇인가? 좋아하는 것은 무엇인가? 또 좋아하지 않는 것은 무엇인가? 미래에 어디에 있고 싶은가? 이것들은 성공하기 위해 우리가 대답해야 할 몇 가지 예비 질문들일 뿐이다. 그리고 이 탐구 과정이 우리의 자아 발견 여정의 시작이다.

우리는 이제 선물을 주고받는 것이 우리의 관계를 강화시킬 수 있음을 안다. 선물을 주는 것에 관한 재미있는 이야기가 있다. 결혼기념일을 맞이한 부부의 이야기이다. 아침에 잠에서 깬 여성이 남편에게 은근슬쩍 물었다.

"방금 당신이 나에게 아름다운 다이아몬드 목걸이를 주는 꿈을 꾸었어. 그것이 무슨 의미인 것 같아?"

"오늘 밤 알게 될 거야."

남편이 얼굴에 미소를 띠고 말했다. 그녀의 눈이 기대로 빛났다. 그날 저녁 남편은 아름답게 포장된 선물을 가지고 집으로 와서 아내에게 건넸다. '내가 꿈꿨던 것일까?' 그녀는 마음속으로 생각했다. 무척 기뻐하며 그녀는 선물을 풀었는데, 『꿈 해몽』이라는 제목의 책이 들어 있었다.

사람들이 선물을 포장하기 위해 화려한 종이와 나비매듭, 리본 끈을 사용하며 그토록 많은 공을 들이는 이유가 나는 늘 궁금했다. 왜 우리는 사랑을 표현하고 싶은 사람에게 그저 솔직하게 선물만 줄 수는 없을까? 나는, 만약 선물을 포장하지 않고 그냥 준다면 흥분되는 요소가 사라질 것이라는 결론에 도달했다. 선물을 숨기는 것은 긴장감을 조성하고, 선물을 열면 흥분과 함께 큰 기쁨이 따른다. 선물을 받는 사람뿐만 아니라 선물을 주는 사람도 행복해진다.

같은 방식으로, 모든 사람은 특별한 재능과 기술을 타고난다. 모든 개인은 그들 안에 독특한 무엇인가를 지니고 있다. 만약 신이 우리가 태어난 바로 그날부터 우리에게 그 재능을 드러내 보여 준다면, 우리의 여행에는 아무 흥분감도 없을 것이다. 신은 우리의 재능과 기술과 잠재력을 숨긴다. 오직 우리가 그것을 발견하는 기회를 갖게 하기 위해서다. 그리고 그렇게 하는 과정에서, 우리가 우리의 삶을 가지고 무엇을 하고 싶은지 알아내려고 노력하는 가운데 큰 만족감과 성취감이 얻어진다. 자아 발견은 단 한 번의 사건이 아니라 계속 진행 중인 진화의 과정이며, 삶이 진행됨에 따라 우리는 얼마나 많은 것을 성취할 수 있는지 발견하게 된다.

사랑하는 일을 하면 일할 필요가 없다

어릴 때 '꾸러미 전달하기' 게임을 해 본 적이 있는가? 생일 파티의 고전인 이 게임은 여러 겹의 선물 포장지로 포장된 상품을 중심으로 진행된다. 각각의 포장지 사이에는 작은 선물들이 들어 있다. 음악이 나오기 시작하면 사람들은 옆에 앉은 사람에게 꾸러미를 돌린다. 그러다가 음악이 멈추면 지금 손에 꾸러미를 가진 사람이 포장지 한 겹을 벗기고 그 안에 든 작은 상품을 차지한다. 끝에서 두 번째 포장지까지 같은 과정이 계속된다. 그렇게 해서 작은 상품들이 모두 사라지고, 맨 마지막 포장지를 벗기는 사람에게 가장 큰 상품이 나타난다.

이 아이들 놀이가 우리 자신을 이해하는 것과 무슨 관계가 있는가? 우리는 자신의 진정한 잠재력을 실제로 발견할 수 있기 전에 여러 겹의 층들을 벗겨야 한다. 자신의 잠재력을 깨닫기 위해 더 깊이 파고들수록 더 많은 층들이 드러나기 시작하고, 모든 층마다에서 우리 안에 숨겨져 있던 작은 선물들을 만나게 된다. 우리는 모든 층이 벗겨지고 우리의 진정한 잠재력이라는 큰 선물이 드러나게 될 때까지 행복을 경험하기 위해 그저 기다릴 필요는 없다. 여행 그 자체가 흥미진진하고 깊은 만족감을 가져다주기 때문이다. 이것에 대해 생각하자, 나의 어린 친구 사이라즈의 이야기가 떠올랐다.

뭄바이의 놀랍도록 시원한 저녁, 나는 구자라트 출신의 가정에 저녁 식사 초대를 받았다. 그들은 자신들의 집을 한번 방문해 달라고 내게 몇 달에 걸쳐 여러 번 간청했고, 구자라트 어머니들은 매우 설득력이 있다. 그래서 그들의 다섯 번째 초대에 응해야만 했다.

그 가정의 부모는 둘 다 전문직 종사자였다. 아버지는 스탠다드차타드 은행의 고위직이고, 어머니는 의과대학의 생리학 교수였다. 그들은 나만큼 바쁜 사람들이지만, 나는 그들이 영성과 그들의 아들 사이라즈를 위해서는 언제나 시간을 낸다는 것을 알고 있었다.

당신은 갖가지 맛있는 구자라트 음식들이 차려지는 것을 상상할 수 있을 것이다. 도클라(쌀과 병아리콩을 갈아서 커드와 함께 섞은 반죽을 발효시켜 쪄 낸 음식)에서 운디유(구자라트식 채소 요리)에 이르기까지, 그리고 칸드비(병아리콩 가루를 요구르트로 납작하게 반죽해 한입에 먹을 수 있는 크기로 단단하게 말아서 만든 후식)에서 쉬리칸드(우유를 단계별로 숙성시킨 인도식 요구르트에 설탕과 견과류, 사프란 등을 첨가해 만든 차갑게 떠먹는 단과자)에 이르기까지 그들은 정성과 노력을 아끼지 않았다.

나는 자리에 앉자마자 10학년 시험을 막 끝마친 그들의 아들 사이라즈에 대해 물었다.

소년의 아버지가 말했다.

"아들은 곧 내려올 거예요. 당신을 만나게 되어 무척 흥분하고 있어요."

내가 말했다.

"사이라즈가 시험을 아주 잘 봤다고 들었어요."

"네, 사이라즈는 정말 열심히 공부해요."

아들의 점수를 말하면서 어머니가 말했다. 바로 그 순간 사이라즈가 방으로 걸어 들어왔다. 소년은 나를 힘껏 껴안고는 식탁 내 옆자리에 앉았다.

내가 사이라즈에게 말했다.

"너의 어머니가 그러시는데 네가 매우 높은 점수를 받았고, 특히 수학과 과학을 잘했다고?"

사이라즈는 얼굴이 빨개졌다. 성적이 뛰어남에도 불구하고 겸손했다.

"감사합니다! 저는 내년이 더 기대돼요."

아이는 힘 있게 말했다.

"내년에는 어떤 과목을 선택하기로 했니?"

사이라즈의 아버지가 막무가내로 도클라를 내 접시에 더 올려놓았을 때 내가 물었다.

인도에서는 대개 성적에 따라 과목을 선택한다. 일반적으로 성적이 뛰어난 아이들은 공학이나 의학을 선택한다. 나는 사이라즈가 그 전통을 따를 것이라고 기대했다.

사이라즈는 아버지를 쳐다보고는 아래를 내려다보았다.

"저는 경영학 과목을 선택하려고 해요."

사이라즈가 말했다. 부모의 표정이 바뀌었다. 왜 다른 과목들 대신 경영학을 선택하려고 하지? 다른 과목들도 잘할 수 있는데. 고정관념에 따르면 인도에서 경영학은 다른 과목만큼 범위가 넓지 않다.

"멋진 생각이군."

잠시 후 내가 말했다. 나는 늘 사람들의 결정과 꿈을 지지하려고 노력한다.

내가 물었다.

"그럼 대학에서는 무엇을 전공할 건가?"

그 순간, 소년의 어머니가 크리스털 접시에 블루베리 치즈 케이크를 담아 왔다.

그것을 보자 사이라즈가 말했다.

"많은 사람들이 이것을 모르지만, 그레이엄 크래커(통밀로 만든 사각형 크래커) 부스러기, 설탕, 버터로 만든 블루베리 치즈 케이크의 바닥 부분은 고온에서 한 시간 동안 구워야 해요."

열여섯 살짜리 소년치고는 이상한 주제 전환이라고 나는 생각했다.

"그런 다음 한 시간 동안 차게 식혀야 해요. 그래야 접시에 있는 것처럼 단단해져요."

그러고 나서 사이라즈는 냉장고에 넣어 둔 초콜릿 무스에 대해 설명하기 시작했고, 그다음에는 식탁 위에 차려진 도클라와 칸드비 같은 맛있는 간식으로 옮겨갔다. 소년이 그러고 있을 때 당신은 그 아이 부모의 얼굴 표정을 봤어야 했다. 그들이 무슨 생각을 하고 있을지 상상이 가는가?

"나는 경영학 공부를 마친 후 요식업에 종사하고 싶어요."

잠시 후 사이라즈가 말했다. 부모의 표정도 바뀌면서 방 분위기가 다시 달라졌다. 그들의 표정은 예상과 달랐다. 그들은 내내 매우 기쁘고 행복한 표정이었다!

"사이라즈가 자신의 인생에서 하고 싶어 하는 것이 평범하지 않다는 걸 우리는 알고 있어요. 나는 사이라즈에게 어머니의 뒤를 밟을 수도 있고, 의학이 더 잘 어울릴 수도 있다고 말했어요. 하지만 아이는 거절했고 계속해서 요리를 하고, 요리를 하고, 또 요리를 했어요."

소년의 아버지가 신이 나서 말했다.

"나는 이보다 더 행복할 수 없습니다. 아들이 인생에서 자신의 열정을 발견했고, 나는 퇴근 후에 맛있는 디저트를 먹을 수 있을 테니까요!"

그는 행복하게 웃었다.

소년의 어머니는 분명히 내 위에 들어가기엔 너무 큰 치즈 케이크를 한 조각 잘라주면서 덧붙였다.

"우리는 당연히 요리사가 되면 그렇게 많은 돈을 벌지는 못할 거라고 걱정했지만, 사이라즈는 자신이 하는 일을 좋아하고 잘해요. 아시다시피, 인도는 사업가가 되기에 기회가 아주 많은 성장하는 나라잖아요."

"나는 사업적인 면에서 적극적으로 도울 겁니다."

소년의 아버지가 기쁨에 넘쳐 말했다.

"너는 이 모든 것을 이미 파악한 것 같구나!"

나는 사이라즈의 앞으로 펼쳐질 특별한 미래에 흥분하며 말했다. 이 소년이 언젠가 전 세계에 별 5개짜리 레스토랑 체인을 연다고 해도 전혀 놀라지 않을 것이다!

그 집에서 맛있는 식사를 마치고 아쉬람으로 돌아오는 길에, 누구든 자신이 좋아하는 일을 선택하면 인생에 스트레스가 없을 것이라는 생각을 했다. '사랑하는 일을 하면 인생에서 하루도 일할 필요가 없다.'라는 말처럼. 하지만 실제로 대부분의 사람들은 하고 싶지 않은 일을 매일 하고 있다.

아침에 일어나는 이유

사이라즈와 마찬가지로, 우리 모두는 더 오래 더 행복한 삶과 연결된 삶의 목적을 발견해야 한다. 우리가 만족스러운 삶을 사는 데 도움을 줄 수 있는 많은 심리학적 모델이 있다. 그중 하나는 일본의 '이키가이' 개념이다.

이키가이는 번역할 만한 다른 말이 없지만 '살아야 할 이유' 또는 '삶의 목적을 갖는다'는 의미로 이해된다. 삶의 즐거움과 보람으로 해석되기도 한다. 이것은 세계에서 노인 인구가 가장 많은 나라인 일본에서 왔다. 오키나와섬의 평균 기대 수명은 남성이 78세, 여성이 86세이다. 연구자들은 이키가이가 오키나와 사람들이 장수를 누리는 주된 이유 중 하나라고 믿는다. 이키가이는 그들에게 있어서 '아침에 일어나는 이유'라는 의미에 가깝다. 매일 소박한 즐거움을 누리고 삶의 목적을 갖는 데서 큰 만족감을 얻는 것이다.

도요 에이와 대학의 임상 심리학자 하세가와 아키히로에 따르면, '가이甲斐'라는 말은 조개껍질로 번역되는 '가이貝'에서 유래했다. 헤이안 시대(794~1185)에 조개껍질은 매우 귀하게 여겨졌다. 따라서 가이는 '생활에서 가치'를 갖는 것을 의미한다. 즉, 가치에 따라 생활하는 것이다.

이 개념에 따르면 삶의 목적을 찾기 위해서는 다음의 네 가지 질문에 답해야 한다. 사이라즈와 그의 가족이 무의식적으로 했던 것처럼.

무엇을 사랑하는가?
무엇을 잘하는가?
세상이 필요로 하는 것은 무엇인가?
무엇에 대해 대가를 받을 수 있는가?

이 네 가지 영역 사이에서 균형을 찾는 것이야말로 자신이 기대하는 삶을 사는 길이 될 것이다. 모든 사람의 목적이 처음에는 세상의 흐름에 영향을 미치는 것처럼 보이지는 않을 것이다. 그것은 사이라즈의 목적처럼 단순한 것일 수도 있다.

"그러나 모든 사람이 사이라즈처럼 어리지는 않아요."

우리가 뭄바이의 더 친숙한 지역에 점점 가까워질 때 해리가 웃으며 말했다. 우리는 방금 값비싼 명품 가게들을 몇 곳 지나쳤다. 해리는 상점 쇼윈도 안의 물건들을 가리키며 고백했다.

"만약 값비싼 옷을 입는 것 같은 생활 방식을 가지고 있다면, 기존의 직업을 바꿔 자신이 사랑하는 일을 하기는 무척 어려워요. 한때 나는 환경을 지키는 환경보호 활동가로 자연과 더불어 일하고 싶었지만, 그것은 보수가 좋지 않았을 거예요."

내가 말했다.

"당신이 발견한 삶의 목적에 맞춰 살기 위해 모든 것을 포기하거나 극적인 변화를 일으킬 필요는 없어요. 당신 삶의 목적이 반드시 당신의 직업을 의미하는 것도 아닙니다."

"그럼 나는 어떻게 해야 하죠? 나는 아직 아이가 없기 때문에 시간을 낼 수 있습니다."

"당신은 두 가지에 따라 행동해야 합니다. 첫째, 당신이 해야 하는 일을 사랑하는 것입니다. 우리 모두는 청구서를 지불해야 하고, 우리의 생활 방식을 유지해야만 하며, 우리가 이미 몸담고 있는 직장에서 일해야 합니다. 사람들 대부분의 경우 열정적이지 않을 수도 있는 일이 우리 삶의 약 80퍼센트를 차지해요. 그러므로 우리는 그 일을 사랑하기 시작하는 편이 좋을지도 모릅니다! 당신은 당신 직업의 어느 부분을 좋아하나요?"

"나는 고객 프로젝트에 대해 다른 동료들과 함께 일하는 것을 좋아하는 것 같아요."

그가 말했다.

"그렇다면 그것에 노력하고 집중하세요."

나는 말했다.

"두 번째는, 삶에서 당신이 진정으로 하고 싶은 일을 위해 시간을 내는 겁니다. 당신의 삶에 자연보호와 환경을 추가하기 시작하세요. 주말에 자신이 사는 나라를 탐험하도록 해요! 어느 숲, 어느 지역에 도움이 필요하고, 어떻게 하면 가장 잘 도울 수 있는지 연구하는 거예요!"

나는 열정적으로 말했다. 나는 환경을 돕는 일에 대해 잘 알지 못했지만, 그는 내 요점을 이해했다.

"우리는 우리에게 만족을 주지도 못하는 일상적인 일, 즉 아이쇼핑을 하거나 이런저런 식당에서 외식하기 등등을 하면서 시간을 낭비하는 경향이 있어요. 탐험해야 할 온 세상이 저곳에 있고, 같은 느낌을 가진 많은 사람들이 있습니다. 우리가 진정으로 하고 싶은 일, 우리의 이키가이를 우리의 삶에 추가하기 시작하려면 예측된 위험을 감수해야만 해요. 어쩌면 언젠가 우리가 하고 싶은 일과 보수를 받는 일이 같아질 수 있을지도 모릅니다. 우리가 진정으로 우리 자신에게 노력을 쏟는다면!"

연필의 첫 번째 교훈

연필이 처음 만들어졌을 때, 연필 제작자는 연필에 매우 적절하고 중요한 지침을 주었다. 이것은 실제로 우리 자신의 삶에도 적용되는 메시지이다.

연필 제작자가 연필에게 준 첫 번째 지침은, 진정으로 중요한 것은 자신 안에 있다는 것이다.

연필에는 몇 가지 측면이 있다. 외부는 다양한 색으로 된 아름다운 나무 몸체이다. 그리고 흑연으로 된 내부는 그 본질이며, 그 목적이다.

마찬가지로 우리의 삶에서 우리는 외부를 가지고 있다. 외부는 우리의 성격, 외모, 존재에 관한 것이다. 내가 늘 말하지만, 페이스북 프로필 사진만큼 잘생긴 사람도 없고 운전면허 사진만큼 못생긴 사람도 없다.

외부는 성격에 관한 것이다. 내면은 진짜 사람, 진실한 인간에 관한 것이다. 겉모습은 우리의 스타일, 우리의 보여 주기, 우리가 말하는 방식, 우리의 자신감, 우리의 습관적인 행동에 관한 것이다. 내면은 우리의 인격, 도덕, 정직성, 그리고 우리가 삶에서 신성시 여기는 원칙들에 관한 것이다.

겉은 값나가는 물질에 관한 것이다. 오늘날 우리는 우리가 누구인지보다 우리가 가진 것으로 더 많이 받아들여진다. 우리가 누구인지보다 무슨 옷을 입는가로 더 많이 받아들여진다. 우리가 누구인지보다 우리가 운전하는 자동차로 더 많이 받아들여진다. 오늘날 우리는 우리가 누구인지보다 우리가 사는 곳으로 더 많이 받아들여진다.

값나가는 물질은 현대 사회에서 너무나 중요하고 지나치게 강조되고 있다. 외부는 값나가는 물질에 관한 것이다. 내면은 우리의 가치관에 관한 것이다.

우리는 겉에 집중하면서 내면을 잊어서는 안 된다. 적절한 균형을 찾을 필요가 있다. 우리는 현실 세계에 살고 있기 때문에 외부가 중요하다. 하지만 겉에 대한 우리의 집중이 우리 내면의 세계를 결코 희생시켜서는 안 된다.

물질 교육은 우리의 겉, 외부, 모든 기술과 재능을 발전시키는 방법을 가르쳐 주며, 이를 통해 현실 세계에서 살아가는 데 필요한 모든 값나가는 물건을 살 수 있다. 영적인 가르침은 우리에게 내면세계에 집중하는 법을 가르쳐 준다.

따라서, 우리의 겉모습과 진정한 사람이 되는 것 사이의 균형을 찾아야만 한다. 우리가 가진 귀중품들과 우리 자신의 가치 사이에서.

연필 제작자가 연필에게 준 첫 번째 지침은 '진정으로 중요한 것은 네 안에 있다.'는 것이었다.

확장해 가는 존재의 아름다움

8

개체적 인간에서 벗어날 때 자유롭다/
성자와 뱀/ 페라리를 산 승려/
낙타와 두 개의 보석/ 철학의 한 문장이라도
따를 것/ 연필의 두 번째 교훈

당신이 폭스바겐을 운전하든 포르쉐를 운전하든, 도로는 같다. 그렇지 않은가? 당신이 삼성 휴대폰으로 말을 하든 아이폰으로 말을 하든, 당신이 전화 통화를 하고 있는 사람은 같다. 당신이 비행기를 이코노미석으로 여행하든 비즈니스석으로 여행하든, 당신이 향해 가는 목적지는 같다. 그렇지 않은가? 당신이 평범한 손목시계를 차든 오메가나 롤렉스 시계를 차든, 시간은 동일하다. 그렇지 않은가?

매우 놀라운 일 하나는, 우리가 생활 수준을 높이는 데 너무 많은 노력을 쏟느라 삶의 수준을 높이는 것을 잊어버린다는 것이다. 그래서 나는 어느 곳을 가든 사람들에게 호소한다. 오메가 시계에는 잘못된 것이 없고, 포르쉐 자동차에는 잘못된 것이 없다고. 신이 그것으로 당신에게 축복을 내린 것이니, 만약 당신이 그 차를 소유하고 있다면 그 차를 타고 다니라고. 거기에는 아무 문제 없다. 하지만 생활 수준을 더 좋게 즉흥적으로 바꾸려고 할 때, 부디 삶의 수준과 타협하지는 말라.

당신을 행복하게 하는 것은 당신의 생활 수준이 아니다. 당신을 행복하게 만드는 것은 당신 삶의 수준이다. 그리고 우리는 매우 자주, 우리를 진정으로 행복하게 할 수 있는 것들에 주의를 기울이는 것을 잊는다.

내가 말하는 그것들은 효용 가치가 있다. 하지만 행복의 가치는 아니다. 비즈니스 클래스 또는 일등석 여행, 그것에는 아무 문제가 없다. 포르쉐를 운전한다? 아무 문제 없다. 하지만 그렇게 함으로써, 당신 삶의 수준을 향상시키는 원칙들에 대해 타협하지는 말라.

그래서 나는 언제나 말한다. 어떤 사람들은 너무 가난하다고. 너무 가난하고 너무 가난해서, 그들이 가진 것은 오직 돈뿐이다. 그것이 그들이 가진 전부이다. 나는 그 삶이 가난에 찌든 삶이라고 여긴다. 당신이 가진 것이 돈뿐이라면, 당신은 세상에서 가장 가난한 사람이다. 왜냐하면 삶에는 돈보다 더 많은 것이 있고, 삶에는 돈으로 살 수 있는 것보다 더 많은 길이 있기 때문이다.

내가 여러 번 말하는 이유가 그 때문이다. 만약 당신이 얼마나 부자인지 알고 싶다면, 눈물을 흘려 보라. 그래서 그 눈물을 닦아 주기 위해 얼마나 많은 손이 오는지 보라.

우리의 행복과 삶의 질을 높이는 것은 물질에 있는 것이 아니라 사람에게 있다. 관계에 있다. 가슴에 진정한 만족감을 가져다

주는 것은 의미 있고 진심 어린 사랑의 유대감이다. 마음에 진실한 기쁨을 가져다주는 것은 관계를 통해 우리가 공유하는 의미 있는 사랑의 나눔이다.

얼마나 큰 역설인가? 우리는 단지 생활 수준을 높이고 더 좋게 하는 일을 열심히 좇느라 가장 큰 만족감을 가져다주는 것은 간단히 무시한다.

"그러니까 내 목적을 찾으라는 말이군요. 여기에 영성이 어떤 도움이 될 수 있을까요?"

해리가 물었다. 그의 전화벨이 짧게 울리더니 끊겼다. 그는 휴대전화를 확인하고 말했다.

"아내로부터 또다시 부재중 전화가 떴네요. 전화를 걸어 무슨 일인지 확인해 보는 게 좋겠어요."

그는 전화기를 잠시 귀에 댔지만 다시 아무 응답이 없었다.

"별일 없나요?"

내가 질문했다.

"아내가 전화를 받지 않고 있지만 분명 괜찮을 거예요."

나는 그의 원래 질문에 대답했다.

"영성은 마음의 잡동사니들을 정리하는 데 도움이 됩니다. 이 명료함을 통해 당신 삶의 목적을 더 깊은 수준에서 이해할 수 있습니다. 영성을 수행하기 위해 반드시 나처럼 수도승이 될 필요는 없습니다."

"그것이 바로 랄리타가 두려워하는 거예요."

해리가 낄낄대며 웃었다.

"그녀는 내가 너무 열중하면 나도 머리를 삭발하고 사원에 들어갈 거라고 생각해요."

"어쨌든 우리 아쉬람에는 당신이 있을 방이 없어요."

내가 농담을 했다. 하지만 그것은 정말 사실이었다. 수도승이 되기 위해 우리를 찾아오는 사람이 너무 많아서 일부는 어쩔 수 없이 돌려보내고 있다.

해리가 말했다.

"그건 랄리타만이 아니에요. 대부분의 사람들은 영성을 수행하면 무엇을 성취하려는 야망이 사라질 거라고 생각하죠. 당신처럼 지금 이 순간에 만족하게 되니까요."

"내가 만족하는 것처럼 보이나요?"

내가 물었다.

"그런 것 같아요. 바쁜 건 알지만, 당신이 영적 수행을 하지 않았다면 더 많은 야망을 갖게 되었을 거라고 생각하지 않나요? 분명 당신 친구들 중 몇 명은 지금 미국에서 백만장자가 되었을 거예요!"

그가 말했다.

약간 폐부를 찌르는 말이었지만 나는 익숙해져 있었다. 그것은 영성에 대한 가장 큰 오해 중 하나이다. 다른 많은 것들 중에서 이러한 오해는 크리슈나가 『바가바드기타』에서도 이야기한다.

"쿠르크세트라(현재의 델리 근교) 전쟁터를 다시 떠올려 봅시다."

내가 말했다.

개체적 인간에서 벗어날 때 자유롭다

이미 우리는 아르주나가 전쟁에 임하기 직전에 무슨 일이 일어났는지 알고 있다. 전투 전에 신경쇠약에 걸리는 것은 놀라운 일이 아닐 것이다. 우리 대부분은 전투 훈련을 받지 못했고, 자신의 죽음을 두려워할 것이다. 하지만 아르주나는 아니었다. 손에 무기를 들고 상대 쪽 진영에 서 있는 그의 할아버지들, 스승들, 형제들을 다치게 하는 것이 그는 두려웠다.

그는 강한 연민심을 갖고 있었지만, 그것은 잘못된 대상을 향한 것이었다. 싸우지 않았다면 사회적 불의가 세상을 뒤덮었을 것이다. 아르주나는 그것을 알고 있었지만, 무언가를 아는 것과 이해하는 것은 전혀 다르다. '왕국과 왕좌와 이 모든 풍요가 무슨 소용이 있는가? 나는 아무도 해치지 않고 숲으로 돌아가 은둔자로 살 수 있다.'라고 그는 생각했다.

그것이 사람들이 명상 수행자에 대해 갖고 있는 오해이다. 영적 수행을 하면 최소한의 성취에 만족할 것이라고. 평범한 노동자로 만족할 수 있는데 왜 회사의 전무이사가 되려고 하겠는가? 이런 식으로 사람들은 영성이 야망을 소멸시킨다고 느낀다.

크리슈나는 아르주나에게 싸울 것을 촉구함으로써 이 문제를 다룬다. 만약 아르주나가 싸우지 않는다면 세상의 유한한 자원들과 사람들은 비양심적인 카우라바족(『바가바드기타』가 수록된 대서사시 『마하바라타』는 진리와 법과 정의의 신봉자인 판다바족과, 그들과 사촌지간이며 권력의 숭배자인 카우라바족 사이의 전쟁을 다룬다. 아르주나는 판다바족 5형제 중 셋째)의 수중에 떨어져 끝없이 착취당할 것이다. 사악한 사람들이 모든 자원을 손에 쥐고 있는 한, 그 사회는 큰 혼란에 빠진다. 파괴적이고, 자기중심적이고, 이기적인 목적으로 자원이 이용되기 때문이다. 그러나 그 자원이 도덕적인 사람들에게 넘겨지면, 사회 공헌을 위한 건설적인 수단과 다른 이들을 돕는 매개체로 사용된다.

어떤 의미에서 영적인 사람들은 자기 자신 안에서 만족한다. 개인적 필요를 위해서는, 물질이 행복을 가져다주지 않는다는 것을 알기에 그들은 최소한의 것만으로도 행복하다. 그럼에도 다른 사람들을 돕겠다는 목적으로 열심히 일하는 것에 있어서는 최소한의 것에 만족하지 않는다. 그들이 마냥 유순하고 수동적이라면 인류를 향상시키는 데 사용될 수도 있었던 것들이 무용지물이 되었을 것이다.

따라서 크리슈나는 아르주나가 싸우도록 영감을 주어 왕좌를 되찾게 한다. 어떤 면에서 그것은 판다바족의 왕좌가 아니었다. 그것은 사회가 번영하기 위해 강력한 가치에 기반을 둔 판다바족의 지도력이 필요했던 왕국 사람들의 왕좌였다. 그러므로 영성은 우리의 야망을 죽이는 것이 아니라 다른 이들에게 봉사하는 쪽으로 방향을 재설정한다.

대부분의 사람들은 완전히 이타적으로 살려는 의도를 가지고 있지 않다. 자신을 위해 야심차고 기업가적인 사람이 되는 것은 잘못된 것이 아니다. 더 많이 갖고 더 많이 벌고 호화롭게 사는 것에는 아무 문제가 없다. 이것이 가로 2미터, 세로 3미터 크기의 방에 인생의 소유물이 꼭 맞게 들어가는 수도승으로부터 나오는 말이라는 것을 잊지 말기 바란다. 나는 사람들에게 세상에서 성공하라고 강력히 권장한다. 호화로운 삶을 살고 싶고, 비싼 차를 갖고 싶고, 외국에서 휴가를 보내고 싶다면. 그것은 전혀 잘못된 것이 아니다. 신의 축복으로 우리에게 더 많은 것을 성취할 야망과 능력이 있다면, 자신의 잠재력을 실현해야지 힘으로 억누르지 말아야 한다.

잘못된 것은, 우리가 그저 사치스러운 삶만 사는 것이다. '화려한 삶' 뒤에 중요하게 별표를 해야 할 것은, 우리가 그것에 비례해 되돌려 주고 있는지 평가하는 것이다. 부는 자선을 행할 수 있게 함으로써 이타심에 도움이 된다. 결혼식에 천만 루피를 쓸 수도 있지만 어려움에 처한 사람들을 돕기 위해 그에 상응하는 금액을 기부하고 있는가?

우리의 생활 수준은 우리의 마음에 어느 정도 일시적인 행복을 주지만 가슴에 깊은 만족을 주지는 못한다. 오직 베푸는 것만이 그렇게 한다. 따라서 나는 사람들에게 열정적으로 그들의 야망을 추구하도록 격려한다. 그러나 그렇게 함으로써 신이 우리에게 더 많은 복을 줄 때, 우리는 생활 수준을 높일 뿐만 아니라 베푸는 수준도 높여야 한다고 말한다.

한 남자가 출근 준비를 하고 있었다. 그가 입었던 옷들을 한가득 모아 빨래 바구니에 넣으려 할 때, 그의 아내가 그에게 그날만은 빨랫감을 너무 많이 모으지 말라고 말했다.

남편이 이유를 묻자 아내가 설명했다.

"우리 집 가사 도우미가 결혼한 딸의 가족과 함께 축제에 참석하기 위해 시골에 내려가. 앞으로 이틀 동안 오지 않을 거야."

남편이 알겠다고 하자 아내가 덧붙였다.

"그리고 축제이니까 그녀에게 500루피를 줘도 되지? 축제 보너스로."

남편은 그다지 열의가 있어 보이지 않았다.

"곧 또 다른 축제가 다가오는데, 그때도 보너스를 줄 건가?"

아내는 그 대답에 별로 만족하지 않고 다시 말했다.

"너무 인색하게 굴지 마! 이 돈을 받으면 우리 가사 도우미는 무척 기쁠 거야. 딸, 사위, 손녀를 만날 계획이거든. 그리고 요즘 모든 게 비싸졌어. 그러니 무슨 수로 축제 맞이를 할 수 있겠어?"

남편이 아무 대답도 하지 않자 그녀는 짜증 섞인 투로 말했다.

"알았어, 걱정하지 마. 오늘 저녁에 주문하려고 했던 피자를 취소해야겠어. 왜 불필요하게 빵 여덟 8조각에 500루피를 날려야 해?"

남편은 결국 굴복했다.

"그래, 좋아! 우리한테서 피자를 빼앗아 가정부에게 주다니! 어쨌든, 가서 그녀에게 500루피를 주도록 해."

가사 도우미가 이틀 만에 돌아와 집 안 청소와 먼지 털기로 분주할 때, 남자가 그녀에게 물었다.

"그래서 시골 방문은 어떠했고, 축제는 좋았나요?"

그 여성이 대답했다.

"몇 달 만에 저의 딸과 손녀, 그리고 저의 며느리를 만나서 정말 좋았어요. 또한 부인께서 저에게 축제 보너스를 500루피나 주셨어요. 두 분 모두에게 감사드립니다."

호기심에 남자가 물었다.

"실례가 안 된다면, 그 돈을 어디에 썼는지 물어봐도 될까요?"

그녀는 매우 기쁜 얼굴로 대답했다.

"실례라니요, 당연히 말씀드릴 수 있죠! 저의 손녀를 위해 150루피짜리 아름다운 드레스와 40루피짜리 인형을 샀습니다. 그런 다음 온 가족을 위해 50루피어치 단과자를 샀습니다. 저의 딸에게는 25루피짜리 팔찌를, 그리고 사위에게는 50루피짜리 벨트를 선물했습니다. 버스비로 60루피를 썼고, 50루피는 축제라서 자선 단체에 기부했어요. 손녀에게 줄 공책과 연필을 사기 위해 딸에게 준 잔금 75루피가 남았습니다."

남자는 그 말을 듣고 속으로 생각했다.

'단돈 500루피로 그렇게 많은 것을!'

완전히 놀란 그는 피자 8조각에 대해 생각하기 시작했다. 한 조각씩 눈앞에 나타나 그의 양심을 찔렀다. 그는 자신을 위해 피자 한 판을 사는 데 드는 비용과 가사 도우미가 축제를 축하하기 위해 지출한 비용을 비교하기 시작했다.

첫 번째 피자 조각은 그녀의 손녀를 위한 드레스. 두 번째 조각은 손녀를 위한 인형. 세 번째 조각은 온 가족이 먹을 수 있는 단과자. 네 번째 조각은 딸을 위한 팔찌. 다섯 번째 조각은 사위를 위한 허리 벨트. 여섯 번째 조각은 마을까지 가는 버스 요금. 일곱 번째 조각은 축제를 맞이해 기부한 자선금. 그리고 여덟 번째 조각은 그녀의 작은 천사인 손녀를 위한 공책과 연필.

지금까지 남자는 피자를 오직 한 각도에서만, 피자판 위에서만 관찰했었다. 그런데 이날 그의 집 가사 도우미가 그에게 피자의 다른 면을 보여 주었다. 순간 그는 살기 위해 돈을 쓰는 것과 돈을 쓰기 위해 사는 것의 차이를 배웠다.

물론 이것이 우리가 피자를 먹지 말아야 한다거나 우리 자신을 위해 돈을 쓰지 말아야 한다는 의미는 아니다. 다만 그렇게 하는 동안 타인과 나누고, 배려하고, 다른 사람의 복지를 위해 무엇인가를 해야 한다는 것을 의미할 뿐이다. 우리의 높은 생활 수준과 나누고 베푸는 삶의 균형을 맞추는 것, 사는 것과 주는 것의 균형을 이루는 것을 의미한다.

이스라엘에는 사해와 갈릴리호라는 두 개의 유명한 호수가 있다. 사해는 35퍼센트에 달하는 매우 높은 염분 함량을 가진 호수로, 이는 보통 바닷물의 거의 다섯 배이다. 이러한 높은 염도는 사람의 몸이 물 표면에 뜰 수 있을 뿐만 아니라, 이 호수에 물고기, 해초, 바다 동물 등 생명체가 전혀 존재할 수 없음을 의미한다. 이 호수에는 말 그대로 아무것도 살지 않으며, 그래서 이름이 사해Dead Sea가 되었다.

사해의 바로 북쪽에는 갈릴리호가 있다. 그러나 사해와는 완전히 다르게 갈릴리호는 물고기가 많으며 풍부하고 다채로운 해양 생물로 인해 눈부시다. 실제로 갈릴리호에는 20종이 넘는 다양한 어종이 있다.

그런데 두 호수가 같은 지역에 있고, 두 호수 모두 같은 수원인 요르단강에서 물을 공급받는다. 그러나 한쪽은 생명으로 가득 차 있고 다른 한쪽은 죽어 있다. 의문은 당연히 '그 이유가 무엇인가?'이다.

이것이 기술적으로 얼마나 정확한지는 확실하지 않지만, 어떤 이들은 그 이유가 요르단강이 갈릴리호로 흘러들어 갔다가 흘러나오기 때문이라고 말한다. 강물이 갈릴리호를 드나들면서 그 호수를 건강하고 활기차게 유지하기 때문에 해양 생물로 가득하다는 것이다.

그러나 평균 해수면보다 훨씬 낮은 사해에는 출구가 없다. 물이 요르단강에서 흘러들어 오지만 흘러나가는 곳이 없다. 그리고 출구가 없기 때문에 사해에서 매일 백만 톤 이상의 물이 증발해

염분 농도가 극히 높고 미네랄이 너무 가득해 어떤 해양 생물에게도 적합하지 않은 것으로 추정된다.

삶도 참으로 비슷하지 않은가? 두 호수가 요르단강에서 물을 받는 것처럼 우리도 다른 사람들로부터 자원, 지식, 사랑, 존경을 받을 만큼 충분히 운이 좋을 수 있다. 하지만 받은 것을 나누는 법을 배우지 않으면 사해처럼 될 수도 있다. 사랑, 존경, 부, 지식이 모두 증발할 수 있다.

그러나 갈릴리호처럼 우리가 가진 것을 나누면, 생명과 기쁨으로 가득 차서 더 많이 받고 더 많이 나눌 준비가 된다. 그때 우리는 풍요로운 공간에서 살게 된다.

성자와 뱀

"그것에 대해서는 반박할 여지가 없어요. 나의 야망이 영성을 수행하는 것에 영향을 받지 않는다고 하죠. 하지만 그것이 나를 최첨단에서 멀어지게 만들지는 않을까요?"

해리가 약간 애매하게 물었다.

"왜 그렇죠?"

내가 물었다. 우리는 사원에 가까워지고 있었다.

"영적인 사람들에 대해 이런 인식이 있어요. 만약 누군가가 영적인 수행을 한다고 하면, 사람들은 그의 생각과 생활 방식이 매우 시대에 뒤떨어진 것처럼 그를 우습게 보거든요."

해리가 투덜거리듯 말했다.

"나는 그 말에 동의하지 않아요."

내가 말했다. 실제로도 나는 동의하지 않았다.

"영적인 사람들은 세상에서 가장 강력한 사람들 중 일부입니다. 인권 운동가 마틴 루터 킹이나 인도의 전 대통령 압둘 칼람을 보세요. 그들은 영적 수행을 한 사람들이었어요."

"그건 사실이지만 사무실에서는……."

"아, 그러고 보니 우리는 일터에 관해 이야기하고 있었군요!"

내가 말을 가로막으며 웃자 해리가 다시 말했다.

"당신이 그렇게 말하지 않았나요? 우리는 조금 전에 사무실 정치에 대해 이야기했고, 사무실이 얼마나 정치의 축소판인지 이야기했어요."

그렇게 말하며 해리는 얼굴이 붉어졌다. 그는 잠시 멈추었다가 말을 이었다.

"수도승을 점심 식사에 초대할 거라고 말하면 사람들은 나를 다소 이상하다고 생각해요. 사람들은 내가 명상과 요가를 좋아하며 겸손해지려고 노력하기 때문에 다른 사람들이 나를 이용할 수도 있다고 느껴요."

나는 해리가 무슨 말을 하려는지 이해했다.

"그것이 직장에서 발견되는 또 다른 오해입니다. 만약 당신이 도덕적이 되려고 하면 사람들이 당신을 이용할 것이다, 영적인 사람들은 일터에서 함부로 휘둘릴 것이다, 라고 말이에요. 왜 그것이 사실이 아닌가와 관련된 고대 이야기를 하나 해 줄게요."

인도에서 뱀은 존경받는 동시에 두려움의 대상이다. 많은 고정관념에 따르면 인도는 타지마할, 고아(1961년 이전까지 포르투갈 식민지였던 인도 서부의 해변 휴양 도시), 그리고 뱀 부리는 사람들의 수입으로 경제가 돌아가는 땅이다. 물론 그것은 사실이 아니다. 그러나 뱀과 인도 문화를 분리할 수는 없다. 뱀은 우리 풍경의 일부분이다.

수천 년 전, 한 무리의 마을 사람들이 산속 동굴 안에서 명상을 하고 있는 성자를 찾아왔다. 수십 년간의 명상은 그의 앞에 놓인 어떤 문제도 해결할 수 있는 지혜를 주었다. 마을 사람들은 숨을 헐떡이며 그에게 다가갔고, 그들 중 한 명이 두려움에 질식한 목소리로 애원했다.

"아, 존경받는 분이시여, 부디 우리를 도와주소서. 마을을 공포에 떨게 하는 커다란 독사가 있습니다!"

성자는 대답하지 않았다. 여전히 깊은 명상에 잠겨 있었다.

마을 사람들은 서로를 바라보더니 자신들의 비공식적인 대변인을 떠밀어 다시 말하라고 재촉했다.

"그 뱀이 쉭쉭거리는 소리를 수 킬로미터 떨어진 곳에서도 들을 수 있습니다. 뱀은 위협을 받든 안 받든 길 가는 사람들을 무자비하게 공격합니다. 이로 인해 우리 모두는 혼자 밭에 나가기를 두려워하게 되었고, 그 결과 농작물이 고갈되고 있습니다. 뱀의 독이 우리를 한 사람씩 죽이는 유일한 것은 아니에요. 우리는 굶어 죽어가고 있습니다! 제발 도와주세요!"

대부분의 진실하고 영적인 사람들이 그러하듯이 그 성자는 천성적으로 자비로웠다. 사태의 심각성을 이해한 그는 짚으로 엮은 방석에서 일어나 마을 사람들을 둘러보았다. 그리고 말했다.

"그 뱀을 만나 봅시다."

마을 사람들은 희망에 가득 차서 환호했고, 그들 중 한 무리가 쉭쉭거리는 적을 찾아 성자의 뒤를 따랐다.

한때 그들의 집이었던 흙먼지투성이 유령의 땅으로 다가가자 마을 반대편에서 뱀이 내는 홀릴 듯한 소리가 울려 퍼졌다. 그 소리는 쇠스랑이나 횃불에도 아랑곳하지 않고 빠른 속도로 마을 사람들에게 다가왔다. 사람들은 필사적으로 도망쳤지만 성자는 자신을 공격하러 온, 볼을 넓게 펼친 생명체에 구애받지 않고 가만히 서 있었다.

뱀이 스르르 미끄러지듯 나아가자 녹색과 검은색 비늘이 물결처럼 올라갔다 내려갔다 하며 햇빛에 장엄하게 어른거렸다. 얼마나 아름다운가! 성자는 생각했다. 성자가 다른 먹잇감처럼 도망가지 않자 혼란스러워진 뱀은 움직임을 멈추고 그를 노려보았다.

"앞으로 나오라, 참으로 아름다운 너!"

성자가 큰 소리로 외쳤다. 한 번도 그런 친절을 경험해 본 적이 없던 뱀은 이 다섯 마디 말에 넋을 빼앗겼다. 성자의 말에 담긴 따스한 온기가 뱀에게 익숙했던 타오르는 불의 열기를 대체했다. 뱀은 모든 사나움을 잃고 성자에게 미끄러지듯 나아가 그의 발 앞에 온순하게 몸을 감아 경의를 표했다. 나무들 뒤에 숨어 있던, 그리고 일부는 들판 건너편에 있던 마을 사람들은 성자와 뱀의 대화를 들을 수 없었다. 다만 자신들의 눈을 믿을 수 없어 하며 멀리서 바라보고 있었다.

"그대의 아름다움에 큰 감동을 받았구나."

성자는 마치 오랜 친구처럼 뱀에게 말했다.

"그런데 그대는 왜 그토록 마을 사람들을 괴롭히는가?"

뱀은 머리를 아래로 내렸다.

"너의 파괴적인 방식을 버리고, 가난한 마을 사람들을 불필요하게 공포에 떨게 하지 말라. 그들을 물지 말라. 그들은 너의 상대가 되지 않는다. 숲에는 네가 먹을 것이 많다."

뱀은 성자에게 절을 하고, 앞으로 마을 사람들을 건드리지 않기로 결심했다. 뱀 역시 성자의 명령에 담긴 품위와 엄숙함에 감동받았다.

누구든 새로운 서약을 함으로써 새 삶을 시작할 수 있다. 뱀도 그렇게 했다. 새로 난 잎사귀처럼 뱀은 새로운 존재가 되었고, 누구에게도 해를 끼치지 않고 순수하게 새로운 삶을 시작하겠다는 약속을 양심적으로 지켰다. 그날부터 마을 사람들은 마냥 신이 났고, 농작물 수확량은 두 배로 늘었으며, 마을의 소들은 동요 없이 풀을 뜯었다. 아이들은 숲에서 놀이를 했다. 성자는 그의 동굴로 돌아가 내면 여행을 계속했다. 행복한 이야기인가? 아직은 아니다.

몇 달 후, 성자는 목숨을 부지할 만큼의 식량을 구걸하기 위해 산에서 내려왔다. 마을을 향해 걸어가던 그는 그 뱀이 나무뿌리 근처에 감겨 있는 것을 보았다. 몸이 짓이겨져 거의 죽은 것처럼 보였다. 아름답던 비늘도 군데군데 떨어져 나간 상태였다. 말할 수 없이 쇠약하고, 부상을 입었으며, 온몸에 상처가 가득했다.

"사랑하는 친구여, 무슨 일이 있었던 건가?"

성자가 연민심을 담아 물었다.

"이것이 선함의 결실이지요."

뱀이 대답했다. 독이 바싹 말랐지만 뱀은 씁쓸하게 말했다.

"나는 당신에게 순종했어요. 그래서 괴롭히는 행동을 그만두었어요. 마을 사람들을 내버려 두고 공격을 멈췄어요. 하지만 그 결과 나에게 무슨 일이 일어났는지 보세요. 다들 내게 돌을 던지고, 막대기로 때리고, 심지어 아이들까지도 나를 놀리며 무자비하게 내 꼬리를 끌고 다녔어요. 나는 이제 웃음거리로 전락했어요. 하지만 나는 당신과의 약속을 지켰어요……."

성자는 미소 지으며 말했다.

"오, 뱀이여, 너는 내가 부탁한 대로 했지만 나의 지시를 완전히 이해하지 못했구나. 나는 물지 말라고 했지, 몇 킬로미터 밖의 사람들도 저지할 수 있는 너의 무서운 쉭쉭 소리를 멈추라고 하지는 않았다."

뱀은 몸을 풀고 자신이 무엇을 해야 하는지 비로소 이해했다. 마을 사람들은 쉭쉭거리는 소리가 악몽처럼 그 지역으로 돌아오자 더운 여름인데도 공포로 몸을 떨었다. 그때부터 마을 사람들과 뱀은 모두 안전하게 살았다.

페라리를 산 승려

"놀라운 이야기예요!"

해리가 말했다.

나는 말했다.

"우리가 잊지 말아야 할 것은, 영적인 사람들은 고의로 타인을 해하지 않으며 일에서도 타인을 속이지 않는다는 것입니다. 하지만 동시에 그들은 일에 있어서 소심하게 행동하지 않아요. 겸손과 온화함이 호락호락한 사람이 되는 걸 의미하지는 않습니다. 그것은 당신이 모든 상황에서 적절히 행동하는 법을 이해한다는 것을 의미합니다. 일과 먹는 것 두 가지에서 솔직해지라는 말이 있지 않나요? 우리는 영성이 우리의 인격을 변화시킨다는 것을 이해해야 합니다. 그것이 우리를 바보로 만들지는 않습니다."

해리는 미소를 지으며 내 말에 귀를 기울였다.

"돈을 벌려는 우리의 야망에서는 하늘조차 한계가 되어서는 안 됩니다. 하지만 동시에 우리는 돈이 우리의 주의를 딴 데로 돌리고 우리의 이상과 타협하도록 강요하는 힘을 가지고 있음을 경계해야 합니다. 우리가 깊이 성찰하고, 영성을 가진 사람들과 정기적인 모임을 갖는다면 우리는 우리의 의도와 행동을 깨끗하게 유지할 수 있고, 선한 인격을 토대로 크게 성장할 수 있습니다. 발전하는 데는 시간이 걸리지만 좋은 인격은 우리에게 삶을 어떻게 살아야 하는지 보여 주는 빛입니다. 그것이 사다차르(산스크리트어로 도덕성, 덕 있는 행동, 정직성)의 영적 원리입니다."

몇 년 전 나는 런던의 EY(언스트 앤 영. 런던에 본사를 둔 글로벌 회계법인)에 초청 연사로 갔다. 그들이 나에게 이야기해 달라고 한 주제는 '페라리를 산 승려'였다. 당시 인기 있던 책의 제목이 『페라리를 판 승려』이기 때문에 나는 그 주제가 정말 재미있다고 생각했다.

그 책의 주제인 '페라리를 판 승려'는 법정에서 소송전을 벌이다가 심각한 심장마비를 일으키는 유명한 변호사에 관한 이야기이다. 그 남자는 집을 팔고, 가족을 떠나고, 그의 눈부신 빨간색 최고급 값비싼 페라리를 포기하고 히말라야 산으로 가는 여정을 시작한다. 그의 인생을 정리할 수 있는 해결책을 제시할 수 있는 영적 안내자, 그의 삶을 탈바꿈시키고 변화시킬 수 있는 원칙을 알려 줄 스승과 멘토를 찾아서.

나는 그 책 전체가 삶의 대응적 관리에 관한 것이라고 생각했다. 위기가 닥쳤을 때, 문제가 생겼을 때, 어려움이 왔을 때, 우리는 그것을 바꾸려고 노력한다. 그것이 대응적 관리이다.

내가 런던 EY에서 사람들에게 제안한 해결책은, '왜 삶의 선제적 관리를 하지 않는가? 왜 위기가 닥친 후, 문제가 발생한 후, 어려움이 일어난 후에 스승, 구루, 안내자에게 가는가? 왜 삶을 적극적으로 바라보지 않는가? 왜 우리 삶을 정리해 주고 위기가 닥쳤을 때 용기를 가지고 대처하도록 도와주는 원리들을 미리 이해하고 배우지 않는가?

나는 그들에게 말했다.

"여러분은 페라리를 팔 필요가 없습니다. 여러분은 여러분의 집을 떠나지 않아도 됩니다. 직장을 그만둘 필요는 없어요. 여러분은 여러분의 도시를 떠날 필요가 없습니다. 여러분은 그런 것들을 할 필요가 없습니다. 포기하고, 떠나고, 그만둘 필요가 없습니다. 여러분은 그 모든 것의 중심에 있으면서도 여전히 영적으로 변화된 개인이 될 수 있습니다."

강연은 잘 진행되었다. 강연이 끝난 후 질의응답 시간에 어떤 여성이 나에게 물었다.

"선생님은 과거에 전기 공학자라고 하셨잖아요. 왜 전기 공학자의 경력을 포기했나요?"

내가 말했다.

"부인, 나는 전기 공학자라는 경력을 포기하지 않았습니다. 나는 전기 공학자에서 인생 공학자로 업그레이드했습니다."

그리고 나는 그녀에게 말했다.

"전기 공학자와 인생 공학자는 둘 다 특정한 지식을 바탕으로 세상의 문제 해결에 기여합니다. 모든 공학자가 문제에 대한 해결책을 제시하듯이, 모든 지혜 체계 역시 문제에 대한 해결책을 제시합니다."

또 다른 여성이 비슷한 질문을 던졌다.

"당신은 페라리를 팔 필요가 없고, 어떤 것도 포기할 필요가 없다고 말합니다. 사실 좋은 차를 더 살 수도 있다고. 그런데 당신은 왜 당신의 페라리에 해당하는 좋은 직업을 팔았나요?"

나는 그녀에게 말했다.

"부인, 나는 당신이 당신만의 페라리를 사는 것을 돕고 싶어서 나의 페라리를 팔았습니다."

경쟁이 기여로 바뀔 때, 삶은 하나의 축제가 된다. 우리 모두가 각자의 방식으로, 우리가 가진 특별한 지식으로 세상을 더 나은 곳으로 만들기 위해 기여하는 것이다.

낙타와 두 개의 보석

중동의 한 상인이 한번은 무심코 시장을 거닐며 자신이 살 수 있는 흥미로운 물건을 찾다가 눈에 띄는 멋진 것을 발견했다. 그가 항상 갖고 싶어 하는 것, 그가 이미 많은 양을 갖고 있는 어떤 것이었다.

'이것도 내 수집 목록에 추가하면 정말 좋겠어.' 하고 그는 생각했다. 그것은 시장에 팔려고 나온 훌륭한 낙타였다.

상인과 낙타 판매상 둘 다 뛰어난 협상가였다. 그들은 밀고 당기기를 거듭하다가 마침내 가격에 합의했다. 낙타 판매상은 환상적인 금액을 이끌어 내는 자신의 능력에 무척 만족해하며 낙타와 헤어졌다. 그리고 상인은 자신이 환상적인 거래를 했다고 생각하고 자랑스럽게 낙타를 데리고 한 무리의 낙타가 있는 집으로 향했다.

집에 도착했을 때 상인은 낙타의 안장이 매우 무겁다는 것을 깨달았다. 그는 조수를 불러 낙타에서 안장을 내리게 했다. 안장을 치우던 조수는 안장 밑에 작은 벨벳 주머니가 숨겨져 있는 것을 발견했다.

주머니를 열어 보니 놀랍게도 진귀한 보석이 가득했다. 조수는 신이 나서 상인에게 말했다.

"낙타를 집으로 데려왔는데 무엇이 공짜로 함께 따라왔는지 보세요."

상인은 조수의 손바닥에서 반짝이는 고품질의 보석들을 보고 소스라치게 놀랐다. 상인이 조수에게 말했다.

"나는 낙타만 샀지 보석은 사지 않았다. 당장 돌아가서 낙타상에게 돌려줘야만 한다."

조수는 그 말을 믿으려 하지 않았다.

"지금 농담하시는 거죠? 이 보석들을 그냥 가지셔도 아무도 모를 거예요."

상인은 다시 시장으로 가서 벨벳 주머니를 낙타 판매상에게 건네주었다. 낙타상은 보석을 안전하게 보관하기 위해 안장 밑에 보관했다는 사실을 잊고 있었고, 보석을 되찾은 기쁨에 어쩔 줄 몰라 했다.

상인의 행동에 감명을 받은 그는 상인에게 보석 중 아무거나 하나를 골라서 보상으로 가져도 된다고 말했다.

상인이 대답했다.

"나는 단지 낙타를 위해 정당한 값을 치렀소. 제안은 고맙지만 보상은 필요 없을 것 같소."

하지만 낙타 장수의 끈질긴 제안에 상인은 겸연쩍은 미소를 지으며 말했다.

"사실 그 주머니를 당신에게 돌려주기로 결정했을 때, 나는 이미 가장 귀한 보석 두 개를 나 자신을 위해 보관했소."

낙타 장수는 이 고백에 약간 당황했고, 재빨리 주머니를 비워 보석을 세었다. 이제 그는 모든 보석이 낙타를 팔기 전과 정확히 똑같이 그대로 남아 있었기 때문에 더욱 당황했다. 그는 상인에게 물었다.

"내 보석이 모두 여기에 있습니다. 어떤 두 개의 보석을 보관하셨단 말인가요?"

상인이 대답했다.

"가장 값나가는 행운의 두 보석이오. 한 사람의 인생을 바꿀 수 있는 두 개의 행운의 돌. 나의 진실성과 자존감이 그것이오."

우리가 옳은 것에 따라 살 때, 우리는 무언가를 잃을 수 있지만 신뢰를 얻을 수 있다. 우리가 옳은 것에 따라 살 때, 우리는 무언가를 잃을 수도 있지만 잠을 잘 잔다. 우리가 옳은 것에 따라 살 때, 우리는 무언가를 잃을 수도 있지만 깊은 만족감을 얻을 수 있다. 우리가 옳은 것에 따라 살 때, 우리는 무언가를 잃을 수도 있지만 큰 평판을 얻을 수 있다. 우리가 옳은 것에 따라 살 때, 우리는 무언가를 잃을 수도 있지만 다른 사람들이 옳은 것에 따라 살도록 영감을 줄 수 있다.

여기 또 다른 일화가 있다.

나는 인도의 히말라야 산에 가 본 적이 있다. 그리고 요즘 히말라야는 서양에서 온 사람들에게 매우 인기 많은 장소이다. 미국에서 온 사람들, 유럽에서 온 사람들, 영국에서 온 사람들이 모두 평화를 찾아 히말라야로 올라간다. 자신의 내면으로 들어갈 수 있는 삶의 방식을 찾는 것이다.

한 인도인 요가 수행자가 히말라야에 앉아 명상을 하고 있었다. 그는 영어를 전혀 할 줄 몰랐다. 그가 아는 단어는 단 하나뿐이었다. 그 영어 단어는 다름 아닌 '피자'였다. 많은 미국인들이 히말라야에 왔는데, 그들은 항상 피자에 대해 이야기하곤 했다.

"피자, 피자, 피자……."

이 요가 수행자가 아는 유일한 단어는 바로 '피자'였다.

얼마 후 이 남자는 히말라야에서 내려오기로 결심했다. 그는 인도의 수도 델리로 갔으며, 그곳에서 곧바로 뉴욕으로 날아갔다. 처음으로 히말라야에서 내려와 뉴욕으로 직진한 것이다!

그는 마침내 맨해튼 시내에 왔다. 그리고 '피자를 먹으러 가야 한다'고 결심했다. 그래서 피자 가게에 갔다. 그는 영어를 몰랐지만, 어찌어찌 가게 점원과 소통하며 피자 가격을 물었다. 점원은 '10달러'라고 했다. 이 요가 수행자는 돈이 있었다. 그는 20달러 지폐를 꺼내 점원에게 주면서 피자 한 판을 주문했다.

그렇게 그는 피자 한 판을 받은 후, 기다렸다. 20달러짜리 지폐를 냈고 피자는 10달러였으므로 10달러를 돌려받기를 기다리고 있었다. 그런데 점원은 거스름돈을 돌려줄 기미가 보이지 않았다.

그래서 요가 수행자는 한참 동안 안절부절못하다가 물었다.

"내 체인지change('거스름돈'과 '변화'의 두 가지 의미)는요?"

점원이 되물었다.

"무슨 체인지 말이오?"

"내가 20달러짜리 지폐를 냈는데 피자가 10달러이니까 10달러를 돌려줘야 해요!"

그러자 점원이 말했다.

"당신은 요가 수행자 아니오? 당신에게는 이 체인지(거스름돈)가 필요하지 않소. 당신의 체인지(변화)는 내부에서 와야 하기 때문이오!"

철학의 한 문장이라도 따를 것

무엇이 사람들이 올바르게 행동하도록 동기를 부여하는가? 카리스마 넘치는 연사들에게 듣는 강연인가? 그들이 들은 재미있는 철학인가? 아니면 그들이 참석한 행사의 열광적인 분위기인가? 이 모든 것이 도움이 될 수 있지만, 영적인 문헌에 따르면 사람들이 행동하도록 동기를 부여하는 것은 머릿속에 있는 확신이 아니라 마음의 감화이다. 사람들이 우리가 하는 말보다 우리가 하는 일에 더 감동받기 때문이다. 우리는 올바른 행동과 인격, 진실성, 즉 산스크리트어로 '도덕성'이라는 뜻의 사다차르를 갖고 사는 사람에게 감화된다.

자간나트 라트야트라 축제는 수천 년 전 인도의 동쪽 해안에 위치한 푸리 마을에서 유래되었다. 이 축제는 거대한 수레 전차 3대가 자간나트 신(원래는 인도 동부 오리사주의 토착신이었지만, 후에 힌두교로 편입되어 비슈누 신의 화신으로 숭배받는 신), 발라데바(자간나트의 남동생), 수바드라(자간나트의 이복 여동생) 세 신상을 싣고 모두가 볼 수 있도록 마을 전체를 도는 축제이다. 수백만 명이 축제에 참가하기 위해 도시로 몰려든다. 1970년대 이후 라트야트라 축제는 전 세계의 도시에서 재현되기 시작했다. 사실 뭄바이에서는 도시의 서로 다른 지역에서 1년에 몇 번 펼쳐진다.

몇 년 전, 엘리트 계층만 사는 쿠페 퍼레이드라는 부유한 지역에서 라트야트라가 계획되었다. 그 지역은 뭄바이 끝자락에 있고 매우 좁아서 대형 수레 전차 3대가 통과하기 어려웠다. 대신 그들은 옛날 영국에서 볼 수 있는, 말이 끄는 마차와 같은 작은 수레 3대로 대체하기로 했다.

라트야트라 축제가 열리기 불과 며칠 전, 행사 운영자들은 기금이 부족하다는 것을 깨달았다. 축제 전 마지막 며칠은 대개 제정신이 아니기 마련이다. 주최 측은 전화번호부 전체를 샅샅이 뒤지며 신도들에게 전화를 걸어 행사 일부를 후원할 의사가 있는지 물었다. 그 사람들 중 한 명은 나와 친한 친구인 히테쉬 코트와니였다. 그는 그 지역에 살고 있었고, 우리 공동체의 지지자였다. 유감스럽게도 히테쉬는 축제가 확실히 진행되도록 이미 상당한 액수를 기부한 후였다. 하지만 그는 더 많은 기금을 모으기 위해 몇몇 친구들에게 연락해 보겠다고 약속했다.

쿠페 퍼레이드에 사는 사람들이 그렇듯이 히테쉬의 친구들은 대부분 부자였다. 그가 연락한 한 남성은 그 주에 이미 세 개의 종교 단체가 기부해 달라고 연락했다며 더 이상은 기부할 여유가 없다고 말했다. 하지만 히테쉬가 친구였기에 그는 즉시 수표를 끊어 주었다. 히테쉬는 상당한 기금을 모아 축제 주최자들을 기쁘게 했다.

축제 당일 수천 명의 사람들이 쿠페 퍼레이드 거리로 쏟아져 나와 춤추고, 기도문을 외고, 노래 부를 준비가 되었다. 화려한 색상의 옷을 입고 다 함께 춤을 추는 모습이 숭고했다. 매력적인 장관이 펼쳐지자 구경하는 사람들은 아파트 창문으로 머리를 내밀고 박수를 쳤다. 심지어 자간나트 신의 행렬로 인해 지체된 택시 기사들도 축제에 미소 짓지 않을 수 없었다.

수레가 이 거리에서 저 거리로 이동할 때 수레 운전사는 길들이 얼마나 좁을지 예상하지 못했다. 압박감을 느낀 그는 실수로 도로에 주차된 은색 벤츠에 수레의 바퀴를 부딪쳤다. 축제의 에너지와 열정 속에서 대부분의 사람들은 그 사건을 알아차리지 못했다. 어쩌면 알아차린 사람도 있었겠지만 일어난 일을 목격한 사람이 없었기에 행렬은 계속 앞으로 나아갔다. 그 거리에는 감시 카메라도 없었다. 그 작은 실수를 제외하고는 나머지 축제는 순조롭게 진행되었다.

축제가 끝나고 이틀 뒤 히테쉬가 사무실에 앉아 있을 때, 그에게 수표를 끊어 준 신사에게서 전화가 걸려 왔다. 히테쉬는 그가 한 말에 충격을 받았다.

"다음 축제에는 내가 모든 비용을 후원하고 싶어!"

그것은 상당히 큰 액수가 될 터였다.

얼떨떨해하며 히테쉬가 그에게 물었다.

"정말 친절한 제안이군. 하지만 왜 갑자기 이런 충동이 일었지?"

그가 설명했다.

"야트라(성지로 가는 인파나 차량 행렬)가 끝났을 때 나는 엘리베이터를 타고 아파트에서 거리로 내려갔네. 그리고 내 은색 벤츠로 갔는데, 차체 측면에 크게 움푹 팬 곳을 발견했네. 나는 몹시 당황했네. 이 지역에서 그런 기물 파손 행위는 흔치 않은 일이거든. 하지만 그때 앞 유리 와이퍼 사이에서 펄럭이는 쪽지를 발견했어."

"뭐라고 쓰여 있었지?"

히테쉬가 물었다.

"이렇게 쓰여 있었어.

'이 아름다운 차의 소유주에게,

축제 중에 똑같이 아름다운 자간나트 신의 수레가 실수로 당신 차의 측면과 부딪혔다는 것을 알려드리게 되어 매우 죄송합니다. 직접 당신에게 말하기 위해 당신이 내려오실까 하고 한 시간 동안 여기에서 기다렸지만 아무도 오지 않았습니다. 우리 사원은 이 움푹 들어간 부분의 수리 비용을 전액 변상해 드리고 싶습니다. 이런 불편을 끼쳐 드려 정말 죄송합니다. 여기에 전화번호와 주소를 남깁니다. 저희에게 꼭 연락해 주시기 바랍니다.'"

그 남자가 외쳤다.

"이렇게 정직할 수가! 그들이 내 차를 쳤다는 것을 아무도 몰랐을 거야. 누가 내 차를 박았는지 알아낼 길이 없는데도, 그들은 자백하기로 결정했어. 이 사람들이 자간나트 신의 신봉자라면 나는 할 수 있는 모든 것을 다해 그들을 후원하고 싶어. 이것은 적극 장려해야 할 영성이야."

그 남자는 차 수리 비용을 요구하지 않아도 될 만큼 충분히 부자였지만 그 번호로 전화를 걸어 영성을 올바르게 표현해 준 편지 작성자에게 거듭 감사를 표했다. 나중에 히테쉬는 이 남자가 사원 수도승과 나눈 대화를 나에게 말해 주었다.

"처음에 내 차가 움푹 팬 건으로 전화를 했던 상대방은 내가 화를 낼까 봐 긴장했어. 놀랍게도 그는 내가 더 많은 기부를 하고 싶다고 말하는 전화를 받았지. 내 차는 자간나트 신의 축복을 받은 것 같아."

그는 그렇게 말하며 크게 웃었다고 했다.

좋은 인격이 없는 철학은 가치가 거의 없거나 아예 없다. 실제로 영성에는 세 가지 측면이 있다.

비차르(생각)—우리가 답을 구하는 철학. 이것은 우리가 삶을 어떻게 살아야 하는지 이해하는 데 도움을 준다. 이 개념들은 결국 가치 있는 삶으로 인도하는 보편적인 원리이다.

아차르(행위)—그 철학을 바탕으로 우리의 가치관에 변화를 가져오고 선한 행동과 인격을 키우는 데 도움을 주는 육체적 행위이다. 철학의 한 문장이라도 따름으로써 인격이 변화할 때, 그런 행동을 아차르라고 부른다.

프라차르(전파)—영적 수행자의 선한 행위는 다른 사람들이 철학과 영성의 가치에 대한 믿음을 갖도록 영감을 준다. 단 한 번의 설교 없이도 모범이 되고 선한 인격을 갖는 것만으로도 많은 이들에게 다가갈 수 있다. 보통 사람들은 위대한 인물이 하는 일을 따르기 마련이다.

내가 말하는 동안 나는 깨닫지 못했지만 우리는 마침내 사원에 도착했다. 해리는 주차를 하고 그저 참을성 있게 내 말을 듣고 있었다.

"왜 내 말을 중단시키지 않았죠?"

나는 해리에게 미소를 지으며 말했다.

그가 대답했다.

"더 듣고 싶었어요. 내가 중단시켰다면 라트야트라에 대한 멋진 이야기를 듣지 못했을 거예요."

"여기까지 태워다 줘서 정말 고마워요. 물론 점심 식사도 감사했고요."

차 문을 열며 내가 말했다. 나는 이미 저녁에 예정되어 있던 모든 행사를 놓쳐서 서두를 이유가 없었다.

"잠깐 안으로 들어올래요?"

내가 물었다.

"좋아요."

그가 차 열쇠를 움켜쥐며 대답했고, 우리 둘은 뭄바이의 습한 공기 속으로 걸어 나왔다.

우리 둘 다 보안문을 통과해 들어갔고, 경비원들이 따뜻하게 맞이해 주었다. 그들 중 많은 이들은 내가 15년 이상 알고 지낸 사람들이었다. 그들은 우리 가족의 일원이다. 내가 집이라고 부르는 아쉬람은 뭄바이의 기르가움 초파티 지역에 위치해 있다. 입구를 통과하면 넓은 안뜰이 나오고 사암을 조각한 2층짜리 사원이 나타난다. 건축물은 숭고한 분위기에 잠겨 있다.

우리는 신발장 쪽으로 걸어갔다. 사원에 들어갈 때는 신발을 벗어야 한다. 그것은 사원과 사원 사람들에 대한 존경과 청결함을 나타내는 몸짓이다.

"네 번째 바퀴는 뭐였죠?"

해리가 신발을 벗어 신발장 담당자에게 건네며 갑자기 말했다.

"아마도 그건 다음 기회를 위해 남겨 둬야겠어요."

나는 여정에 지쳐서 말했다.

"세계 최상급의 삼바르를 먹으러 당신 집에 다시 가야겠어요."

"당연하죠. 다시 오시지 않는다면 우리는 모욕감을 느낄 거예요."

해리가 활짝 웃었다.

그 순간, 해리의 전화벨이 울렸다. 또 그의 아내였다.

"잠깐만요."

그가 전화를 받기 위해 나에게서 멀어지며 말했다. 몇몇 사람들이 나와 함께 사진을 찍으려고 다가왔지만 내 관심은 여전히 해리에게 쏠려 있었다. 나는 대화 내용을 일부 들을 수 있었다.

전화가 연결되자마자 해리가 말했다.

"여보세요? 괜찮아? 아까는 왜 전화를 받지 않았어?"

그런데 전화기 저편에서 남자 목소리가 대답했다.

"여보세요?"

"누구시죠?"

해리가 놀라서 말했다. 나는 그의 표정이 어두워지는 것을 알아차렸다.

"아이에르 씨, 나는 브리치 캔디 병원의 의사 샤입니다. 당신과 연락을 취하려 했지만 화재로 인해 이 지역 전화 송신탑 몇 군데가 망가졌어요. 당신 아내는 지금 병원에 있습니다. 얼른 오셔야 합니다…….”

전화가 다시 끊겼다.

해리는 얼굴이 창백해져서 전화기를 바닥에 떨어뜨렸다. 나는 즉시 손님들과의 한담을 끝내고 지금은 사원 발코니에 있는 해리에게로 서둘러 갔다.

“무슨 일이에요?”

“랄리타……, 랄리타가 병원에 있어요. 뭔가 잘못됐어요. 나는 지금 가야만 해요.”

그는 당황해 어쩔 줄 몰라 했다. 그는 자신의 차를 향해 달려갔다. 나는 그의 휴대전화를 집어 들고 뒤쫓아 갔다.

연필의 두 번째 교훈

연필 제작자가 연필에게 준 두 번째 놀라운 지침은 ‘네 안에 있는 것이 밖으로 나오지 않는 한, 너는 어떤 영향도 줄 수 없다.’는 것이었다.

나무 몸체에서 흑연 심이 나올 때만 연필은 실제로 무엇인가를 써서 종이에 영향을 줄 수 있다.

마찬가지로 우리의 삶에서도 우리 안에 있는 것이 드러나지 않으면 우리 자신이나 다른 사람의 삶에 영향을 미칠 수 없다.

‘교육’이라는 의미의 영어 단어가 파생된 라틴어 단어 ‘에두카레educare’는 ‘이끌어내다’, ‘밖으로 드러내다’를 의미한다. 우리 영혼이 가진 자질을 끌어낸다는 의미인 것이다.

우리의 성격은 감동을 줄 수 있지만, 진정한 사람은 영감을 줄 수 있다. 우리가 가진 카리스마는 감동을 줄 수 있지만, 우리의 인격은 다른 사람들에게 영감을 줄 수 있다. 우리가 소유한 귀중품은 세상에 깊은 인상을 줄 수 있지만, 우리가 지키고 실천하는 가치는 다른 사람들의 삶에 영감을 줄 수 있다.

영향을 주기 위해서는 우리 존재의 핵심인 영혼의 본질에 해당하는 신성한 가치, 윤리 원칙에 따라 생활해야 한다.

토머스 에디슨이 어린 소년이었을 때, 한번은 학교에서 집으로 돌아와 어머니에게 편지를 건네며 말했다.

"담임 선생님이 이 편지를 오직 엄마만 읽으라고 하면서 주셨어요."

어머니는 그 작은 종이를 펼쳤고, 어린 아들 토머스 에디슨에게 그 편지를 읽어 주면서 눈물을 흘렸다.

"토미야, 너의 담임 선생님께서 이렇게 적어 보내셨어. '토머스는 정말 똑똑한 아이이고 천재입니다. 이 학교는 토머스에게 너무 작으며 그를 훈련시킬 만큼 충분히 좋은 교사가 없습니다. 그러니 토머스는 더 이상 학교에 오지 말고 집에서 어머니가 가르치는 것이 더 좋습니다.'"

세월이 흘러 어머니가 돌아가셨을 때, 세기의 가장 위대한 발명가가 된 토머스 에디슨은 어머니의 집에서 유품을 정리하다가 작은 서랍에서 접힌 종이 조각을 발견했다. 여러 해 전에 담임 교사가 어머니에게만 보여 주라며 적어 보낸 편지였다.

토머스 에디슨은 그 종이를 펼쳐 내용을 읽었고, 이내 울음을 터뜨렸다. 종이에 적힌 내용은 이러했다.

"부인, 당신의 아들 토머스는 지진아예요. 정신적으로 문제가 커서 이 학교에 어울리지 않아요. 수업 진도를 따라갈 수 있을 거라고 우리는 전혀 생각하지 않습니다. 그래서 오늘 그를 퇴학시키고 더 이상 학교에 나오지 못하게 하기로 결정했습니다."

토머스 에디슨은 그 편지 아래에 글 한 줄을 덧붙였다.

'토머스는 정말로 지진아였고 정신병을 앓는 아이였지만, 그의 영웅인 그의 어머니가 그를 세상에서 가장 뛰어난 발명가로 재탄생시켰다.'

그의 어머니는 거창한 성격의 소유자가 아니었다. 그녀는 대단한 카리스마를 가지고 있지 않았다. 그녀는 귀중품을 많이 가지고 있지도 않았다. 그러나 그녀는 훌륭한 인격과 놀라운 가치를 지닌 진정한 사람이었다. 그리고 그것이 토머스 에디슨의 삶에 미친 영향을 보라.

그렇다, 연필 제작자가 연필에게 준 두 번째 지침은 '네 안에 있는 것이 드러날 때 진정으로 영향을 줄 수 있다.'는 것이었다.

완벽한 것보다 더 좋은 것

9

네 번째 바퀴—기쁨의 순간을 선물하기/
호저 이야기/ 연필의 세 번째 교훈/
충분히 사랑했는가/ 완벽한 것보다 더 좋은 것

당신은 완전히 이기적일 수 있고 완전히 이타적일 수도 있다. 혹은 두 가지가 섞여 있는 그 사이 어디쯤이 될 수도 있다. 인생은 이기적인 존재에서 이타적인 존재로 가는 여정이다. 당신은 지금 그 여정의 어디쯤에 있는가?

해리는 신발 신는 것도 거의 잊은 채 계단을 뛰어 내려갔다. 나는 액정에 금이 간 그의 휴대전화를 움켜쥐고서 그를 따라 대리석 계단을 뛰어 내려가 안뜰을 가로질렀다. 다른 수도승들이 어리둥절한 눈으로 우리를 바라보았고, 나이 든 경비원들도 마찬가지였다. 그들은 해리가 방금 전해 받은 소식을 전혀 알지 못했다. 그의 아내는 지금 병원에 있었고, 의사는 그에게 얼른 오라고 전화를 했다.

그의 머릿속을 스쳐 갔을 생각들을 상상할 수 있겠는가? 사랑하는 사람을 잃는다는 생각에서 오는 고통은 종종 실제로 사랑하는 이를 잃는 것만큼이나 상처가 클 수 있다.

해리는 멀리서 차의 잠금 상태부터 해제했다. 그러고는 차 옆 수레에서 신선한 코코넛 주스를 팔고 있는 남자를 무시하고 황급히 차 문을 열었다.

"당신은 할 일이 아주 많을 텐데 안 오셔도 돼요. 시간 내줘서 정말 감사합니다."

해리가 자동차 보닛 너머로 내게 말했다. 하지만 내가 참석하기로 되어 있는 일보다 지금은 해리와 함께 있는 것이 더 중요했다. 당신을 지지해 줄 친구가 옆에 있을 때 고통스러운 상황에 대처하기가 더 쉽다. 비록 수도승이고 공적인 일들이 많지만 나는 내가 아끼는 사람들과 친구가 되는 것을 좋아한다. 그것은 더 깊고 개인적인 연결이다.

"미안하지만 당신이 좋아하든 싫어하든 나는 당신과 함께 갈 거예요."

내가 조수석 문을 열며 말했다. 우리 둘 다 좌석에 앉았고, 서둘러 안전벨트를 매었으며, 다른 차들이 오는지 확인하지도 않고 도로로 후진했다. 빨리 병원에 가야만 했다.

세 시간 넘게 같은 좌석에 앉아 있었지만 지금은 차 안이 완전히 다르게 보였다. 사실 내게 익숙한 뭄바이도 다르게 보였다. 차 안의 분위기가 긴장되어 있었고, 이는 내가 세상을 인식하는 방식에도 영향을 미쳤다.

우리가 삶을 바꾸는 소식을 듣는 순간, 우리의 전체 세계관이 순식간에 바뀔 수 있다. 그러한 상황에서 우리는 어떻게 행동하는가?

인도에서 전기 공학을 공부할 때 친한 친구가 몇 명 있었다. 하루는 대학 매점에 가서 우리가 사모사 한 접시를 주문했던 기억이 난다. 네 명이 한 테이블에 앉았다. 우리 대학 매점은 강둑에 위치해 있었다. 수정같이 맑은 물이 흐르는 아름다운 강이었다. 그날은 날씨가 매우 좋았다. 최고의 계절이었고, 아름다운 강물이 흐르고, 손에는 따뜻한 사모사가 들려 있었다.

그리고 우리 친구 중 한 명이 사모사를 한 입 베어 물면서 말했다.

"아, 강은 너무나 아름답고, 날씨도 좋고, 사모사는 내가 살면서 먹어 본 것 중 최고의 맛이야! 겉은 바삭바삭, 그리고 안에 있는 속을 봐! 향신료가 적당해! 방금 만들어서 아주 뜨거워! 와, 정말 기막힌 사모사야!"

그는 사모사를 한두 입 먹었고, 절반은 아직 그의 손에 들려 있었다.

그때 다른 친구 한 명이 뛰어와서 말했다.

"시험 결과가 발표됐어!"

우리 모두 외쳤다.

"뭐라고?"

사모사 반쪽을 손에 들고 있던 친구가 물었다.

"나는 어떻게 됐어?"

그 친구가 말했다.

"너는…… 전 과목에서 낙제했어."

이제, 사모사 절반은 여전히 그의 손에 있었다. 강물은 똑같았다. 날씨는 정확히 똑같았다. 사모사는 아직 뜨거웠다. 속은 알맞게 양념이 되어 있었다. 겉은 바삭바삭했다. 하지만 그는 그 사모사를 다시는 즐길 수 없었다.

행복은 사모사에 있었는가? 그렇다면 왜 여전히 즐기지 못하는가? 그의 마음 상태가 바뀌는 즉시 그것에서 얻는 행복도 바뀌었다.

불과 몇 분 전 우리가 무심하게 헤쳐 나왔던 교통 정체를 피하기 위해 곁길을 찾아 헤매는 해리의 얼굴에는 땀인지 눈물인지, 혹은 그 두 가지가 뒤섞인 것이 흘러내리고 있었다. 그는 운전대를 두드리고 경적을 누르며 무슨 연락이라도 있는지 반복적으로 휴대전화를 확인했다.

그가 불쑥 말했다.

"네 번째 바퀴가 뭐였죠?"

나는 그가 예의상 우리의 이전 대화를 이어 가려 한다고 생각했다.

"네 번째 바퀴요?"

내가 되물었다. 나는 완전히 놀랐다. 그 순간 삶의 바퀴에 대해서는 생각조차 하고 있지 않았다. 삶의 본질에 대해 말할 때가 아니었다. 지금은 위급한 순간이었다. 그가 차를 빨리 운전할 때였고 행동할 때였다. 그리고 나는 우정으로 그를 지지해 주어야 할 때였다.

큰 재난이 닥쳤을 때 때로는 그저 그곳에 함께 있어 주는 것이 더 필요한 일이다. 나는 허브차를 좀 마시고 싶었다. 하지만 나는 말했다.

"네 번째 바퀴는 사심 없이 사회에 기여하는 것과 관계가 있습니다. 하지만 그것에 대해서는 다른 시간에 이야기합시다. 지금은 부인에게 가는 일에 집중합시다. 내가 확신하건대 부인은 아무 문제 없을 겁니다."

그는 동의하며 고개를 끄덕이고 도로에만 집중했다. 우리는 이미 모든 정지 신호와 교통 법규를 무시하며 캠프스 코너(뭄바이 남부의 고급 지역)를 지나가고 있었다. 우리에게 필요한 것은 차 위에 달린 비상 사이렌뿐이었다.

생각은 말보다 빨리 여행하며, 항상 순서대로인 것은 아니다. 같은 맥락에서 나는 네 번째 바퀴인 이타심의 바퀴를 여기에 재빨리 설명할 것이다. 우리가 번개같이 빠른 속도로 이동해 캠프스 코너에서 병원까지 가는 그 10분 안에 나는 이 모든 것을 생각했다. 수도승으로서 받는 수행으로 인해 이타심을 실천하는 것이 나에게는 어느 정도 자연스러운 일이지만, 우리 대부분과 마찬가지로 나는 아직 갈 길이 멀다.

해리가 운전하는 동안 나는 그의 어깨에 손을 얹고 말없이 위로해 주면서 그 순간 그가 어떻게 네 번째 바퀴, 즉 이타심을 상징하고 있는지 생각했다.

네 번째 바퀴—기쁨의 순간을 선물하기

산스크리트어는 세상에서 가장 오래된 언어 중 하나이다. 그것은 힌두교와 힌두교에서 파생된 다른 종교들의 철학적 언어이다. 산스크리트어는 신들의 언어로 여겨지며, 우아하고 세련된 소리를 내고, 문자는 '신들의 도시에서 사용되는 글자'라는 뜻의 데바나가리라는 명칭으로 불린다.

누군가를 산스크리트어로 당나귀라고 부르고 싶다면 그것에 해당하는 단어 중 하나는 베샤카난단('베샤크'는 4월, '난단'은 춤추는 자 혹은 꿈꾸는 자)이다. 얼마나 매력적으로 들리는가! 봄이 와서 신선한 풀을 뜯으며 춤추는 당나귀를 상상해 보라. 아이스크림이라는 단어 역시 재미있다. 그것은 두그다-샤르카라-유크타-히마-가나-골라-가뚜(우유를 바탕으로 한-설탕이 든-합쳐진-언-응고된-공 모양의-합)이다. 또 약간의 풍미를 덧붙이고 싶다면 망고 아이스크림은 암라-두그다-샤르카라-유크타-히마-가나-골라-가뚜('암'은 망고)이다.

보다시피 산스크리트어를 말할 수 있으려면 많은 연습이 필요하다. 나는 산스크리트어의 진정한 팬이지만 아이스크림에 더욱 열혈 팬이다. 특히 열대 지방에서 아이스크림만큼 맛있는 디저트는 없다. 그러나 아이스크림 뒤에 숨어 있는 이념은 이것이다. 녹기 전에 너의 인생을 즐기라는 것이다. 아이스크림은 쾌락주의를 상징한다. 개인적인 즐거움을 통해 삶의 모든 순간을 음미하라는 것이다.

다른 한편으로, 양초는 또 다른 이념의 상징이다. 녹기 전에 다른 이들에게 빛을 주는 것이다. 아이스크림과 양초는 둘 다 녹지만, 그렇게 녹는 이유는 완전히 다르다. 양초는 밀랍으로 만들어진다. 양초의 본질은 단지 다른 사람들이 볼 수 있도록 빛을 주기 위해 태워지는 것이다. 이것이 양초의 이타적인 본성이다. 당신은 지금 아래 그림에서 아이스크림과 양초 사이의 어느 지점에 있는가?

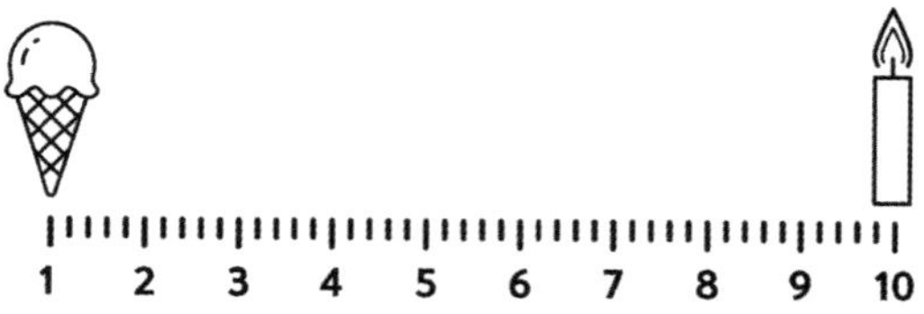

분명 당신은 자기 자신을 완전히 이기적이라고 생각하지는 않을 것이라고 나는 확신한다. 또한 당신은 스스로를 완전히 이타적으로 내려놓을 수도 없다. 우리는 모두 그 중간 어딘가에 있다. 우리가 온전히 양초가 될 수 없다고 해서 맨 끝의 아이스크림에 이기적인 상태로 남아 있어야 한다는 의미는 아니다. 삶의 여정은 아이스크림 상태에서 양초 상태로 옮겨가는 것이다. 그것이 모든 사람의 삶의 핵심에 자리하고 있는 목적이다. 나누고, 주고, 타인에게 기여하는 것.

'그렇다면 왜 우리는 자기 자신과 관련된 세 가지 바퀴를 먼저 이야기했지?'라고 당신은 물을지도 모른다. '만일 삶의 목적이 타인에게 베푸는 것이라면 왜 우리는 자신을 이해하고 직장과 인간관계에서 행복해지는 것에 대해 먼저 논했지? 이것은 이기적으로 들리지 않나?'

이것을 이해하기 위해 우리는 산소마스크로부터 배워야 한다. 이 책의 많은 이야기가 그렇듯이 이 깨달음도 나의 여행 경험에서 나온 것이다. 모든 비행에는 우리 모두가 따라야 하는 안전 지침이 있다. 어떤 것은 안전벨트를 매는 것과 같은 일상적인 것들에 관한 것이고, 또 어떤 지침은 구명조끼나 산소마스크를 착용하는 것과 같이 우리가 절대 사용할 필요가 없기를 바라는 비상 상황을 위한 것이다.

승무원들이 비행기에서 산소마스크 사용법을 시연하는 동안 항공기 객실 사무장은 방송한다.

'기내에 산소 공급이 부족해지면 머리 위에 있는 산소마스크가 자동으로 내려옵니다. 마스크를 자신 쪽으로 즉시 끌어당겨 코와 입에 단단히 고정하고, 머리 뒤로 고무 밴드를 고정시킨 다음 정상적으로 호흡합니다. 어린이, 유아, 또는 다른 사람들을 돕기 전에 먼저 자신의 마스크가 단단히 고정되었는지 확인하시기

바랍니다.'

이 마지막 부분은 이기적으로 들리지 않는가?

확실히 우리는 자신을 돕기 전에 다른 사람을 도와야 한다. 그러나 우리가 우리 자신을 도와 산소를 들이마시지 않으면 다른 사람에게 실질적인 도움을 줄 수 없다는 것을 이해해야 한다. 우리는 부를 소유해야만 다른 사람과 부를 나눌 수 있다. 마찬가지로, 우리는 사랑받는 것이 어떤 느낌인지 알아야만 다른 사람을 사랑할 수 있다. 우리 스스로 희망을 느껴야만 다른 사람들에게 희망을 줄 수 있다. 결론적으로, 우리는 우리가 가지고 있는 것만을 타인에게 줄 수 있다.

우리가 처음 세 가지 바퀴에서 만족하지도 않고 균형을 이루지도 못한 채 타인을 도우려고 하면, 우리는 그들에게 가치 있는 어떤 것도 줄 수 없고 심지어 '연민 피로'를 경험할 수도 있다. 연민 피로는 타인의 고통에 몰두한 나머지 스스로 고통받기 시작할 만큼 타인을 돕는 사람이 겪게 되는 스트레스 상태이다. 지나치게 돌보는 것은 스스로에게 해로울 수 있다. 자신을 돌보는 일에 집중하지 않고 다른 사람을 돌보는 이는 시간이 지남에 따라 파괴적인 행동을 할 수 있다. 그러므로 우리 자신의 안녕을 해치지 않고 완전히 이타적이 될 수 있는 단계에 이르기 위해서는, 확실한 기반 위에서 자신의 여행을 시작할 수 있도록 약간은 이기적일 필요가 있다.

나는 완전히 이타적이 되는 것이 가능하다고 믿는다. 하지만 그것은 하나의 사건이 아니라 여행이고 과정이다. 우리는 이타적일 때와 '지나치게 돌봄'으로써 단순히 우리 자신에게 해를 입히고 있을 때를 아는 지혜가 필요하다. 봉사의 원칙과 실천은 아이스크림에서 양초 사이의 어딘가에 있는 것을 포함한다. 이기적이지만 이타적인 것을.

호저 이야기

내 손은 여전히 해리의 어깨 위에 있었다. 우리는 지난 몇 시간 동안 한결 가까워졌다. 이것을 기억하자. 자신의 마음을 드러내고 상대방이 마음을 드러내도록 허용하는 것은 우정을 깊어지게 한다. 지금 해리는 완전히 이타적인 태도를 보이고 있었다. 그의 유일한 생각은 아내를 돕는 것이었다. 그 과정에서 그는 사원에서 자신의 휴대전화와 신발 신는 것까지 잊었었다. 그가 조금 전 아내에 대해 말했던 분노는 완전히 누그러진 것 같았다. 때로는 시험적인 상황에 처하고 나서야 우리는 누군가를 얼마나 많이 사랑하는지 깨닫게 된다.

우리가 차량들 사이를 누비며 해변을 따라 내달릴 때 나는 해리에게 몸을 돌리며 말했다.

"걱정하지 말아요, 해리. 다 괜찮을 거예요. 당신이 아내를 얼마나 많이 사랑하는지 봐요."

그는 감사의 표시로 반쯤 미소를 지어 보이고는 다시 도로에 온 신경을 집중시켰다. 나는 다시 생각에 잠겼다.

가끔 한 남자가 내게 와서 이렇게 말하곤 한다.

"아내가 나에게 말하는 방식을 감당하기 너무 힘듭니다. 너무 가혹하고, 너무 무신경해요."

그리고 가끔 한 여자가 내게 와서 이렇게 말한다.

"남편의 기이한 행동을 참는 것이 너무 어렵습니다. 코를 파고, 손톱을 물어뜯어요."

그리고 때로는 성년이 된 자녀들이 내게 와서, 도시에 살면서 자신의 부모들의 세련되지 않은 행동을 통제하는 것이 얼마나 어려운지 말한다. 또 다른 때는 부모들이 내게 와서, 자녀들이 모든 면에서 그들의 '촌스러운' 삶을 통제하려 들기 때문에 힘들다고 말한다.

사람들이 이런 관계의 문제에 대해 말할 때면 나는 그들에게 이야기 하나를 들려준다.

작은 마을 변두리 숲에 한 무리의 호저(몸과 꼬리 윗면에 가시털이 덮인 야행성 동물로 고슴도치보다 훨씬 크다)가 살고 있었다. 어느 해 겨울, 기온이 영하 20도까지 떨어졌다. 모든 호저가 겨울나는 전략을 논의하기 위해 모였다.

그들이 한자리에 모였을 때, 그들은 함께 모여 있으면 서로의 체온이 온기를 만들어 낸다는 것을 깨달았다. 이제 이 추운 겨울을 이겨낼 수 있다는 희망을 느꼈다.

하지만 한 가지 문제가 있었다! 호저는 몸에 날카롭게 찌르는 가시가 나 있다. 한 마리의 호저가 약 3만 개의 가시를 가지고 있다. 그들이 함께 있는 동안 서로의 가시들이 서로를 찔러 대고 있었다!

호저 중 하나는 이를 감당할 수 없었다. 그는 말했다.

"나는 더 이상 참을 수 없어."

그리고 집단을 떠났다. 이제 이 호저는 숲속에 홀로 있게 되자 엄동설한을 혼자 견뎌야만 하는 현실이 닥쳐왔다.

그에게는 선택이 있었다. 함께 있어 불편하긴 하지만 다른 호저들의 날카로운 가시에 조금 찔리는 것을 참으며 따뜻함 속에서 겨울을 이겨내는 것. 아니면 혼자 있어서 편안하긴 하지만 혹독한 추위 속에서 얼어 죽는 것.

호저는 다시 무리로 돌아왔고, 무리 속에 들어가 옹기종기 모여 앉으면서 따뜻함을 느꼈다. 그렇게 겨울을 살아냈다.

우리의 관계에도 기호에 맞게 고르는 것을 허용하지 않는 일괄 거래가 있다. 우리는 의미 있고 사랑하는 관계의 따뜻함을 경험할 수 있다. 하지만 그 사랑의 따뜻함에는 또 다른 차원이 찾아온다. 날카로운 가시의 찌르기, 코 파기, 무신경한 말투, 세련되지 못한 행동 등.

다음번에 당신의 배우자, 부모, 형제자매, 동료, 또는 친구의 날카로운 가시에 찔릴 때 호저 이야기를 기억하고 당신의 선택을 하기 바란다.

당신은 사랑의 온기를 얻을 수 있는 반면에 가시에 찔리는 것을 참아야 할 것이다. 아니면 혼자서 편안하게 지낼 수 있는 반면에 인간의 가장 놀라운 면인 깊은 유대감과 사랑의 따뜻함을 놓칠 수도 있다. 선택은 언제나 당신 몫이다.

연필의 세 번째 교훈

연필 제작자가 연필에게 준 세 번째 중요한 지침은, '연필을 깎지 않으면 네 안에 있는 것이 나오지 않을 것이다.'라는 것이었다. 연필은 심이 나와서 종이에 영향을 미치기 전에 고통스럽게 깎이는 과정을 거쳐야 한다.

삶에서도 마찬가지로 고통스러운 연마를 거치지 않는 한 내면의 가장 좋은 것은 결코 나오지 않는다. 나는 학생이 갖춰야 할 다섯 가지 자질에 대해 말하는 매우 놀라운 산스크리트어 구절을 읽었다. 사실 우리 각자는 삶에서 저마다 학생이며, 이것이 우리가 이 다섯 가지 자질을 소유하고 연마해야 하는 이유이다.

> 카크체시타 바코디야남 슈완니드라 타테와 차
> 알파하리 그리하티야기 비디야르티 판츠 락샤난

비디야는 지식을 의미하고 아르티는 욕망하는 사람을 뜻하므로, 비디야르티는 지식을 원하는 사람을 의미한다. 지식을 갈망하는 사람인 우리 모두는 판츠 락샤난, 즉 다섯(판츠) 가지의 특성과 자질(락샤난)을 가져야 한다.

첫 번째 단어 카크체시타에서 카카는 까마귀라는 뜻이고, 체시타는 노력을 뜻한다. 따라서 카크체시타는 까마귀의 노력이라는 의미이다. 어린 시절 우리 모두는 목이 말라 물을 찾아 날아다니는 까마귀 이야기를 읽은 적이 있다. 까마귀는 마침내 물항아리를 발견했다. 물항아리 가장자리에 내려앉아 안을 들여다보니 물이 있었지만 물은 물항아리 맨 아래에 있었고, 까마귀가 그 안에 부리를 넣어 물을 마실 수 있는 방법이 없었다.

까마귀는 어떻게 하면 좋을지 생각했고, 기발한 방법이 떠올랐다. 주위를 둘러보다가 근처에 있는 작은 조약돌을 발견하고 까마귀는 부리로 그 돌을 집어서 물항아리 안에 넣기 시작했다. 그렇게 조약돌들을 계속 물어 날라서, 마침내 물의 높이가 물항아리 가장자리까지 차올라 갈증을 풀 때까지 열심히 일했다. 카크체시타는 까마귀의 인내, 힘든 일, 노력을 나타낸다.

만약 우리가 삶을 위해 일하고 우리 안에 있는 것을 진정으로 바깥으로 끌어내려고 한다면, 우리는 카크체시타의 고통스러운 연마와 힘든 일을 거쳐야 한다.

비디야르티, 즉 지식을 원하는 사람의 두 번째 자질은 바코디야남이다. 바코는 학이고, 디야남은 명상이다. 따라서 바코디야남은 '학의 강한 집중력'을 의미한다. 학이 한쪽 다리로 서서 물속에 완벽하게 집중하고 있는 모습을 보라. 물고기들이 물속에서 헤엄치고 있을 때 학은 조금도 흔들림 없는 주의력으로 물속을 주시하고 있다.

학은 작은 물고기에는 만족하지 않을 것이다. 작은 물고기들은 그냥 헤엄치며 돌아다니게 내버려 둘 것이다. 학은 큰 물고기에만 집중하면서 큰 물고기가 다가오기를 기다린다. 작은 물고기에 집중하면 큰 물고기를 잃을 것이고, 큰 물고기를 원한다면 작은 물고기들이 자유롭게 지나다니도록 허용해야만 한다.

마찬가지로, 삶에서 중요한 것에 집중하고 싶을 때 작은 일들은 지나가도록 허용해야 한다. 작은 일들에 주의를 빼앗겨선 안 된다. 사소하고 하찮은 일에 정신이 팔려선 안 된다. 때로는 인간관계에 문제와 갈등이 있고, 때로는 건강의 위기가 있고, 때로는 금전적인 문제가 있다. 삶에는 많은 일들이 계속해서 일어난다. 작은 일들은 그냥 지나가게 하고, 중요한 것에 집중해야 한다.

학생이나 비디야르티, 지식을 갈망하는 사람의 세 번째 자질은 슈완니드라이다. 슈완은 개를 뜻하고, 니드라는 잠을 뜻한다. 슈완니드라는 개의 잠, 더 정확하게는 개의 깨어 있음을 의미한다.

우리 모두는 개가 자고 있을 때, 비록 눈을 감고 있지만 주변 환경에 매우 민감한 것을 본다. 작은 소리가 나거나 누군가가 매우 천천히 지나가도 개는 즉시 눈을 뜬다.

삶에서 지식을 원하고 의미 있는 것을 추구하고자 하는 모든 사람은 이 깨어 있음을 수행해야 한다. 비록 우리가 눈을 감고 있을지라도, 말 그대로가 아니라 우리가 삶에서 하고 있는 일을 하고 있을지라도, 우리는 주위 세계에 대해 깨어 있어야 한다. 이 세상에는 사람들로부터, 사물들로부터, 상황과 환경으로부터 배울 것이 많다. 깨어 있을 때에만 그것들을 배울 수 있다.

지식을 갈망하는 사람이 갖추어야 할 네 번째 자질은 알파하리이다. 산스크리트어로 '아하르'는 음식을 의미하고, '알파'는 '덜'을 의미한다. 문자 그대로 알파하리는 지식을 추구하는 사람은 덜 먹어야 함을 의미한다. 그러나 이것은 이 단어가 암시하는 바가 아니다.

예를 들어, 우리의 혀에 음식이 있듯이 다양한 종류의 아하르가 있다. 우리 귀에는 소리가 있다. 음악과 말, 다양한 소리가 귀의 아하르이다. 우리의 눈에는 사물들, 사람들, 아름다운 경치가 아하르이다. 따라서 각각의 감각기관에는 각각의 아하르가 있다.

지식을 갈망하는 사람은 알파하리, 즉 덜 먹어야 한다고 말할 때, 그것은 우리가 감각에 어떤 입력을 주는지 매우 조심해야 한다는 것을 의미한다. 왜냐하면 우리가 감각에 어떤 입력을 주든지 간에 우리의 정신과 내면에 지워지지 않는 깊은 인상을 남기기 때문이다. 산스크리트어로 그것을 산스카라라고 한다. 산스카라는 감각 입력이 우리 마음에 남긴 지울 수 없는 인상을 의미한다. 인간의 마음에는 무수한 산스카라가 각인되어 있다.

우리는 감각을 통해 너무 많은 정보를 입력하고 그것들은 우리의 의식과 마음에 잊을 수 없는 흔적, 때로는 지울 수 없는 흔적을 남긴다. 그러므로 우리가 알파하리에 대해 말할 때, 그것은 가치 있는 감각 입력을 암시한다. 우리의 마음 공간에 채우기를 원하는 것들을 선택하는 데 매우 신중하게 해야 함을 의미한다.

주변 세계의 원치 않는 것들에 자신을 종속시키지 말아야 한다. 그것이 당신의 소중한 마음 공간을 차지하기 때문이다. 원치 않는 것, 덜 가치 있고 덜 중요한 것들이 마음 공간을 차지해서는 안 된다. 당신의 마음 공간은 가장 중요하고 가치 있는 것들을 위한 것이고, 그것들을 위해 예약된 장소이다.

지식을 갈구하는 자가 갖추어야 할 다섯 번째 특성은 그리하티야기이다. '그리하'는 집을 뜻하고, '티야기'는 포기, 떠나는 것을 의미한다. 고대 인도에서 학생들은 어린 나이에 집을 떠나 구루쿨이라고 불리는 학교에서 교사나 구루 밑에서 공부했다. 그리하티야기는 지식을 추구하기 위해 집을 떠나는 것을 의미한다.

진정한 의미의 그리하티야기는 집을 떠나는 것이 아니라 우리의 안전지대를 떠나는 것을 의미한다. 익숙한 상황이나 장소를 벗어나는 것이다. 안락한 지대에 살고 있으면, 진정한 가치가 있는 것을 추구하기는 어려워진다. 그러므로 그리하티야기는 우리의 안락한 영역에서 나오는 것을 뜻하며, 이것이 바로 '고통 없이는 얻는 것도 없다'는 의미이다.

충분히 사랑했는가

나는 때때로 부모님을 뵈러 가곤 했다. 그런 방문 중에 한번은 아버지와 내가 거실에 앉아 대화를 나누고 있었고, 어머니는 주방에서 우리를 위해 점심을 준비하고 계셨다. 잠시 후 아버지는 어머니를 불러 물 한 잔을 갖다 달라고 하셨다.

나는 어머니가 물을 가져오는 대신, 약간 강한 어조로 아버지에게 소파에서 일어나 직접 물을 가져다 마시라고 하셔서 조금 놀랐다. 아버지가 머뭇거리며 다시 부탁했을 때, 나는 어머니의 반응을 보고 충격받지 않을 수 없었다. 어머니는 정말로 아버지를 심하게 대하면서, 실제로 아버지를 꾸짖는 말투로 다시 한번 직접 물을 갖다 마시라고 소리치셨다.

내가 자리에서 일어나 아버지에게 물 한 잔을 가져다주려고 했지만, 어머니는 나까지 말리면서 아버지가 직접 해야 한다고 주장하셨다. 나도 아버지도 기분이 좋지 않았다. 마침내 아버지는 마지못해 일어나서 직접 물 한 잔을 가져다 마셨다.

나는 어머니가 아버지에게 너무 매정하고 무신경하다고 생각했다. 아버지가 물 한 잔을 갖다 달라고 한 것이 그렇게나 지나친 부탁이었을까?

점심 식사 후에 나는 어머니와 단둘이 앉아 대화하면서 아버지에게 왜 그렇게 심하게 하는지 물었다. 아버지에게 그렇게 해선 안 된다고 나는 말했다.

그때 어머니가 눈물을 참으며 부드럽게 말했다.

"아들아, 네 아버지가 파킨슨병 환자라는 걸 너도 알고 있지. 의사는 아버지가 모든 집안일을 스스로 하면서 계속해서 움직이는 것이 아버지에게 더 좋다고 조언했다. 그렇게 하지 않으면 아버지는 곧 병상에 누워 돌이킬 수 없는 합병증 상태에 빠질 것이다. 아버지에게 물 한 잔을 가져다주는 것은 별문제가 아니다."

어머니는 사리(인도 여성의 전통 의상) 가장자리로 눈물을 닦으며 말을 이었다.

"물 한 잔을 가져다주지 않는 것이 아버지를 계속 움직이게 하고 더 오래 살도록 하는 일이다."

나는 나 자신이 부끄러웠다. 어머니가 무례했던 것이 아니었다. 무례한 것은 어머니의 의도를 이해하지 못한 나였다.

누군가가 왜 그런 행동을 했는지 이해하려고 하지 않았을 때 당신 역시 비슷한 경험을 한 적 있을 것이다. 그래서 그 사람을 부당하게 판단한 적이.

판단하기 전에 그 행동 뒤에 숨은 의도를 이해하는 것이 중요하다. 무엇을 했는가보다 왜 그렇게 했는가를 이해하는 것이.

나는 옳고 그름이 절대로 흑과 백으로 나뉠 수 있는 것이 아니라고 생각한다. 옳은 것이 틀릴 수도 있다. 잘못된 것이 옳을 수 있다. 강한 어조로 상처를 주는 것은 확실히 잘못된 것이다. 그렇다면 나의 어머니의 강한 말투가 잘못되었다고 할 수 있는가? 만약 어머니가 그런 강경한 태도를 취하지 않았다면, 자신의 일을 직접 하고 싶지 않았던 아버지는 서서히 신체 능력을 잃어 삶의 끝으로 더 빨리 내려갔을 것이다.

강한 것이 잘못된 것이 아니며, 부드러운 것도 잘못된 것이 아니다. 성숙하다는 것은, 우리가 사랑하는 사람들에게 진정으로 도움을 줄 수 있는 방식으로 언제 강해질지, 언제 부드럽게 대할지를 아는 것을 의미한다.

이타심의 첫걸음은 가족에게 그것을 행하는 것이다.

데스몬드 투투 주교는 말했다.

"당신은 가족을 선택하지 않는다. 가족은 당신에게 준 신의 선물이다. 당신이 가족에게 그러하듯이."

아이스크림에서 양초로 가는 이타심의 여정은 어딘가에서 시작되어야 한다. 종종 사람들은 집 밖에서 이타적인 모습을 보일 수 있다. 자신의 공동체나 사원, 학교에서 도움을 줄 수 있으며, 어떤 이들은 심지어 자신이 도왔다는 사실을 세상에 알리기 위해 셀카를 찍을 수도 있다. 그러나 그런 사람이 가정에서는 그와 같은 봉사 정신을 표현하지 않는 경우도 있다.

나는 이타심은 가정에서, 우리가 가장 사랑하는 사람들로부터 시작되어야 한다고 믿는다. 우리는 가족을 돕기 위해 우리가 할 수 있는 일을 하고 있는가? 그들을 육체적으로나 정서적으로 도와주기 위해 그곳에 있는가? 가정에서의 관계는 서로에 대한 기대는 적게 하고 서로를 도우려는 자신에 대한 기대는 높게 가져야 잘 작동할 수 있다.

이 순간, 해리는 사랑하는 사람을 돕는 본보기가 되고 있었다. 내 마음속에는 남편을 위해 희생한 이야기가 가슴 깊이 와닿는

라타 카레의 이야기가 떠올랐다.

라타 바가반 카레는 인도 중서부 마하라슈트라주의 불다나 지역에 위치한 작은 마을에 사는 65세의 여성이었다. 그녀의 삶은 단순했다. 그녀는 남편과 함께 매일 토지 소유자의 농장에 가서 생존에 필요한 만큼만 벌었다. 그들의 집은 작았지만 농장에서 얻는 음식이 허기를 해결해 주었다.

이들이 평생 모은 적은 돈은 세 딸을 결혼시키는 데 쓰였다. 이제 그들의 책임이 완수되었으므로 그들은 소박한 삶의 기쁨과 서로 함께 있음을 즐겼다. 그들은 떼려야 뗄 수 없는 사이였고 서로를 완전히 이해했다. 두 사람의 관계는 행복하기 위해 사치가 필요하지 않다는 원칙을 보여 주는 증거였다.

농장에서 돌아온 어느 날, 남편은 그녀에게 몸이 좋지 않다고 말했다. 그녀는 그를 돕기 위해 모든 종류의 약초를 써 보았지만 낫지 않았다. 지방 국립병원은 심각한 감염 상태로 진단했고, 추가 검사를 위해 더 많은 시설을 갖춘 큰 병원으로 갈 것을 권고했다.

라타는 당황했다. 의사들이 처방하는 값비싼 검사는커녕 병원까지 갈 교통비도 거의 없었다. 그녀는 눈물을 글썽이며 남편에게 그 소식을 전했고 무력감에 압도당했다. 어떻게 남편을 자신의 팔에 안겨 죽어 가도록 내버려 둘 수 있는가?

용기를 내어 자존심을 문 앞에 내려놓은 뒤 그녀는 남편을 큰 병원으로 데려갈 돈을 모으기 위해 이웃과 친척들에게 간청했다.

그렇게 해서 그들은 큰 도시의 병원에 도착했다. 그곳은 그들에게 익숙한 장소가 아니었기에 매우 불편하고 낯설었다. 병원의 어떤 사람들은 그들에게 이상한 시선을 보냈고, 또 어떤 이들은 마치 그들이 보이지 않는 것처럼 무시했다.

이에 굴하지 않고 라타는 용기를 내어 의사에게 진찰을 받게 해 달라고 요청했다. 접수처 사람들은 그들이 가진 거의 모든 돈을 초진비로 받은 뒤 그들이 부를 때까지 진료실 밖에서 기다리라고 했다. 그녀는 그곳에 앉아 있었고, 중요해 보이는 사람들이 그녀가 이해하지 못하는 용어를 말하며 복도를 돌아다녔다. 그녀의 중간 이름은 바가반(산스크리트어로 '신')이었다. 그녀는 자신의 남편이자 사랑하는 친구를 구해 주기를 신에게 기도했다.

때가 되자 그녀의 남편이 호명되었다. 의사는 그를 진찰한 뒤 그녀에게 추가 검사 목록과 약 처방전, 그리고 병원에 입원하라는 소견서를 주었다. 라타는 의자에 풀썩 주저앉았다. 그녀의 세상이 갑자기 어두워졌다.

'나는 돈도 없고 갈 곳도 없는데 어떻게 내 평생 가장 사랑하는 사람을 도울 것인가?'

눈물이 뺨을 타고 흘러내렸고, 그녀는 남편과 함께 침통하게 병원을 나섰다.

그들은 병원 구내식당의 비싼 가격을 감당할 수 없어서 버스 정류장에 있는 사모사 왈라(사모사 파는 사람)에게 들렀다. 그리고 마을로 돌아가는 버스 여행을 위해 사모사 두 개를 샀다. 라타가 생각할 수 있는 것은 이것이 남편의 마지막 식사일 수도 있다는 것뿐이었다. 사모사 왈라는 사모사를 신문지에 싸서 미소 지으며 그녀에게 건넸다. 그녀는 신문지에 싸인 사모사와 처트니(과일 혹은 채소를 주재료로 향신료를 첨가해 만든 인도의 소스)를 먹다가 신문의 헤드라인을 읽게 되었다.

'바라마티 마라톤—상금 있음'

그녀는 심장이 멎을 것 같았지만 다시 빠르게 박동을 회복했다. 달리기 시합에 나가려면 심장이 뛰어야만 했다.

다음 날 모든 사람이 달리기 복장을 하고 마라톤 출발 지점에 일렬로 섰을 때, 라타 카레는 빨간색 체크무늬 사리를 입고 그곳에 서 있었다. 맨발에 눈물을 글썽이며 그녀는 마라톤 출전을 허락해 달라고 주최 측과 언쟁을 벌였지만 주최 측은 단칼에 거절했다. 그녀는 65세였다! 남편을 구하려다가 그녀가 사망에 이르는 상황을 주최 측은 바라지 않았다. 한 시간 동안 간청하고 애원한 끝에 주최 측은 마침내 그녀가 뛰는 것에 동의하고 그녀의 옷에 번호표를 붙여 주었다.

그녀가 달리기 시작하자 사람들은 몸을 돌려 그녀를 쳐다보며 웃었다. 그들 중 많은 이들은 그녀가 딸이나 아들과 함께 경주에 참가하기 위해 온 것이 틀림없다고 여겼다. 그런데 그녀가 달리는 것을 보고 사람들은 충격을 받았다. 그녀는 키득거리는 다른 참가자들은 안중에도 없었다.

보기만 해도 웃음이 나오는 광경이었다. 이 경주를 위해 몇 달

동안 연습해 온 10대들과 젊은이들이 발목 위로 사리를 끌어 올린 할머니 옆에 나란히 서 있었다. 그녀는 마라톤은 말할 것도 없고 평생 달리기 경주에 출전한 적이 없었다. 그녀의 경쟁자들은 자신들이 할머니뻘 되는 사람에게 이제 큰 배움을 얻게 되리라는 것을 조금도 알지 못했다. 그녀는 남편에 대한 사랑 외에는 아무것도 생각할 수 없었다. 이 경주는 남편의 생사가 걸린 문제였다. 조약돌이든 바위든 무엇이 그녀가 나아가는 것을 막을 수 있겠는가?

라타는 결승선 하나에만 초점을 맞추고 바람처럼 달렸다. 그녀의 발에서는 피가 나기 시작했고 사리는 땀에 흠뻑 젖었지만 그녀는 계속 달렸다. 그녀가 그냥 완주하기만 해도 크나큰 달성이었을 것이다. 이 광경을 목격한 사람들은 그녀를 응원했고, 그녀가 달리는 이유에 감동했다.

그녀가 우승하지 못했다면 그것은 무의미한 이야기였을 것이다. 마침내 그녀는 해냈다! 대회 주최 측은 작은 마을 출신의 65세 여성인 라타 카레가 경기에서 우승했다는 사실을 믿을 수 없었다. 바라마티 거리의 군중은 그녀를 위해 박수를 치며 그녀의 우승을 축하했다. 그녀는 지역 영웅이 되었지만 그런 관심에 신경 쓰지 않았다.

그녀는 상금을 받아 행군하듯이 병원으로 걸어 들어가 남편이 최상의 치료를 받게 했다. 동시에 자신의 발에는 밴드 몇 개를 붙였다! 그녀의 유일한 동기는 남편을 구하는 것이었다. 세상에서 가장 강력한 힘은 사랑이라는 말이 있다. 라타는 그 후 2년 연속 우승을 차지했다.

완벽한 것보다 더 좋은 것

나는 해리에게 이 이야기를 들려주고 싶었지만 적절한 때가 아니었다. 그의 상황은 라타 카레의 상황과 매우 비슷했다. 그녀가 그녀의 사랑을 돕기 위해 달린 것처럼 해리는 자신의 사랑을 위해 그 순간 그가 할 수 있는 모든 것을 하고 있었다.

내가 아는 이야기가 있다.

서로를 진심으로 사랑하는 부부가 드디어 결혼을 하게 되었다.

성대한 결혼식이었다. 식에 참석한 사람들 모두 멋진 시간을 보냈다. 신랑 신부가 결혼식 의상에서도 화려하게 보일 뿐 아니라 서로에 대한 사랑이 진실하고 확고하다는 데 모두가 동의했다.

두 달 후, 신혼 생활이 자리를 잡았을 때 아내가 남편에게 다가와 한 가지 제안을 했다. 그녀는 말했다.

"최근 어디에선가 부부 관계를 강화하는 방법에 대한 글을 읽었어. 우리 각자 서로에 대해 약간 불만이거나 마음에 안 드는 점들을 목록으로 작성하기로 해. 그런 다음 어떻게 하면 그 단점들을 개선하고 함께 극복해 우리 삶을 더 행복하게 만들 수 있는지 토론하는 거야."

남편은 동의했다. 두 사람은 집에 있는 별도의 방으로 가서 자신의 마음을 불편하게 하거나 화나게 하는 상대방의 문제점에 대해 곰곰이 생각해 보는 시간을 가졌다. 그들은 하루의 남은 시간을 그것에 보내면서 그 결과물을 종이에 기록했다.

다음 날 아침 식탁에서 그들은 서로의 목록을 검토하기로 결정했다. 아내가 먼저 시작하겠다고 제의했다. 그녀는 세 페이지가 넘을 만큼 많은 항목이 적힌 목록을 꺼냈다. 그녀가 자신을 짜증나게 하는 남편의 행동 목록을 읽기 시작했을 때, 그녀는 남편이 눈물을 흘리고 있음을 알아차렸다. 그녀가 그에게 무슨 문제가 있느냐고 묻자, 그는 괜찮다고 말하며 어서 계속 읽으라고 했다.

아내는 석 장의 목록을 모두 읽은 후 종이를 식탁 위에 가지런히 놓고 그에게 이제 그의 차례이며, 그가 읽기를 마친 후에 함께 어떻게 문제를 풀어나갈지 의논하자고 말했다.

남편은 부드럽고 다정한 어조로 말했다.

"내 목록에는 아무것도 없어. 나는 당신이 있는 그대로 완벽하다고 생각하고, 당신이 나를 위해 아무것도 바꾸지 않았으면 좋겠어. 당신은 사랑스럽고, 훌륭해. 나는 당신의 어떤 것도 바꾸고 싶지 않아."

아내는 그의 정직함과 그녀에 대한 깊은 사랑, 그리고 그가 그녀를 있는 그대로 받아들이는 것에 감동했다. 그녀는 반대편으로 고개를 돌리고 눈물을 흘렸다.

우리가 실망하고, 우울하고, 화가 나는 이유와 시간은 충분하다. 우리는 굳이 그것들을 찾으러 갈 필요가 없다. 우리 인간은 완벽함과는 거리가 멀다. 상대방의 나쁜 면을 보는 것은 비록 돕고자 하는 간절한 의도를 가지고 있다 할지라도 반드시 그 사람의 좋은 면에 훨씬 더 많이 집중하는 것이 함께 수반되어야 한다.

내 말을 믿으라. 당신 안의 좋은 면만 보고, 당신이 완벽하다고 생각하고, 당신이 원하는 방식으로 당신을 사랑하는 완벽한 파트너는 절대 찾을 수 없다. 그러나 당신을 있는 그대로 보고, 당신의 모든 불완전함과 함께 당신을 있는 그대로 받아들이고, 당신이 원하는 것보다 더 당신을 사랑하는 사람은 분명히 찾을 수 있다. 그리고 그것은 완벽한 것보다 훨씬 좋다.

여기 또 하나의 이야기가 있다.

천성이 내성적인 한 남자가 상사에게 월급 인상을 요청하는 것을 매우 주저했다.

어느 금요일 아침, 그는 일어나서 아내에게 말했다.

"오늘은 말할 거야. 사장에게 월급을 올려 달라고 말할게."

오후 늦게 사장에게 다가간 그는 마침내 용기를 내어 자신의 급여 인상을 요청했다. 매우 기쁘게도 사장은 그 자리에서 동의했다.

남자는 세상을 다 얻은 것 같은 기분이었다. 퇴근 후 집에 돌아왔을 때, 식탁에 멋진 그릇들이 차려져 있고 아름다운 촛불이 켜져 있는 것을 보았다. 그의 아내가 그날을 축하하기 위해 특별 음식을 준비한 것이다.

그는 사무실의 누군가가 그녀에게 귀띔을 해서 그 사실을 알렸을 것이라고 추측했다. 어쨌든 그는 주방으로 들어가 그녀를 뒤에서 껴안으며 좋은 소식을 전했다. 그리고 식사를 하기 위해 식탁에 앉았다.

식탁 위에 카드가 하나 놓여 있었고, 남자는 그것을 집어 들고 내용을 읽었다.

'축하해요, 여보. 나는 당신이 연봉 인상을 받을 줄 알았어. 이 모든 것은 내가 당신을 얼마나 사랑하는지 말해 주기 위해 준비한 거야.'

한 접시씩 남편 앞에 음식을 차려낸 아내는 마침내 디저트를 가져오기 위해 주방으로 몸을 돌렸다. 그때 그녀의 앞치마 주머니에서 그녀도 모르게 또 다른 카드가 바닥에 떨어졌다.

남자는 카드를 집어 들었고, 카드 내용을 읽으면서 눈물을 글썽거렸다. 그 카드에는 이렇게 적혀 있었다.

'아무 걱정하지 마, 여보. 비록 당신이 연봉 인상을 받지 못했다 하더라도, 당신은 그것보다 훨씬 더 많은 것을 받을 자격이 있어. 이 식탁, 이 그릇들, 이 촛불, 이 특별한 음식들은 내가 당신을 얼마나 사랑하는지 말해 주기 위한 것이야.'

그에 대한 그녀의 사랑은 무조건적이었다. 그 사랑은 직장에서의 성공에 달려 있지 않았다. 사실, 그것은 정반대였다. 만약 그가 실패했다면, 거절당했다면 그는 그보다 더 많은 수용과 지지가 필요했을 것이고 그녀는 그의 곁에 있을 것이었다.

이 여성처럼 우리를 온전히 받아 주고, 전적으로 믿고, 전적으로 사랑하고, 전적으로 지지해 주는 사람이 우리 삶에 한 사람만 있다면, 온 세상이 우리를 거절하더라도 우리는 우리가 원하는 것을 이룰 수 있고, 우리가 가고 싶은 곳에 도달할 수 있다.

나아가 이타심은 가족에서 시작되지만 단지 거기에서 끝나서는 안 된다. 우리의 이타심의 원을 넓히기 위해 우리는 우리의 즉각적인 보살핌과 애정의 범위 밖에 있는 사람들에게도 손을 뻗어야 한다.

이 행성에서 살아가는 이유

10

공동체라는 선물/ 무엇을 가지고 떠날 것인가/ 행복이 이 행성을 치유하리라/ 타인을 위해 기쁨을 느낀다는 것/ 인생이 선물하는 최고의 삼바르

인도 비하르주의 주도인 파트나의 작은 동네에서 태어난 한 남자가 있었다. 그는 그곳에서 고등학교를 다닌 후 파트나를 떠나 큰 사업가가 되었다.

오랜 세월이 흘러 한번은 그가 고향을 방문했다. 파트나로 향해 가면서 그는 어린 시절 8, 9년 동안 학교에서 함께 공부한 친구 한 명을 만나고 싶었다.

그 친구가 사는 곳은 좁은 골목 안쪽이었다. 그래서 차를 타고 들어가는 것이 불가능해 중간에서 내려 걸어서 가야만 했다.

그는 친구가 힌두교 성직자였던 아버지의 뒤를 이어 사원에서 성직자로 살아간다는 소식을 들었다. 두 사람은 학교 졸업 후 오랫동안 만날 수 없었다. 그래서 이제 그는 성직자가 된 동창생을 만나러 갔다.

처음에 친구는 그를 알아보지도 못했다. 두 사람은 이야기를 나누기 시작했고, 지난 일들을 하나씩 기억해 내면서 마침내 긴 세월을 뛰어넘어 과거의 가까웠던 친구 사이로 돌아왔으며, 서로 마음을 나누기 시작했다.

실로 오랜만에 찾아온 벗을 바라보던 성직자 친구는 그가 무엇을 하는지도 모르고, 어디에 사는지, 심지어 그가 크게 성공한 사업가인 줄도 모른 채 그에게 말했다.

"친구야, 너 지금 큰 도시에서 살고 있구나. 만약 네가 무엇인가를 하고 싶고, 어떤 일을 시작하고 싶고, 재정적인 도움이 필요하다면 내가 너를 도와줄 수 있어. 나는 오랫동안 2만 5천 루피(약 43만 원)를 저축했어. 그 돈을 너에게 전부 줄 테니 사업을 시작해 봐."

사업가 친구는 그 말에 너무 감동을 받아 자신도 모르게 눈물을 글썽였다. 가진 재산이 2만 5천 루피가 전부인데, 그것을 모두 그에게 기꺼이 내주려 하고 있었다. 오로지 그의 행복과 성공을 위해.

그 일은 이 사업가의 마음에 큰 영향을 미쳤다. 훗날 CNBC(미국의 경제 방송)와 인터뷰하면서 그는 그때의 일을 생생히 기억하며 말했다.

"그 친구가 나에게 무엇인가 사업을 해 보라며 2만 5천 루피를 주겠다고 제안했고, 그것이 그가 가진 전부였습니다. 그리고 그 제의에는 어떤 조건도 없었습니다. 그는 그저 자신이 가진 돈 전부를 옛 친구인 나의 성공을 위해 기꺼이 주고 싶어 했어요."

감사는 기억과 관련된 것이다. 감사는 사람들이 우리를 위해 무엇을 했는지, 사람들이 우리를 위해 무엇을 하고 있는지 기억하는 일이다. 그들이 어떻게 우리를 도우러 세상에 나왔는지, 그리고 얼마나 많은 일을 우리를 위해 해 주었는지를.

우리는 세상이 그저 자기 자신에 대해 생각하는 '받는 자'들로 가득 차 있음을 발견한다. 삶의 방식에 대해 생각할 때 우리는 단지 자기 자신에 대해 생각한다. '나의 삶', '나의 길', '나의 재산', 끝없는 '나의 것'에 대해. 오늘날 세상 사람들의 마음을 채우는 한 단어가 있다면 그것은 바로 '나'이다. 이들을 '받는 자'라고 부른다.

그러나 오늘날, 단순히 '받는 자'에서 '주는 자'로 옮겨 가는 사람들이 늘어나고 있음을 발견한다. 받는 사람은 잘 먹을 수 있지만 주는 사람은 잘 잘 수 있기 때문이다. 받는 사람은 즐거운 시간을 보낼 수 있고, 주는 사람은 멋진 삶을 살 수 있다. 그 이유는 베푸는 기술에는 세상의 어떤 것으로도 살 수 없는 놀라운 것, 즉 만족감이 있기 때문이다. 나누고 배려하기 시작하면 마법 같은 놀라운 일이 일어난다. 삶의 만족감이 그것이다.

상상해 보라. 당신이 숨을 쉬는데 계속해서 공기를 들이쉬고, 또 들이쉬고, 그렇게 끝없이 들이쉬기만 한다면 당신은 살 수 있는가? 아니다. 또 상상해 보라. 당신이 숨을 내쉬기 시작하고, 또 내쉬고, 계속 내쉬기만 한다면 당신은 살 수 있는가? 아니다.

우리의 생명이 그토록 놀랍고 정교하며 세련된 리듬으로, 호흡의 리듬으로 만들어져 있다는 것을 우리는 자주 잊는다. 생명에 대해 이야기할 때, 우리는 호흡의 리듬을 이야기한다. 우리는 무의식적으로 받아들이고 내주고, 받아들이고 내주고 있다. 그냥 받아들이기만 하면, 우리는 질식한다. 계속 내주기만 하면, 마찬가지로 질식한다.

생명이 우리에게 가르쳐 주는 얼마나 놀라운 균형인가! 우리의 호흡이 얼마나 놀라운 리듬을 가르쳐 주는가! 삶은 우리가 계속 취하고 또 손에 넣기만 하는 '받는 자'의 삶일 수 없다. 또한 삶은 그저 주고, 주고 또 주는 것만이 될 수 없다.

호흡의 리듬은 우리에게 놀라운 메시지를 준다. 즉 받기 위해서는 주어야 하고, 소유하기 위해서는 나눠야 하고, 손에 잡기 위해서는 배려해야 한다. 그 놀라운 균형, 그 놀라운 방정식이 삶을 놀랍게 만든다.

공동체라는 선물

우리는 이면 도로를 통해 병원으로 가기 위해 도시에 대한 우리의 모든 지식을 동원해 차량들 사이를 지그재그로 내달렸다. 당신이 늘 다니던 길만 고집할 때 얼마나 많은 것들을 놓치게 되는지 믿어지지 않을 정도이다. 나는 전에는 보지 못했던 도시의 일부를 보고 있었고, 사람들은 조수석에 수도승이 탄 고급 승용

차가 자신들의 동네를 휙휙 지나가는 것을 보고 깜짝 놀랐다. 골목 가득히 울려 퍼지는 엔진 소리가 모여서 짜이(향신료를 섞어 우유, 설탕과 함께 끓이는 인도식 밀크티)를 마시며 일상의 일을 하고 있는 이 지역 도시민들의 귀를 먹먹하게 만들었다. 그러나 우리에게 그 굉음은 랄리타에게 더 빨리 도착한다는 것을 의미했다.

사원으로 가는 길에 깊은 대화를 나누다가 놓쳤을 수도 있지만, 다른 길로 가면서 우리는 교통 정체의 원인을 알 수 있었다. 한 건물을 집어삼키고 있는 화염 때문에 뭄바이가 멈춰 있었다. 불길이 3층짜리 아파트 꼭대기에서 솟아오르자 하늘에 연기가 소용돌이치며 자욱하게 피어올랐다. 무서운 광경이었다. 사람들이 멈춰 서서 구경하는 동안 현장 주변은 차량이 뒤엉켰고, 경찰은 사람들과 차량을 우회시키기 위해 최선을 다하고 있었다. 소방차의 붉은 불빛들이 거리에 줄지어 서 있었고, 그들을 돕기 위해 군대에서 출동한 군인들까지 보였다.

나의 관심은 소방차의 긴 호스를 잡기 위해 힘을 합해 일하는 소방관 한 명과 군인 한 명에게 쏠렸다. 그 두 남자는 호스를 잡고 함께 달렸고, 불길이 치솟는 바로 옆에 서서 불길을 잡으려고 애썼다. 재난이 닥쳤을 때 함께 일하는 것이 큰 차이를 만들어낸다. 그때는 함께 뭉쳐야 한다.

그 사람들의 희생하는 모습은 인도 군인인 내 친구 수닐 쿠마르를 떠오르게 했다. 그는 나에게 자신의 이야기를 하면서 목이 메었다.

"우리 인도 특공대가 무성하게 자란 스리랑카 정글에 에워싸여 한 줄로 걸어가자 나뭇잎들이 바스러졌어요. 우리 특공대원들은 얼굴에 검푸른색 물감을 칠해 완벽하게 위장했어요. 그때 갑자기 총소리가 들리자 나무 꼭대기에서 새들이 날아올랐어요. 우리 인도 평화 유지군을 공격한 것은 타밀 엘람 해방 호랑이(타밀족 분리 독립 무장단체)였어요. 타밀 타이거스의 AK-47 총알이 매복해 있던 우리 기동대를 할퀴었어요. 우리는 땅바닥에 납작하게 엎드려 우레처럼 쏟아지는 총알 소리에 따라 동쪽으로 사격을 했어요.

대부분의 우리 병사들은 탈출에 성공했지만, 몇 명이나 그곳에 남아 있는지 확실히 알 수 없었어요. 그때 우리 특공대원 중 한 명이 중상을 입어 구조해야 한다는 무전이 걸려왔어요. 그가 정확히 어디에 있는지, 얼마나 심하게 다쳤는지, 그의 주위에 몇 명의 부대원이 있는지 우리는 알 수 없었어요. 불확실성이 커지고 있었지만 우리는 그를 구조하라는 무전을 받았어요.

우리는 그 병사를 향한 위험한 이동을 시작했어요. 실개천을 따라 길고 구불구불한 길이 우리를 낯선 지역으로 인도했어요. 우리는 예상한 것보다 더 빨리 현장에 도착했어요. 여전히 멀리서 총소리가 들렸지만 우리는 무사히 우리의 병사에게 접근했어요."

수닐이 계속 말했다.

"그 병사를 보기도 전에 피와 살이 타는 냄새가 진동했어요.

부상이 너무 심해서 내부 장기 일부가 몸 밖으로 빠져나온 상태였어요. 몸에서 피가 솟구쳤고 그는 고통스럽게 울부짖었어요.

'죽고 싶지 않아.'

그가 우리를 보자 소리쳤어요.

'내 아내와 아이들에게 사랑한다고 전해 줘. 내 나라 사람들에게 사랑한다고 전해 줘.'

그는 감정을 주체하지 못하고 계속 말을 했어요. 긴급 상황이었고 우리는 무슨 수를 써서라도 그를 그곳에서 구출해야 했어요. 더 이상의 소음은 타밀 호랑이에게 발각되어 우리를 덮칠 상황이었어요.

우리는 가지고 있던 들것을 펼쳐 재빨리 그를 들것 위로 옮겼어요. 아드레날린이 산소처럼 흐르는 상황에서 응급처치는 힘들었어요.

'사상자 발생. 헬리콥터 후송을 요청한다!'

나는 휴대용 무전기에 대고 말했어요.

무전기에서 응답했어요.

'불가능하다. 정글이 너무 뜨겁고, 착륙할 들판이 확보되지 않는다.'

헬리콥터를 공중에 날려 버릴 위험을 감수할 수 없으니까요. 우리는 지옥에서 탈출해 우리 대원을 군 병원으로 이송할 방법을 찾아야만 했어요. 그의 상태를 고려할 때 한 가지 선택밖에 없었어요."

수닐이 말했다.

“우리는 들것에 그를 들고 가장 가까운 도로로 재빨리 이동해 지나가는 차를 강제로 멈춰 세웠어요. 나는 남인도 출신이어서 어떻게든 스리랑카인으로 가장할 수 있었어요.

우리가 현지인들과 섞여 있었기 때문에 운전사에게 우리를 병원으로 데려가도록 설득하는 것은 쉬웠어요. 그건 위험한 행동이었어요. 만약 우리가 탄 차 운전사가 타밀 호랑이의 동조자였다면 우리는 희망이 없었을 거예요. 그들은 무작위로 차량을 세우는 것으로 악명 높았어요. 하지만 마침내 우리는 정글을 헤치며 질주해 부상당한 전우가 생존할 수 있는 시간에 맞춰 간신히 군 병원에 도착했어요.

몇 달 후 그 대원은 다시 부대로 돌아와 이미 임무에 복귀할 준비를 하고 있었어요. 이것이 군대 내의 동지애였어요. 우리는 기꺼이 국가와 서로를 위해 희생했어요. 우리에게 더 많은 봉사를 하도록 동기 부여하는 것이 바로 그 정신입니다.”

수닐 쿠마르는 정글의 열기에 대해서만 이야기한 것이 아니었다. 그는 히말라야의 시아첸 빙하(라다크 북쪽에 위치한 빙하 지대)라는, 중국과 국경을 맞댄 지구상에서 가장 높은 전쟁터에서의 시간을 언급했다.

“나는 거대한 얼음덩어리 위에 걸쳐진 얼어붙은 인도 국경을 지키기 위해 한 무리의 병사를 지휘하고 있었어요. 빙하 위에서의 삶은 예측할 수 없어요. 눈사태가 일어나 언제라도 수천 톤의

폭설에 파묻힐 수 있어요. 아니면, 내 생각에 더 나쁜 일은, 빙하에는 무작위로 틈이 있는데, 그 틈새가 갈라져 30~60미터 깊이의 협곡을 만듭니다. 방심하며 걷다가 그 사이로 추락하면, 그런 일은 과거에도 있었는데, 구조해도 살아날 가망이 없어요. 심연 내부의 온도가 섭씨 영하 100도까지 곤두박질치면서 몸이 얼어붙기 때문입니다.

우리는 함께 안전하게 지낼 수 있는 방법을 생각해 냈어요. 우리는 긴 밧줄로 서로의 몸을 묶었어요. 그래서 만약 한 사람이 틈새로 떨어지면 다른 사람들이 얼음 깨는 곡괭이를 땅에 박았고, 그런 다음 그를 끌어 올릴 수 있었어요. 우리는 단지 중국 군대와의 전투에서 싸우는 것만이 아니라 심장과 몸을 직접적으로 위험에 빠뜨릴 수 있는 치명적인 추위에 우리의 목숨을 걸고 있었어요. 우리가 국가와 서로를 위해 목숨을 걸 수 있었던 것은 우리의 공동체 의식이었어요."

내 마음이 시아첸 빙하 위에 얼어붙어 있을 때, 타이어가 끼익하는 소리를 냈다. 우리는 병원에 도착했다. 해리가 핸들 아랫부분을 잡고 좌석에 구부정하게 앉아 있을 때 나는 모든 관심을 다시 해리에게 돌렸다. 그는 잠시 멈추고 숨을 쉬면서, 정신없이 운전하던 조급함에서 벗어나 기분을 전환하려고 노력했다.

"랄리타가 괜찮지 않으면 어쩌죠?"

그가 내 눈을 똑바로 바라보며 말했다.

내가 되물었다.

"괜찮지 않다니, 뭐가요?"

"그녀가 나에게서 사라지면 어떻게 하죠?"

그가 울음을 터뜨렸다. 큰 슬픔의 순간이 되어서야 사람들이 우리에게 무슨 의미인지 이해하게 된다는 생각이 들었다.

나는 좌석을 가로질러 몸을 굽혀 그를 안아 주며 아무 말도 하지 않았다. 그는 상의 호주머니에 있던 손수건으로 눈물을 닦았다. 그에게는 감정적으로 지친 날이었고, 더욱더 그럴 것 같았다. 그는 숨을 길게 내쉬고 나서 문을 열었다. 나는 조수석에서 서둘러 내려 운명을 맞이하러 병원에 들어서는 그를 따라갔다.

무엇을 가지고 떠날 것인가

병원은 혼잡했다. 흰 가운을 입은 의사들이 자신감을 갖고 돌아다니고 있었다. 당연히 그래야만 했다. 그들의 치료 행위는 삶과 죽음을 가를 수 있고, 비통한 가정과 행복한 가정으로 나누고, 꿈이 이루어지거나 영원히 묻히게 할 수도 있었다. 그들에게는 변화를 일으킬 힘이 있었다.

해리는 접수처로 달려갔다.

"무엇을 도와드릴까요?"

접수 담당자는 해리의 다급함에도 아랑곳하지 않고 해리에게 미소를 지었다. 그녀는 나를 보고는 흠칫 놀라며 나의 특이한 옷차림에 관심을 보였다.

"랄리타의 병실이 몇 호인가요?"

해리가 물었지만, 접수 담당자가 전화를 받으면서 대화가 중단되었다.

"잠시만 기다리세요, 선생님……. 병원입니다. 무엇을 도와드릴까요?"

접수 담당자는 전화를 받느라 해리에게 주의를 기울이지 않았다. 해리는 신음 소리를 내며 손가락으로 카운터를 두드리면서 접수 담당자를 무섭도록 빤히 쳐다보았다. 그는 더 크게 물었다.

"랄리타의 병실이 몇 호냐고요……."

접수 담당자는 해리의 태도에 전혀 개의치 않았다. 그녀는 의자를 살짝 돌리며 손가락에 전화선을 빙빙 감았다.

이때 한 젊은 의사가 나이 든 의사를 따라가며 말하는 소리가 들렸다.

"환자명 아이에르. 도착한 후부터 심장 박동 수 안정적이고, 발열과 구토가 있습니다."

나이 많은 의사는 권위가 있어 보였고, 의대생들로 보이는 10여 명이 존경심을 품고 그의 뒤를 따르고 있었다. 학생들은 그의 말 한마디 한마디에 집중했다. 환자의 성을 듣고 해리는 지도 교수 가까이 모여 있는 의대생들을 밀치고 뛰어들었다.

"아이에르라고 했나요?"

해리가 의대생에게 물었다. 학생은 어떻게 대답해야 할지 몰라서 지도 교수를 쳐다보았다.

"우리는 환자의 어떤 개인 정보도 공개할 수 없습니다, 선생님."

학생이 조심스럽게 말했다.

해리가 학생을 무시하고 그들의 교수에게 직접 물었다.

"나는 랄리타 아이에르의 남편 해리 아이에르예요. 당신들이 말하는 '아이에르'가 내 아내인가요? 랄리타는 어디에 있죠?"

"아이에르 씨?"

지도교수가 말했다.

"안녕하세요, 나는 의사 하르실 샤입니다. 아까 통화했었죠."

해리가 두 손으로 의사와 악수했다.

"랄리타는 지금 어디에 있나요? 무슨 일이지요?"

샤 박사가 아내의 생명줄이라는 것을 잘 알기에 해리는 여전히 의사의 손을 붙잡고 물었다.

"나를 따라오세요. 지금 막 몇 가지 검사를 하고 있었습니다."

샤 박사가 대답했다. 그는 아직 나를 별로 눈여겨보지 않았다.

그는 급히 몇 계단을 올라갔고, 가는 길에 흰색 모자를 쓴 간호사들이 그에게 진료 차트를 건네주었다. 해리는 의사를 쫓아갔다. 의대생들은 지금 뭔가 가치 있는 일을 목격하고 있는 것처럼 흥분하며 해리를 뒤쫓았고, 나는 친구를 위해 옆에 있어야 한다는 것을 알고 일행을 쫓아갔다.

랄리타를 볼 수 있으려면 얼마간 기다려야 할지도 모른다는 의사의 말에 해리와 나는 2층 대기실에 자리 잡았다. 그녀가 그

층에 있다는 것을 확인해 주고 나서 의사는 실습생 무리와 함께 바쁜 걸음으로 사라졌다.

우리는 무슨 일이 일어나고 있는지 잘 알지 못했다. 해리는 눈을 감고 두 손을 모았다. 기도하는 것처럼 보였지만, 나는 확신할 수 없었다. 그의 얼굴은 엄숙했다. 진료 예약을 했거나 사랑하는 사람을 만나러 온 이들을 의사들이 한 명씩 안으로 불렀다. 30분이 지나서야 샤 박사가 해리를 불렀다.

"해리 아이에르 씨, 랄리타는 이제 당신을 만날 수 있을 만큼 회복되었습니다."

"문제가 뭐였나요?"

해리가 의사를 향해 걸어가며 연거푸 물었다.

"그녀는 괜찮은가요? 지금 어디에 있나요?"

그는 복도를 따라 아내가 있는 병실로 들어갔다.

2009년 7월 9일의 일이 기억난다. 그날 나는 영국 런던에서 막 돌아왔다. 새벽 1시 반이었는데, 무슨 이유에서인지 평소와 다르게 내 휴대전화가 켜져 있었다. 그때 전화벨이 울렸고, 내 마음은 누구일지 추측하기 시작했다. 전화를 받으니 어머니였다. 나는 아버지가 돌아가셨다는 소식을 듣고 싶지 않았다. 아버지는 파킨슨병을 앓고 있었다. 런던으로 가기 직전에 나는 부모님 집을 방문했고, 아버지가 침대에 누워 있는 것을 보았다. 내가 수도승이 된 후 지금까지의 삶은 부모님에게는 놀라운 여정이었다. 처음에는 힘들었지만 나중에는 분명 감사해하셨다. 아버지가 떠나셨다.

뭄바이에서 차를 몰고 갔는데, 비가 억수같이 퍼붓고 있었다. 장례가 끝나고 화장이 이루어졌다. 이튿날 화장터에서 내 손에 들려진 것은 작은 항아리 하나였다. 아버지의 재가 든 항아리를 손에 들고 나는 충격을 받았다. 한동안 아무 생각도 할 수 없었다. 이것이 나의 아버지란 말인가? 이것이 아버지한테서 남은 것인가? 그동안 내가 말하고, 읽고, 듣고, 영국 의회를 비롯한 많은 장소에서 강연한 모든 것이 그 순간 갑자기 떠올랐다. 죽음 앞에서 그것들 모두가 무의미하게 느껴졌다.

삶에는 그렇게 정신이 번쩍 드는 순간들이 있다. 그 순간들은 당신에게 진정으로 중요한 우선순위가 무엇인지 묻는다. 당신은 무엇이 당신에게 중요한지 평가해야만 한다. 무엇을 붙잡고 있을 것인가? 원망? 분노? 우리가 떠날 때 우리는 유산을 남겨야 하며, 단지 유산만 남겨서는 안 되고 무엇인가를 우리와 함께 가지고 가야 한다.

브리티시 항공사 여객기를 타고 런던으로 가는 길에 나는 점심 꾸러미에 망고 셰이크 한 병을 가지고 있었다. 엑스레이를 통과할 때 보안요원이 "이건 가지고 갈 수 없습니다."라고 말했다. 내가 "왜요?" 하고 물으니 안에 액체가 들어 있어서 그렇다는 것이었다. 나는 그것이 액체가 아니라 신이 주신 숭고한 것이라고 말했다. 그러자 그가 말했다.

"무엇이 숭고하다는 거죠? 이것은 망고 셰이크입니다. 강철병에

든 1리터 액체입니다. 죄송하지만 100밀리리터만 허용됩니다."

그래서 공항에 근무하는, 내가 아는 사람이 나를 데리고 공항 밖으로 나가서 망고 셰이크를 그곳에 있는 걸인에게 주고 돌아와서 비행기에 탑승했다. 비행기에 탑승할 때, 당신은 무엇을 가지고 갈 수 있는지 알아야 한다. 나머지는 모두 뒤에 남겨 두어야 한다.

행복이 이 행성을 치유하리라

최악의 상황을 염려하며 병원 대기실에 혼자 앉아 있는 동안, 나는 주위를 둘러보면서 의사들이 사랑과 연민으로 환자들을 대하는 모습을 바라보았다. 그리고 영적인 사람들을 행동하게 만드는 이타적인 본능에 대해 생각했다.

내 마음은 그해 2월 초, 뭄바이의 미라 로드에 있는 우리 영성 공동체가 운영하는 병원으로, 그리고 그곳에서 일하는 의사들에게 영감을 주는 가치관으로 거슬러 올라갔다. 그들 중 많은 이들이 해마다 성지 바르사나(크리슈나 신의 연인 라다의 고향으로 믿어지는 힌두교의 이름난 성지. 라다라니 사원이 유명함)에서 무료 치과 및 안과 캠프를 열어 치료가 절실한 사람들에게 자신들의 시간과 기술, 마음을 쏟아 봉사해 왔다. 런던 출신의 내 친구이자 당시 치의대생이었던 인도인 비네 라니가가 그 의료 봉사 캠프에 대해 들려준 이야기가 떠올랐다.

뉴델리에서 남쪽으로 차로 두 시간 거리에 있는 바르사나는 박티 요가를 수행하는 사람들에게 무척 신성시되는 장소이다. 영성을 삶의 중심으로 삼고 이타심과 사랑 넘치는 봉사 정신을 가슴에 품고 살아가는 이들의 고향이다. 하지만 그들은 정작 자신들을 위한 충분한 의료 체계를 갖고 있지 않다. 그들 중 상당수는 안경이 필요할 정도로 앞이 보이지 않거나, 음식을 먹기 힘들 만큼 치과 치료가 필요하다.

바르사나 치과 및 안과 캠프는 적어도 1년에 한 번 그 지역 수천 명의 마을 사람들에게 치료와 구호물자를 제공한다. 비네 라니가는 치과 치료 캠프의 일을 도우러 그곳에 왔다.

치과 캠프는 그곳의 아쉬람 건물을 일주일 동안 임시 치과로 바꾼다. 캠프가 열리기 몇 주 전부터 자원봉사자 몇 명이 이웃 마을들을 돌며 병을 치료할 기회를 알린다. 캠프는 아침 8시에 시작하지만 새벽 4시쯤이면 이미 수백 명의 사람들이 줄을 서서 자신들의 문제를 해결할 기회를 기다린다.

캠프가 시작되면 치과 의사 몇 명이 환자에 대해 간단한 진료를 한 후 필요한 치료가 적힌 서명된 종이 한 장을 준다. 환자는 이에 따라 해당 부서로 보내진다. 어떤 환자는 치아에 생긴 충치 구멍을 메우는 봉이 필요하고, 어떤 환자는 이를 뽑아야 하며, 일부는 위아래 틀니 세트가 필요하다.

비네는 나에게 말했다.

"나는 노인 환자들을 위해 틀니 만드는 부서에서 일을 도왔어요. 런던의 교수들에게 애원하고 설득한 끝에 의료 캠프에 참가하는 동안 강의를 빠져도 좋다는 허락을 받았어요. 이때까지만 해도 나는 틀니를 만든 적이 한 번도 없었어요. 일주일에 40개의 틀니를 제작하는 건 말할 것도 없고요. 나는 내가 이 동료들과 대등해지고 싶다고 생각했던 것을 기억해요. 단지 그들이 가지고 있는 치의학 기술뿐만 아니라, 진심 어린 축복 외에는 아무것도 줄 수 없는 물질적으로 가난한 사람들에게 그들이 보여 주는 사랑에 대해서도."

비네가 계속했다.

"나는 정식 면허를 가진 치과 의사들로부터 치료 전과정에 대해 안내를 받았는데, 나 자신이 그들이 설명하는 기본 용어조차 모른다는 사실에 약간 당황했어요. 몇 번 실습을 거친 후에 처음부터 끝까지 모든 치료에 참가하게 되면서, 나는 환자를 위한 틀니 세트를 내 손으로 직접 완성하고 싶다는 마음을 먹었어요. 난구를 만난 것이 그때였어요.

난구는 바르사나에서 태어나고 자란 72세의 여성이었어요. 그녀는 그 마을을 떠난 적이 한 번도 없었고, 소와 논밭을 돌보며 소박한 삶을 살았어요. 나에게 올 때마다 그녀는 수수한 자주색 사리를 두르고, 사리의 일부로 머리를 가린 채 낡을 대로 낡은 오렌지색 스웨터를 입고 있었어요. 그녀는 소유물이 거의 없는 단순한 초가집에서 가난하게 살았어요. 하지만 그녀가 섬기는 라다 여신에 대한 사랑의 형태로 그녀 내면에 더 깊은 부를 가지고 있음이 분명했어요.

나는 형편없는 힌디어로 그녀에게 말했어요.

'저는 런던에서 온 치과대학 학생입니다. 틀니 한 세트를 만들어 드리려고 하는데, 그렇게 해 드릴까요?'

그녀는 고개를 끄덕이며, 치아 없이 음식을 먹어야 하는 자신의 문제에 대해 이야기했어요. 그녀의 눈에 감사하는 마음이 흘러넘쳤고, 치아를 갖는 것이 그녀에게 어떤 의미인지 알 수 있었어요. 그녀는 환하게 빛났고, 나에게 할머니 같은 사랑을 아낌없이 쏟아부어 주었어요. 치과 기공사들이 현장에 있었기 때문에 보통 몇 달은 걸릴 공정이 단 3일로 단축되었어요. 나흘째 되는 날, 난구에게 틀니를 건네줄 시간이었어요.

그녀가 진료실로 걸어 들어올 때, 그녀 안에서 흥분된 기대감을 느낄 수 있었어요. 크리스마스나 디왈리(디파왈리라고도 하는, 인도의 최대 축제 중 하나인 빛의 축제) 때 선물을 열어 보는 들뜬 아이 같았어요.

나는 그녀의 입안에 위쪽 틀니를 먼저 고정시키고 나서 아래쪽 틀니를 고정시키려고 했어요. 그때 내가 본 것으로 인해 가슴이 아팠어요. 그녀의 아랫니가 윗니 앞에 나와 있었어요.

'어떻게 해야 하죠?'

나는 나보다 경험 많은 선배 치과 의사를 성가시게 졸랐어요.

'그녀는 아래턱을 앞으로 내미는 자세를 습관적으로 취하고 있어. 그녀가 틀니에 익숙해지게 해야만 해.'

그는 자신의 환자를 치료하면서 차분하게 말했어요. 긴 세월을 치아 없이 지내다 보니 난구는 아래턱을 앞으로 내밀고 먹는 것에 익숙해진 거예요. 하지만 그것은 턱을 제자리로 돌려놓는 연습을 도와줌으로써 바로잡을 수 있었어요.

얼마나 다행인가! 나는 생각했어요. 비록 이것은 자원봉사였고 이와 관련해서 어떤 금전적 압박감도 없었지만, 나는 난구가 좋은 치아를 얻도록 확실히 해야 한다는 책임감을 느꼈어요. 내가 생각할 수 있는 것은 오로지, 이 여성이 나의 친할머니 같다는 것이었어요."

비네가 계속해서 말했다.

"조금 연습한 후 마침내 그녀의 아래턱이 제자리를 잡았고 틀니가 하나로 일치되었어요. 나는 그녀의 손을 잡고 그녀가 앉아 있던 정원 의자에서 일어나는 것을 도왔어요. 다시 말하지만 그곳은 임시 치과였어요! 나는 천천히 그녀가 진료실 옆의 뜰에 걸려 있는 거울 앞으로 가도록 도왔어요. 나는 걸어가면서 그녀에게 눈을 감으라고 말했어요. 그녀가 거울 앞에 섰을 때 나는 그녀에게 눈을 뜨라고 말했어요. 15년 만에 처음으로 그녀는 반짝이는 새 치아를 보고 있었어요. 그녀는 치아를 맞부딪혔어요. 조심스럽게 치아로 무는 행위에 익숙해져 보려고 하면서. 그녀가 거울에 더 가까이 다가가 거울을 덮고 있던 먼지를 일부 닦아내자 그녀의 얼굴에서 눈물이 흘러내리고 있었어요.

나도 울지 않을 수 없었어요. 그녀는 거울 옆 계단에 앉았고 나는 그녀 옆에 쪼그리고 앉았어요. 그녀는 애정을 담아 내 머리를 쓰다듬었고, 나는 그녀의 축복을 받기 위해 두 손을 모았어요. 그리고 그녀에게 물었어요.

'틀니가 당신에게 어떤 의미인가요?'

그녀는 말했어요.

'이것은 내가 제대로 먹고 씹을 수 있다는 의미예요. 밤에 내 배가 부를 수 있다는 의미예요.'

그녀는 미소를 지으며 눈을 반짝였습니다. 나의 봉사가 그녀의 삶에 약간의 가치를 더했다는 것을 알게 된 것이 내 인생에서 가장 가슴 벅찬 순간이었어요."

그렇다면 비네를 봉사하게 만든 정신은 무엇인가? 삶에서 영성을 추구하는 사람들이 타인을 돕도록 이끄는 것은 무엇인가? 우리가 자기 자신과 연결되고 신성과 연결될 때, 우리의 이해와 가치관이 완전히 바뀐다. 우리가 진실하게 영적 수행을 해 나갈 때 삶에 대한 더 높은 시각을 얻는다. 자기 자신을 위해 살면 마음과 감각을 만족시킬 수 있는 가능성이 있지만 마음 깊은 곳은 만족시킬 수 없다는 것을 우리는 이해한다.

타인을 위해 기쁨을 느낀다는 것

한 글자로 된 가장 이기적인 단어는 무엇인가? '나'가 아닐까?

모든 것이 '나'를 중심으로 돌아간다. 그 '나'는 무엇을 상징하는가? '나'는 기대를 의미한다. 이런 대접을 받아야 하고, 이런 사랑을 받아야 하고, 이런 응대를 받아야 하고, 이런 존중을 받아야 한다. '나'는 이만큼의 평가를 받아야 하고, 이 정도만 받아서는 안 된다…….

우리는 모두 매우 높은 기대치를 가지고 살아간다. 모든 것은 나의 의견, 나의 욕망, 내가 좋아하는 것, 내가 싫어하는 것을 중심으로 돌아간다. 나는 이것을 좋아해, 나는 이것을 원해, 나는 이것을 원하지 않아……. 나, 나, 나, 나, 나!

삶이 '나'를 중심으로 돌아가면 행복한 삶이 될 것이라고 당신은 생각한다. 우리는 어린 시절부터 그렇게 자랐다. 우리는 단지 획득하는 법을 배웠을 뿐이며, 모두가 내 기대를 만족시켜야 한다. 모든 것이 내 기대에 부응해야 하고, 모든 것이 내 기대를 중심으로 돌아가야만 한다.

소년이 엄마에게 다가와 "엄마, 사랑해요!" 하고 말한다. 아이는 다섯 살이다. "엄마, 사랑해요" 어머니도 "나도 사랑해, 아들." 하고 말한다. 그 아이가 열여섯 살일 때 엄마에게 와서 말한다. "엄마, 사랑해요." 어머니가 말한다. "용돈이 얼마 필요하니? 말해." 스물다섯 살이 되어 다시 말한다. "엄마, 사랑해요." 어머니는 말한다. "어떤 여자니? 어디에 살아? 그냥 말해." 아들은 마흔 살이 되었다. "엄마, 사랑해요." 어머니가 말한다. "그 여자와 결혼하지 말라고 내가 분명히 말했지?" 이제 아들은 예순 살이다. "엄마, 사랑해요!" 어머니가 말한다. "나는 어떤 서류에도 서명하지 않을 거다! 저리 가라!" 어머니는 다 안다.

모든 것이 '나'의 기대에 관한 것이다. 연애도 '나'의 기대에 관한 것이고, 결혼도 '나'의 기대에 따른 것이다. 종교는 다르다고 생각하는가? 종교인들은 '나'의 기대를 내려놓고 교회와 절에 오는 것 같은가? 나는 그렇게 생각하지 않는다.

사람들이 신 앞에 설 때, 사원에 올 때, 그들은 단지 요구할 뿐이다. "신이시여, 내가 원하는 것을 주세요!"라고. 아무도 "신이시여, 당신을 사랑합니다. 당신에게 주고 싶습니다!"라고 말하지 않는다.

미국 대통령 존 F. 케네디가 자신의 첫 대통령 연설을 위해 단상에 올라 "국가가 당신을 위해 무엇을 할 수 있는지 묻지 말고, 당신이 국가를 위해 무엇을 할 수 있는지 물어보라."라고 말한 것처럼, 우리는 "신이 여러분을 위해 무엇을 할 수 있는지 묻지 말고, 여러분이 신을 위해 무엇을 할 수 있는지 물어보라."라고 말한다. 하지만 아무도 그렇게 묻지 않는다. 왜냐하면 '나'가 너무 크기 때문이다. 나의 기대, 나의 욕망, 나의 것들이 너무 강력해서 사원에 와서 종을 치면서도 내가 하는 것은 오직 요구뿐이다.

우리가 '나'의 삶을 살면 살수록, 우리의 '나'는 언제나 좌절할 것이다. 사람들은 나의 기대를 충족시키기 위해 이 세상에 존재하는 것이 아니기 때문이다.

그러므로 가장 이기적인 한 글자로 된 단어는 기대를 내포하고 있는 '나'이다. 따라서 이 단어를 피하라. 이 단어를 어떻게 피하는가? 당신의 기대에 있어서 현실적이 되라. 기대를 하는 것은 문제가 아니다. 하지만 모든 사람이 당신의 기대를 충족시키지는 않으리라는 것을 이해하라.

그리고 두 번째로, 타인을 위해 봉사함으로써 그 단어를 피하라. 왜인지 아는가? 왜냐하면 당신이 봉사를 받고 싶을 때, 당신은 사람들에게 의존해야 하기 때문이다. 그들은 당신에게 봉사하지 않을지도 모른다. 하지만 당신이 봉사하고 싶을 때, 누가 당신을 막을 수 있는가?

당신이 존경을 받고 싶을 때, 사람들은 당신을 존경하지 않을 수도 있다. 하지만 당신이 존경을 표하고 싶을 때, 누가 당신을 막을 수 있는가? 당신이 사랑받고 싶을 때, 당신은 사랑받지 못할 수도 있다. 하지만 당신이 사랑을 주고 싶을 때, 누가 당신을 막을 수 있는가? 당신이 자선을 원할 때, 사람들은 당신에게 자선을 베풀지 않을 수도 있다. 하지만 당신이 자선을 베풀고 싶을 때, 누가 당신을 막을 수 있는가?

그러므로, '나'로부터 타인에게로 가는 여정을 시작하는 법을 배워야 한다. 당신이 자신을 더 많이 원할수록, 당신은 좌절감을 느끼게 될 것이다. 당신이 더 많이 주고 싶을수록, 당신은 행복할 것이다.

자신을 위한 일에 몰두하며 피상적인 삶을 살 때, 우리는 파도타기를 하지만 파도 아래 있는 것은 보지 못하는 서퍼와 같다. 그렇게 함으로써 자신의 욕구와 관심사를 충족시킬 수 있지만, 결코 진정한 성취감은 느낄 수 없을 것이다. 하지만 영성을 추구할 때 우리는 잠수부처럼 된다. 매 순간 변화하는 파도 밑으로 잠수해, 쾌락주의적 이상을 넘어서는 훨씬 더 깊은 기쁨을 발견한다. 그 심오한 기쁨은 타인에게 봉사하고 싶은 사랑을 느낄 때 비로소 가능하다. 그러면 그 사랑은 어떻게 유지되는가? 영성을 통해 신과 연결됨으로써 가능하다. 신을 향한 사랑은 세 가지로 이루어져 있다.

올바른 행동과 올바른 의도와 올바른 기분이 그것이다. 우리는 영적 원칙에 부합하는 올바른 방식을 통해 사랑을 표현해야 한다. 그리고 우리의 의도는 사심이 없어야 한다. 봉사의 대가로 자기 자신을 위한 무엇인가를 원할 때 우리의 의도는 불순해진다. 물을 여러 번 증류하면 더 깨끗해지듯이 계속 우리의 의도를 확인해야 더 순수해진다. 또한 우리의 성장에 도움이 되는 방식으로 봉사해야 한다. '해야 하기' 때문에, 혹은 '하는 것이 옳은 일이기' 때문에 봉사하는 것은 좋지만, 마음 깊은 곳에서 봉사하는 것과는 같지 않다.

그 사랑이 우리 마음속에 있을 때, 그것은 밖으로 나와서 자연스럽게 다른 사람에게 주어지기를 원한다. 언젠가 한 성자가 호박벌의 예를 인용하는 것을 들은 적이 있다.

호박벌 한 마리가 날다가 열려 있는 꿀단지를 발견했다. 흥분한 나머지 벌은 꿀단지에 뛰어들었고, 맛있고 끈적끈적한 액체로 온몸이 뒤범벅되었다. 호박벌은 꿀단지 밖으로 날아가면서 모든 호박벌에게 무슨 일이 일어났는지 알려 주기 위해 서둘렀고, 그 과정에서 몇 방울의 꿀이 그의 입에서 다른 모든 벌들에게 튀기 시작했다. 그의 친구 벌들 모두에게 이것은 믿을 수 없는 일이었다. 그들은 그저 벌 한 마리의 열정과 행동 때문에 꿀을 얻고 있었다.

마찬가지로, 우리가 신을 깊이 사랑할 때 그 사랑을 모든 사람들과 나누고 싶어 하는 것은 당연하다. 신과 연결된 사람이 인정 많고 연민심 가득한 마음을 갖는 이유가 그것이다. 신에 대한 진정한 사랑을 경험하고 있는 사람의 진짜 증상은 사람들이 이 세상에서 겪고 있는 괴로움에 대해 연민과 고통을 경험한다는 것이다.

산스크리트어로 이것은 타인의 고통에 고통을 느끼는 사람, 즉 파라 두카 두키라 불린다. 그는 개인적인 괴로움이 없으나 다른 사람들이 괴로움 속에 있는 것을 보며 매우 괴로워진다. 이 상태를 우리는 파라 두카 두키라 부른다. 이에 반해 파라 수카 두키는 다른 사람들의 행복이 나에게 큰 불행이 되는 상태이다. 내 주변의 누군가가 행복하면 나는 슬퍼지는 것이다. 또 다른 범주는 훨씬 더 나쁜 상태이다. 파라 두카 수키가 그것이다. 다른 사람의 고통을 보며 행복을 느끼는 것이다.

현대 사회에서 사람들은 때때로 파라 두카 수키가 된다. 사람들은 기꺼이 다른 사람의 고통을 보려고 한다. 그것을 치유하는 유일한 길은 영성을 수행하는 일이다. 마지막 단계는 파라 수카 수키, 다른 사람의 행복을 보며 행복해하는 상태이다.

인생이 선물하는 최고의 삼바르

나는 해리가 느끼고 있는 고통을 이해할 수 있었지만 타인이 겪고 있는 고통을 진정으로 느끼는 파라 두카 두키의 수준은 아니었다. 그럼에도 불구하고 나는 그가 힘든 과정을 겪는 이 시간 내내 그를 위로하고 그에게 힘이 되는 말을 해 주려고 노력했다. 나 혼자 대기실에 앉아 있는 동안 긴장된 몇 분이 흘렀다. 나는 일어날 수 있는 최악의 경우를 생각하며 내 마음의 추측이 틀리기를 기도했다.

"다스 씨? 가우르 고팔 다스 씨?"

샤 박사가 나를 불렀다.

"해리와 랄리타가 병실에서 당신을 보고 싶어 합니다."

나는 침을 꿀꺽 삼키고 갈색 면 숄로 몸을 감쌌다. 강한 에어컨 바람으로부터 나를 보호하기 위한 것도 있지만, 내가 곧 듣게 될 소식으로부터 잠재의식적으로 나를 보호하기 위해.

나는 음울한 분위기의 복도를 따라 116호 병실로 걸어가 문을 두드리고 천천히 손잡이를 돌렸다.

랄리타는 침대에 누워 있었고, 해리는 그녀의 손을 꼭 잡고 침대 옆 작은 의자에 앉아 있었다. 병실에 있던 간호사는 그들이 나와 소식을 공유할 수 있도록 양해를 구하고 자리를 떴다. 나는 그들 앞에 엉거주춤 서 있었다.

"당신과 나눌 몇 가지 소식이 있어요."

해리가 말했다. 내 심장이 생각보다 빠르게 온몸에 피를 뿜어내고 있었기 때문에 나는 병원에 있는 것이 기뻤다.

"하지만 당신이 생각하는 그런 게 아닙니다."

그는 랄리타에게 넘겼다.

"해리와 저는 오랫동안 아이를 가지려고 노력해 왔는데, 오늘 제가 겪고 있는 극심한 입덧이 사실 좋은 징후라는 소식을 들었어요. 해리와 저는 아이를 가졌어요!"

나는 안도의 한숨을 크게 내쉬고 해리와 그의 어머니, 그리고 랄리타를 아낌없이 축하해 주었다. 그들은 미소 짓다가 걷잡을 수 없이 웃었다.

불과 몇 분 전까지만 해도 죽음과 질병의 장소로 어둡고 음울하게 보였던 병원이 이제 새로운 생명을 선사하는 곳으로 완전히 탈바꿈해 있었다.

그날 병실에서 맛본 기쁨의 맛은 이 세상의 것이 아닐 만큼 그 어느 것에도 비할 수 없이 훌륭했다. 그것에 버금갈 만한 것은 랄리타의 놀라운 삼바르뿐이었다.

옮긴이의 말

깨어 있는 삶을 위한 인생책

스토아학파의 철학자 세네카나 에픽테토스처럼, 혹은 『술 취한 코끼리 길들이기』의 영국 출신 승려 아잔 브라흐마처럼, 마치 지혜로운 누군가가 내 문제를 귀 기울여 들어주고 나에게 말하며 생각을 인도하는 것 같은 이 책은 현대 구루의 영적 자기계발서이다. 주제별로 나뉜 각 장을 읽다 보면 우리 시대 영적 스승의 내레이션을 듣는 기분이다. 목소리 높이지 않고 삶의 길을 안내하듯이 단순한 언어 속에 심오한 의미가 담겨 있다. 만약 자신의 삶, 관계, 그리고 자기 자신을 이해하기 원한다면, 특히 삶에서 부정적인 상황을 경험하고 있는 중이라면 이 책에서 해답의 실마리를 발견할 수 있을 것이다.

오늘날 인도에서 가장 영향력 있는 정신적 멘토이자 라이프 코치인 가우르 고팔 다스는 힌두 종교 단체 크리슈나 국제영성협회 소속의 수도승이다. 그의 강연을 주위 사람들이 온라인상에 영상으로 올리면서 존재가 알려졌다. 현재 페이스북 팔로워 726만 명, 인스타그램 팔로워 561만 명, 유튜브 구독자 458만 명이 넘는다. 10억 뷰가 넘는 그의 강연 영상들은 종교와 종파를 뛰어넘어 '행복한 삶을 위한 경전Sutras for a Happy life'이라 불릴 만큼 구독률이 높다. 많은 이들이 삶에서 힘든 시기에 직면했을 때 그의 강연을 들으며 힘을 얻고 방향을 발견한다.

우리의 삶 속에는 많은 작은 비밀들이 담겨 있지만 우리는 그것들을 볼 수 없다. 가우르 고팔 다스는 우리가 무시하는 경향이 있는 중요한 것들에 대해 이야기한다. 실제적인 내용과 논리적인 추론을 바탕으로 한 생동감 넘치는 대화 방식, 그리고 고대의 지혜에 대한 풍부한 지식이 영감을 주어 전 세계 수백만 명의 인생 상담가가 되었다. 이 책은 그의 첫 번째 저서인 『*Life's Amazing Secrets : How to Find Balance and Purpose in Your Life*』에 그의 유뷰트 강연에서 가져온 대표적인 예화들을 저자의 허락을 얻어 추가했다.

수도승이 되기 전 가우르 고팔 다스의 삶은 여느 평범한 삶과 다를 바 없었다. 뭄바이 근처 도시 푸네의 중산층 가정에서 자라 공과대학을 졸업하고 미국 실리콘밸리의 1세대 IT 회사이며 세계적 컴퓨터 제조 및 판매 업체인 휴렛팩커드사에서 핵심 기술 엔지니어로 일하며 세상의 욕망을 추구했다.

하지만 그 일에서 만족감을 얻지 못한 그는 결국 세속적인 추구를 버리고 영성과 자아실현의 길을 걷기로 결심했다. 세상의 문제를 해결하는 일에 관심이 많았던 그는 전기 공학자에서 인생 공학자로 자신을 업그레이드한 것이다. 그리하여 휴렛팩커드사를 떠나 뭄바이에 있는 아쉬람, 즉 수행 공동체에 사는 수도승이 되었다. 그리고 영적인 지혜와 심리학의 발견들을 삶에 적용하는 방법과 그것을 세상과 나누는 법을 배워 나갔다.

가우르 고팔 다스는 10년 전부터 대학과 병원, 대기업 등 인도 전역의 다양한 계층의 사람들에게 강연을 시작했다. 인터뷰에서 "내 인생은 1년에 150번에서 200번, 때로는 250번의 비행을 할 정도로 여행을 많이 한다."라고 말할 정도로 구글 본사, 유엔본부, 영국 의회 등 전 세계 기업 지도자와 사회 지도층을 대상으로 강연을 하면서 삶의 긍정적인 변화를 일깨우는 수도승으로 활동하고 있다.

삶의 다양한 측면과 인간의 조건에 대한 그의 강연은 유머와 깨달음의 완벽한 균형을 이룬다는 평가를 받는다. 무엇보다 '행복의 점검'이 주제이다. 행복이 세상을 치유할 것이기 때문이다. 그가 달라이 라마와의 대담에서 말했듯이, 행복은 기성품처럼 일정한 규격으로 만들어지는 것이 아니라 오롯이 자신의 행동으로 실현되는 것이고, 행복하기를 원한다면 '행복 습관'을 들여야 한다.

삶과 화해하고 싶다면, 온 마음으로 회복하기 원한다면, 그리고 '하고 싶은 일'과 '해야만 할 일' 사이에서 고뇌하고 있다면 가우르 고팔 다스의 이야기에 한 번쯤 귀 기울일 필요가 있다. 다시 말해 인생을 긍정적으로 바꾸고 싶다면. 이 책은 철학적이거나 영적인 성향이 없을 수도 있는 이들에게도 새로운 여정의 출발점이 될 수 있다.

자신의 삶에 대해 짜증이 나거나 좌절감을 느낀 적 있는가? 인생이 뜻대로 되지 않는다고 느낀 적 있는가? 자신의 관심을 필요로 하는 중요한 부분이 소외되고 있다고 느낀 적 있는가? 만약 이 질문에 대한 답이 "그렇다."라면, 어쩌면 삶이 어쩌면 균형을 잃고 있다는 신호일지도 모른다. 삶의 비밀은 균형을 찾는 것이다. 자동차가 네 바퀴로 균형을 잡듯이, 우리는 우리 삶의 네 가지 중요한 영역, 즉 우리의 개인 생활, 우리의 관계, 우리가 하는 일, 그리고 공동체에 대한 사회적 기여의 균형을 맞춰야 한다고 저자는 말한다.

'나'는 환영의 창조자이고, 이야기를 지어내는 주인공이다. 그 '나'는 하루 종일 자신이 지어낸 이야기 속에서 산다. 하지만 삶은 우리에게 가르쳐 줄 것이 많다. 우리가 자주 잊는 것 중 하나는, 영원히 확장해 가는 이 우주 안에서 우리는 영원히 확장해 가는 존재라는 사실이다. 깨어남 뒤의 삶은 나를 향한 사랑이 모든 존재를 향한 사랑으로 넓어져 가는 삶이다. 반응적인 삶에서 의식적인 삶으로의 전환이다.

때때로 우리는 삶이 우리를 어디로 데려가는지 알지 못한다고 느낄 때가 있다. 길을 잃거나 실존적 위기를 느낄 때가. 삶의 목적이 없거나 방향을 상실하면 피로하다. 인생의 만성피로가 그것이다. 그때 필요한 책이 인생을 변화시키는 필독서들이다. 우리가 교차로에 있거나 혼란에 빠졌을 때, 또는 중요한 선택을 해야 할 때, 삶의 과정에서 맞닥뜨리는 다양한 상황들로 인한 문제들을 해결하는 통찰력을 얻을 수 있다.

인생은 커브볼의 연속이며, 용기를 가지고 그것들을 마주하지 않는 한 그것들은 우리를 정면으로 세게 칠 수 있다. 이 책을 번역하기로 결정한 것은 책에 담긴 메시지가 좋기도 했지만 가우르 고팔 다스가 인생 메시지를 전달하는 방식이 마음에 들었기 때문이다. 모든 것이 예화로 설명되어 있고, 고대의 영적 지식들을 재확인시켜 주며, 단편소설 같은 이야기들로 가득하다. 삶의 핵심 원칙들이 실화와 이야기들을 통해 정교하게 엮어져 있다.

우리가 어떤 종교에 속해 있는지는 중요하지 않다. 이 책의 가장 좋은 점 하나는 저자가 자신이 속한 수행 단체나 종교에 대해 거의 내세우지 않는다는 점이다. 저자는 '나는 누구의 구루가 되어 그에게 어떻게 살라고 말하는 것을 좋아하지 않는다.'는 그의 말을 지킨다. 이 책은 머리맡에 있어야 하고, 머릿속에 있어야 하며, 삶에 포함되어야 한다는 어느 독자의 리뷰에 공감한다. 삶을 다른 각도에서 바라보게 하고 각자의 여정을 안내하는 이 책이 지난 수년간 인도에서 가장 많이 읽혀 온 명상서적인 이유이다.

옮긴이 이나무는 대학에서 문예창작학과 졸업 후 스무 해 동안 인도와 한국을 오가며 생활해 왔다. 여행과 명상 수행을 통해 다양한 계층의 인도인들과 교류하면서 인도의 아이들 후원하는 일을 해 오고 있다.

아무도 빌려주지 않는 인생책

2023년 1월 30일 1판 1쇄 발행
2024년 1월 19일 1판 3쇄 발행

지은이_가우르 고팔 다스
옮긴이_이나무

발행인_황은희·장건태
편집_최민화·마선영·박세연
마케팅_황혜란·안혜인
표지 디자인_행복한물고기Happyfish
제작_제이오

펴낸곳_수오서재
주소_경기도 파주시 돌곶이길 170-2(10883)
등록_2018년 10월 4일(제406-2018-000114호)
전화 031-955-9790 팩스 031-946-9796
이메일 info@suobooks.com
www.suobooks.com
ISBN 979-11-90382-94-6 03840 책값은 뒤표지에 있습니다